消失的小镇

被遗忘的米兹扬卡

[波兰] 菲利普·施普林格 Filip Springer / 著

欧阳瑾 刘雨枝 / 译

上海社会科学院出版社

出版说明

本书的主角是一个名为“米兹扬卡”的波兰小镇，同时它还有个德国名字“库普弗伯格”。作为一个历史悠久的小镇，这里始于中世纪时期的领主开拓，其间经历了几百年的变迁浮沉，最后在20世纪末消失在了现代人的视野之外。

其实，早在神圣罗马帝国的分裂状态下，米兹扬卡就曾因战争的侵扰而几度濒临“消失”。好在一群群镇民齐心协力，让这个小镇顽强地存活了下来。步入近现代以后，采矿业为这里带来了新的活力，啤酒酿造业和旅游业更是锦上添花，使这个小镇走向了兴旺繁荣。然而，采矿业如一把利刃，直刺这个小镇的命脉，过度的开采就这样掏空了小镇，摇摇欲坠的地面、吱呀作响的房屋将整个小镇变成了岌岌可危的存在，商店一家家地关门，人们一群群地离开，和平年代下的米兹扬卡最终被历史的尘埃掩埋，化为一个不太惹人注意的地名标签。

本书带领我们游历的就是这样一个被人遗忘的小镇，作者以档案文献、史实记载为基础，结合回忆录和访谈等多方资料，叙写了一篇篇关于这个小镇的故事，同时也勾勒出了这个小镇的发展消亡史。在动荡的历史洪流中，这个小镇也被卷入了政治旋涡，历经德国、苏联和波兰之手，出于这些历史原因，文中所引用的某些叙述带有个人情感和民族情绪，希望各位读者能批判性看待书中的一些叙述与材料，并加以正确辨识。我们出版此书，是愿生活在和平年代的人们能够铭记历史，更好地以史为鉴，面向未来。

上海社会科学院出版社

2020 年 9 月

目录

卷土重来

普罗伊斯铁匠铺和雷曼商店所在的那幢楼，第一次出现了地面塌陷。塌陷留下了一个大坑，连马车都掉得下去。一排房屋的墙上还裂开了一条大缝，从弗莱比面包店一直延伸到弗里贝理发店。这一切，都是一条矿道坍塌导致的。

有一天，弗朗斯基先生家那几匹正在耕田的马儿陷入了直没入胸的土中，发出一阵可怕的嘶鸣；附近的人赶紧放下手中的活计，匆匆跑到那块地里，他们一个个都吓得脸色惨白。只有少数几个胆大的人，敢去帮忙救出那几匹马儿；其他人都站得远远的，盯着地里露出的马头，盯着马儿陷入的那个异乎寻常的漏斗形大坑。

* * *

迷信的人说，一切都是很久以前，库普弗伯格有一个人杀死了自己的亲兄弟所致。据说，是兄弟阋墙的血光之灾让这座小镇受到了诅咒。按照西里西亚[①]的习俗，行凶者曾经亲自将两个石制的十字架安放在通往约翰内斯多夫那条路的路边，以此来纪念这件事情。其中的一个十字架上，还刻有“纪念”二字，目的就是不让人们遗忘此事。每当人们往那边望去，总能看到矗立在草丛当中的十字架。于是，人们便学会了不往那边看。所谓的“纪念”，就是铭记。数百年来青葱翠绿的库普弗伯格遭受的所有不幸，仿佛只是这里即

① 西里西亚，位于今欧洲中部的一个地区，主要在波兰，一小部分在捷克共和国和德国。——译者注（如无特别说明，本书脚注皆为译者注）

将降临之苦难的一场前奏而已。“纪念”还是一种警告，表明这里的人们在未来的数个世纪当中，将为曾经犯下的一些错误付出代价。而且，这笔账永远都算不清。

这里从来就没有过真正的历史，有史可言的，都是附近一些地区。对傲然坐落于山巅这几幢房子里生活着的居民来说，尽管这个地方在历史上寂寂无名，可历史却像一头野兽，只知道制造混乱和破坏。

这些人都很勇敢。没有哪个胆小之人能够在这样一个地方兴建出一座镇子。胆小者也不可能如此无畏地挑战大自然，不可能在石山的山坡上开掘矿洞、在黑暗之中开采贵金属。据说这些最勇猛的人当中，第一位就是劳伦修斯·安杰洛斯。此人是西里西亚一位半具传奇色彩的矿工大师，他是一位外国人，来自遥远的瓦隆尼亚[①]。据说12世纪在这里发现了贵金属矿藏的，正是此人。世人对他的情况所知不多；或许，他不过是本地矿工在寒冷的冬夜里相互闲谈时，用各自的想象和故事拼凑而成的一个人物罢了。况且，此地还有很多这样可以激发人们想象的故事。比如其中有一个故事，说的是一名银弩兵曾经虐待波兰人，以此在德国定居者当中散播恐慌。

人们确切知道的情况都源自历代志中的记载。14世纪初，拥有这座山及其毗连土地的领主，是蒙坦的阿尔贝·德·拜尔·德·古普里弗迪纳，亦称阿尔贝·巴伐鲁。或许，让这个地区很快便因银矿开采而名噪一时的就是此人。1370年，阿尔贝的一位后人即海因

---

① 瓦隆尼亚，比利时南部的一个地区，曾以采矿冶炼业闻名，后由于资源枯竭，许多矿区都被关闭，但坑道、厂房和设备等却保留了下来。2012年，“瓦隆尼亚采矿遗迹群”被列入世界文化遗产名录。

里希·巴伐鲁，把当时叫作古普里弗迪纳的这个居民点卖给了克莱瑞库斯·波尔茨，后者是希维德尼察公爵和乔尔公爵宫廷里的一位骑士。他在此地附近的林中兴建了一座城堡，这座城堡后来被波兰人称为“波尔茨夫”，德国人则称之为“波尔泽恩斯坦”。

随后，这处领地和居民点本身还会一再易手。当地的领主依次为：从 1375 年起，是卡斯托洛维奇的普塔冯·卡斯托洛维茨和汉诺·威尔伯格；1397 年之后，是冯·伊伦伯格兄弟；1398 年过后，则成了康拉德·冯·波拉洛维奇与莱因哈德·冯·波拉洛维奇兄弟（亦称“波拉韦泽”或者“波尔维茨”）。历代志中还提到，1433 年的领主是赫尔曼·冯·切特里茨，1434 年则成了冯·利本塔尔兄弟。在胡斯战争[①]期间，这里的采矿业衰退，直到 16 世纪才恢复过来。

1512 年，迪珀德·冯·伯格豪斯买下了这些地产。他是这个地区第一位真正的采矿专家，曾在附近的赖兴施泰因大力开展金矿开采和冶炼业，以至于当时欧洲实力最强的矿业和冶金公司都迫不及待地想要分上一杯羹。在鼎盛时期，那里经营着 145 座矿场；只不过，当时迪珀德开始到处寻找新的挑战了。于是，他把公爵授予的采矿权转让给了富格尔和瑟尔佐两个家族。不久，迪珀德便发现了库普弗伯格，他认为在这里将再一次大获成功。草草勘查了一番之后，他便断定这座山中首先蕴藏着铜矿，主要是纯矿石和沥青混合矿，但也有银矿和闪锌矿。然而，迪珀德要想获得上述全部财富，

① 胡斯战争，即 1419—1434 年间的捷克农民战争。它是欧洲历史上时间较长、影响深远的一次农民战争，以捷克民族英雄胡斯的宗教改革为旗帜，以胡斯党人为领导，故得此名。

就必须满足一个条件，即这个居民点必须是一个自由采矿城镇。迪珀德用了3年的时间，不停地游说年轻的波希米亚国王路易二世。1519年，他终于设法获得了授权，让库普弗伯格的领主既有权毫不受限地在自己的地产上进行任何采矿作业，而且免交奥尔博拉税，即生产铜、铅、铁、锡时应当缴纳的一种特殊的什一税[①]。路易二世的慷慨大度（或者说目光短浅）将导致王室财产所与库普弗伯格未来的历任领主之间不断产生龃龉。

如此一来，迪珀德就能大展宏图了：20多年的时间里，他在山坡上开掘出了差不多160个矿井和巷道。开采出来的贵金属会马上在山下的本地冶炼厂里进行熔炼。迪珀德将采矿赚到的钱投入了一些项目，比如重建附近那座在胡斯战争期间被毁的波尔泽恩斯坦城堡。

然而，采矿业的突然发展和迪珀德的日益富有却引发了矿工和镇上百姓的反抗。他们认为自己可以从这位老板的成功中获得更大的份额，便开始公开提出这一要求。然而，迪珀德老谋深算，知道怎么对付他们，所以满足了他们的一半要求。挣少一点儿钱，总要好过让矿工和受到冒犯的商人揭竿而起；因为在后者的反抗过程中，迪珀德有被他们彻底赶下马去的危险。他又拖了几年，等到发现什么都无法将不屈不挠的矿工和百姓安抚住之后，便交出了一座冶炼厂和采矿利润中的一部分。后来的历任库普弗伯格领主，都将因为他做出了这些让步而诅咒他。

① 什一税，兴起于6世纪的一种欧洲赋税制度，原为基督教会根据《圣经》中称“农牧产品的十分之一属于上帝”的说法而向居民征收的宗教捐税，后来获得世俗法律的认可而成了一种普遍的税制。西欧大多数国家直到18世纪至19世纪才将这一税种废除，英国甚至直到1936年才废除。

这些继任领主当中，有一位便是路德维希·迪耶茨。此人是波兰国王齐格蒙特一世手下的大臣，是阿尔萨斯人的后裔，在当时的首都克拉科夫算得上一位极具影响力和备受尊敬的人物。他既是一位博学多才的人，还是一位外交家和卓尔不群的开明人士，同时也是一位金融家。由于跟克拉科夫权势熏天、身兼维利奇卡和博赫尼亚两地盐矿的创办者和监管者的雅各布·伯纳相熟，迪耶茨开始认识到，开采贵金属有可能让他大发其财。很有可能，迪耶茨还想亲自经营；而在寻找合适的投资机会，以便最充分地利用他跟富格尔及瑟尔佐两个矿业家族的关系时，他看中了库普弗伯格。正好迪珀德希望卖掉这处地产，所以在当时看来，前景似乎一片光明。

这桩交易发生在1538年。迪耶茨以为，他能够缓解让几任库普弗伯格领主一直感到头疼的与市民及矿工之间的种种矛盾；而他所做的努力，将通过开采迪珀德尚未开发的矿藏而获得回报。毕竟，迪耶茨既非什么都不懂的外行，也不会没见兔子就撒鹰。他派往该地区的专家带回来的全都是好消息。可他并不知道，自己已经掉进了一个陷阱；这个陷阱将一次又一次地让库普弗伯格陷入多种危机之中。当地的矿藏有一个特点，那就是表层勘查往往表明，铜矿甚至是银矿都有着惊人的蕴藏量。这就意味着，人们往往会带着类似于“淘金热”那样的兴奋之情去进行进一步的勘探。只不过，样品分析的结果往往会过于乐观，会错误地预测地下蕴藏着巨大的财富。

果然，事实证明迪耶茨的估计过于乐观了，采矿的利润并没有预期的那么高，而矿工们也在不断地要求获得更多的利润分成。仅仅过了5年，迪耶茨便把库普弗伯格及那里的矿山转手了，然后到山脉另一边的扎可曼特尔（如今的兹拉特霍里）试了试。他在那里的运气似乎也不好，因而到1545年去世时，他虽然很富有，却并非完全实现了抱负。

如此一来，库普弗伯格便转到了黑尔曼兄弟的手中。然而，这对兄弟却把钱花在了重新开采两个多世纪的采矿过程中胡乱倾倒在镇里的废弃矿渣堆上。他们命令矿工将废矿从矿渣场运到附近有一条小河淌过的山谷里，而不是派矿工进入矿道去开采。这种做法让矿工们都大感惊讶，很可能甚至让矿工们感到愤慨。由于当时已经有了先进的湿法冶炼技术，所以黑尔曼兄弟开始在库普弗伯格生产蓝矾，以供欧洲各地用于染布和鞣革。1533年，黑尔曼兄弟便成了整个哈布斯堡帝国内蓝矾这种材料的主要生产商。

库普弗伯格的市民都很是瞧不上这两位新领主的做法。镇民都是从采矿中获得所有的荣耀和由此带来的微薄利润的。其中有位名叫瓦伦丁·克鲁恩的镇民，还在下巷25号建了一幢房子。在接下来的5个多世纪里，那座房子精美的大门和华丽的内部装饰，非但会给同镇百姓留下深刻的印象，还会吸引游客前来。人们都说，房子底下还有一条密道，通到镇上位置较低的那座托钵僧修道院，然后一路通到波尔泽恩斯坦城堡。克鲁恩焦急地看着一座又一座矿井倒闭，看着矿工逐渐消失；随之一起消失的，还有他和伙伴们买卖并在此过程中赚到了钱的矿物原料。而黑尔曼兄弟却自顾自地销售他们生产的蓝矾，并且经营得异常红火。

1579年，当地为数不多的矿工已经无法开采出国王所需数量的矿石了；于是，矿山所在的地产被没收，库普弗伯格的矿场也第一次停产了。最后一批矿井被关闭之后，那些仍然希望时来运转的人也开始发现，一段艰苦的日子即将到来。他们该去另找一份新的工作了。

他们并不知道，最糟糕的情况还在后头。进入 17 世纪后，库普弗伯格便开始听到那头野兽第一次发出具有威胁性的咆哮了。日益入不敷出的当地人是不是记起了那个诅咒呢？他们一定曾经紧张不安地凝视着那两个石制十字架吧。“纪念”，就是要记住，最糟糕的或许还没有到来。

1618 年，武装游牧部落开始横扫整个欧洲，卷入了历史学家后来所称的三十年战争①。这头野兽也将在 30 年的恐怖、荒凉和悲伤当中怒吼。先是瘟疫，让整个地区的人口大幅减少。库普弗伯格痛失了将近一半的镇民。就在这种记忆仍然历历如新的时候，1634 年 7 月 18 日晚上，镇上的居民又被钟声惊醒了。他们纷纷跑出家门，惶恐万状地从山顶朝西边望去。繁星点点的夜空之下，西边的希尔施贝格燃起了冲天的火光。那头野兽将再一次名正言顺地肆虐。所有的教堂钟楼，都将被燃烧弹焚毁；所有的大钟，都会在热浪中熔化。几个小时过后，希尔施贝格这座城镇留下的，就只是一具烧得面目全非的空壳了。有 341 幢房子被焚毁，而其中居住的人们，也随之葬身于火海之中。虽说从库普弗伯格听不到他们的凄厉尖叫，但当地人如今都在惊恐地等待着敌人到来。当时，敌人是替哈布斯堡王朝打仗的克罗地亚人。他们也就是围攻希尔施贝格的那些人。待他们终于来到库普弗伯格之后，这座镇子便第一次消失不见了。那些设法在屠杀中幸存下来的镇民，都躲进了茂密的森林里。在森林里，他们先是遭遇了饥荒，接着又是疾病肆虐，导致人口十去其

① 三十年战争，始于 1618 年的一系列中欧国家的战争，起因是新教徒和天主教徒之间的冲突，以及神圣罗马帝国与其他强国之间的政治斗争，以 1648 年签订《威斯特伐利亚和约》为终结。

一。不久，一个异常寒冷的冬天又让他们付出了惨痛的代价。克罗地亚人撤退后，几位镇民回到了库普弗伯格已成焦炭的废墟之上，准备重建这座镇子。

1641 年 5 月，陆军元帅伦纳特·托尔斯滕森[①]成了瑞典军队的总司令；瑞典军队站在新教同盟[②]一方，与信奉天主教的哈布斯堡王朝作战。他命令科尼格斯马克将军占领波尔泽恩斯坦城堡，这座城堡曾在 100 多年前由迪珀德耗费巨大的心血进行重建。曾经成功地抵抗过克罗地亚人猛攻的人，必须再次逃跑了；只不过，这一次他们要躲避的是瑞典人。一场围攻开始了，其间，瑞典军队还将附近的村庄几乎焚毁殆尽，包括约翰内斯多夫、罗尔拉赫和沃尔特斯多夫。不过，就算库普弗伯格没有第二次消失，也仅仅是因为在克罗地亚人入侵之后，人们还没有将这里重建起来罢了。

人们试图坐在隐秘的篝火旁边，借着微弱的火光讲述一些传奇故事，来解释这些悲惨时代出现的原因。他们会讲述波尔泽恩斯坦城堡中那位英勇的公爵的故事；此人眼看着自己抵抗无望，便从城堡的窗户一跃而下，跳进了一条深渊，想以此逃脱那帮新教屠夫的魔爪。据说，他的鬼魂多年来一直在城堡的各个角落里出没，呻吟着，大喊着，将那些胆敢破坏城堡安宁的人赶走。有人还说，在晴朗无云的夜晚，库普弗伯格和约翰内斯多夫之间会有送葬的队伍穿行；那是一支非常怪异的队伍，因为其中的人都没有脑袋。送葬队

---

① 伦纳特·托尔斯滕森（1603—1651），瑞典贵族和著名的军事家，1641 年晋升陆军元帅并担任瑞典军队总司令一职，1647 年被封为奥尔托拉的托尔斯滕森伯爵。

② 新教同盟，宗教改革运动之后，德意志诸侯为同天主教诸侯作战而形成的一个联盟。

伍通常都会在日出之前的浓雾之中消失。

瑞典人最终攻下了这座城堡，并且占领了4年之久。在此期间，哈布斯堡王朝的军队试图夺回这一要塞，因而发动了数次进攻，但都被击退了。最后，由于前线形势发生了剧变，守住这座城堡不再具有任何意义，瑞典人便撤走了。然而，他们留下的也是一堆冒着青烟的废墟，这种做法完全符合那个时代的战争惯例。

战争不但毁掉了整座城镇，也毁掉了几十年来曾给库普弗伯格居民带来了快乐，因而更加可贵的东西：哈布斯堡王朝没收了信奉路德教的镇民所用的教堂，并且禁止新教徒去做礼拜。在十几年的时间里，奥地利人对西里西亚的路德教派进行了最为残酷的镇压，因而库普弗伯格的新教徒不得不遵从他们牧师的谕旨，再次躲到了附近那些山脉的森林里，躲到已被烧成了焦土的城堡废墟里。直到1742年普鲁士人占领了这些地方，他们才得以重建自己的教堂。来自附近的鲁德尔施塔特的菲比格尔牧师，曾在自己的回忆录里记下了这一时期的情况："神啊！您谕令我们生活的，都是什么样的时代啊！来吧，善良的人儿，拯救拯救这个可怜的国家吧。看哪，到处都是混乱和废墟！西里西亚在哀悼，在为她的悲惨命运而哭泣。"①

战争的结束并没有让蹂躏这座镇子的瘟疫消失。经历了多年的苦难之后，如今没人再相信运气了。一度繁荣兴旺的矿山已经无法复原。人们忍饥挨饿，只能靠耕种土地和饲养家畜来碰碰运气。可他们注定无法获得成功，因为这里的土地非常贫瘠，气候也十分恶

① 我只是间接了解过这位牧师的回忆录，参见 Dora Puschmann 的手稿 *Chronik über Kupferberg*，由 Pawła Nowaka 和 Stanisława Tadraka 翻译。——作者注

劣。据编年史中记载，1693 年 8 月，一场暴雪席卷了整个地区，许多水洼地上都结了一层薄薄的冰。不久之后，镇上和附近村庄又出现了“数量惊人”的蝗虫。人们开始在教堂里祷告，祈求“解除诅咒，免除天灾”。在接下来的数年里，小镇又遭遇了一个个史无前例的凛冬；比如说 1708 年，这一地区就有 105 人冻死，还有 185 位老人和儿童死于痢疾和痘疹。

然而，镇民们常常能在每次失败和灾难过后重新振作起来。倘若有人想出了勇敢无畏而又异想天开的计划，要在遥远的将来去实施，他们总是会说这样一句话：“*Wes die Zeit erlaubte...*”翻译过来就是“如果时间允许……”的意思。对于过去，他们了如指掌。再次走过那条通往约翰内斯多夫的大路时，他们都会将目光从那两个石制十字架上移开；可他们仍然记得“纪念”二字，记得蛰伏于群山之外，准备伺机而动的那头野兽发出的嗥叫。

约翰·马丁·斯图尔普也很清楚这一切，他于 1724 年 11 月来到了库普弗伯格，下定决心要往镇民痛苦的心灵中注入一丝希望。此人于 1686 年出生在德国瓦滕贝格一个贫寒的鞋匠家庭里。尽管家境贫苦，他的父母却极其虔诚，准备让两个儿子从事神职（大的就是约翰，小的叫迈克尔）。从年纪很小时起，约翰就以勤奋好学而闻名。他先是在家乡上了小学，然后到莱格尼茨上了中学，最后在布雷斯劳上大学，并于 1710 年毕业，获得了文科硕士学位和神学学士学位。3 年之后，他被委任为神父[①]，在附近的堂区开始了自

① “神父”是天主教内协助主教牧养信徒，主持圣礼的人。而在宗教改革时期，新教对教会神品进行改革。以“牧师”取代“神父”，负责信徒的牧养工作。所以，“神父”和“牧师”分别对应的是天主教和新教的神职职位。

己的神职生涯。多年的漂泊之后，为了表彰他的贡献，最终他被任命为库普弗伯格这个奄奄一息、备受绝望折磨的堂区的神父。1725年，尽管资源匮乏，他还是踏上了前往罗马的漫长而危险的旅程，去请求教皇本笃十三世允许他在库普弗伯格成立“圣心会”[①]。教皇批准了他的请求。

于是，这位神父便在这个镇子里开始了近30年的服务生涯。在接下来的200年里，这里的人们会一直铭记着他。然而，开始的时候并不顺利。1727年，斯图尔普动用自己的积蓄，彻底翻修了教堂；由于连年的战争和近几十年的疏于照管，那座教堂已经变得破败不堪了。不过，信徒们能够看到修葺一新的教堂的时间却不长久。1728年1月一个寒冷刺骨的晚上，一场大火再次将教堂和镇上很大一部分房屋变成了废墟。镇民们必须再一次重新站起来。他们用了5年的时间重建教堂，还修建了一座堂区学校。

多亏了斯图尔普神父一丝不苟地保持着的记录，我们如今才得知，在接下来的20年里，他进行了2 551场布道，举行了2 392次“大礼弥撒”[②]，以及多达10 077次的“诵经弥撒”。他还主持了744次洗礼（其中包括374名男孩和370名女孩）。而在位于镇上那个三角形集市广场后面的墓地里，他曾为768位可敬的镇民主持

---

① 对圣心的奉献是践行最广泛和最著名的罗马天主教奉献之一，是以耶稣基督的肉体之心作为他对人类的神圣之爱的代表，圣心会即以此为主旨而成立的宗教协会。

② 大礼弥撒是基督教在主日和重大节日里举行的一种弥撒，其间主祭者会与教友互为唱和，还有神职人员襄祭献香，气氛隆重、盛大，亦称“庄严弥撒”“盛世弥撒”“大礼歌唱弥撒”等。下文的“诵经弥撒”与之相对，其间没有音乐，亦称“普通弥撒”或“小弥撒”。

葬礼，送了他们最后一程。他还为265对决定在那座永远向他们敞开大门的教堂里举行婚礼的新人送上了祝福。然而，让约翰·马丁·斯图尔普最感快乐的，还是一年一度的教堂义卖会和主保圣人节。这两个节日，一向都是在复活节之后的第三个星期天庆祝的。到了那时，镇上会挤满来自整个地区的数百位朝圣者，而斯图尔普设立的兄弟会的成员名单上，也会增添许多新的名字。这位神父并不知道，在遥远的将来，每年复活节后第三个星期天将信徒们聚集于库普弗伯格的这种习俗，将成为这座小镇存在过的为数不多的证据之一。

1740年，那头野兽再次醒来了，因为普鲁士国王腓特烈大帝决定从奥地利的哈布斯堡王朝手中夺回西里西亚，以及绿色遍野的库普弗伯格。随后为争夺这片领土而爆发的战争将持续打上20多年。1744年，哈布斯堡帝国军队强迫市民进贡，以换取镇上的和平。进贡的东西包括1万古尔登[①]现金、30双鞋子、20匹驮马、300份燕麦、600份干草和800个面包，且必须24小时之内送给奥地利人。当时镇上的居民还不到1 000人，他们全都非常清楚，自己根本无法拿出那么多的东西。因此，他们都悲伤地凝视着附近的森林，意识到他们将在那里再次眼睁睁地看着小镇消失。不过，约翰·马丁·斯图尔普神父却出人意料地挺身而出，向他们伸出了援手。他无视所有的命令，径直前往奥地利军队指挥官弗朗奎尼上校驻扎的舍姆贝格。从上校那里，他非但获得了免除部分贡品的许可，还获准可以在超过24小时的时间里缴纳大部分贡品。库普弗伯格得

① 古尔登，欧洲一些国家和地区曾经使用过的一种历史货币，常译为“盾”。

救了。那头野兽夹着尾巴，悄悄地溜走了。但再过几年，在争夺西里西亚的最新一场战争中，这头野兽还会回来，而普鲁士人将会获胜。这一次，再也无人来拯救库普弗伯格了，因为1753年1月26日，备受镇民爱戴的斯图尔普神父骤然辞世。遵其遗愿，他被安葬在自己建造的那座祭坛脚下。

在此期间，时不时有新的所有者和投资者来到镇上，他们都是被这里表层蕴藏的矿产所吸引，试图挖掘进入山中的通道，寻找财富。其中也有江湖骗子，比如说，有一个叫作赫尔泽尔的人，他想向新任国王腓特烈大帝证明当地的矿山中蕴藏着丰富的钴矿，便将这种贵金属从萨克森一路运到这里，然后再次"开采"出来。所以，腓特烈大帝花了一大笔钱来进行勘探。他原本希望进行利润丰厚的常规开采，可最终却发现这是一个巨大的骗局。1766年他之所以亲自来到这个小镇，原因或许就在于此。得知自己的骗局将被揭穿之后，赫尔泽尔赶紧逃之夭夭；可他最终还是被逮捕归案并受到了惩处，这意味着在这里的山坡上采矿一事再次无果而终了。后来，所有试图从这里的地下开采出丰富矿产的做法都将以失望而告终，只是程度不同而已；这种失望感，库普弗伯格早已深有体会。

曾经有一段时间，这座小镇看到了纺织业的潜力，尤其是在旧大陆[①]的工厂里都安装了一种新型纺车，并且效果显著之后。但是很快，这种看似奇妙的创新之举却变成了一种诅咒：亚麻布的生产变得更加容易了，可市场却没有增长。1725年，由于纺织业中的工作岗位减少，镇上差不多有一半原本从事纺织业的繁荣家庭都失去

① 旧大陆，尤指哥伦布发现新大陆之前的世界，通常包括亚洲、欧洲和非洲。

了生计。库普弗伯格开始人去楼空：1785年，小镇上只有796位居民，其中大多数人都只能勉强糊口。不久之后，情况变得更加糟糕了：附近的梅茨多夫即将开办工业纺织厂，而库普弗伯格仅存的寥寥几位织布工，也将彻底失去谋生之道。

很快，历史上的这头野兽将再次在这个受诅咒之地的山顶小镇为所欲为；只不过，这一次会稍微仁慈一点儿。1813年8月，普鲁士的游击队在博尔斯特恩·冯·博尔滕斯特恩少校的指挥下，来到了镇上。他们饿得要命，但还是彬彬有礼。当时，他们正在追击法军的几支小型师，后者正在加速向北行军，前去参加拿破仑最血腥的一场战斗。8月26日，在卡茨巴赫河两岸，由雅克·麦克唐纳元帅指挥的拿破仑军队，被普鲁士军队及其盟友俄军击败；后者阵亡4 000人，而法军则阵亡了15 000人。库普弗伯格的百姓直到后来才知道普俄联军获胜了；在双方鏖战之时，他们只听到山脉那边传来阵阵吓人的隆隆之声。令他们欣慰的是，镇子这一次幸存了下来。

但是，没过多久，他们就迎来了下一场灾难。1824年10月12日晚，家住84号的白革匠芒什的妻子在烤一小块猪肉时火生得太猛，导致家里一下子着了火。刚开始时，火势还只是在他们家里肆虐；可一蔓延到屋外，大火便在一股异常强劲的狂风助力下，越烧越厉害。火势席卷了整座小镇，肆虐了好几个小时，烧毁了67幢房子、两座教堂及其附属学校，还有医院、镇公所以及其中几乎所有的档案。希维德尼察和乔尔公国的王室矿业办公室总部也着了火，而一座座堆满了收成和冬季生活用品的谷仓，亦被付之一炬。附近的奥尔特卡尼茨镇的牧师当时正好来到了库普弗伯格，他对自己看到的那场悲剧的规模感到震惊：

> 房屋全都是用木头建造的，这助长了火势的蔓延。大火以极快的速度，吞噬了镇子的两个部分。一阵强劲的南风裹挟着熊熊大火，既吹向了天主教教堂及其旁边的两所学校（一为天主教学校，一为路德教学校），也吹向了约翰内斯多夫；而在约翰内斯多夫，火苗早已开始蔓延到该镇距库普弗伯格最近的那个部分。大火一烧到取水巷，把沿途的一切全都烧毁殆尽，风向便由南转东，使镇上地势较低的那个部分也遭到了同样的破坏与毁灭。火势越来越旺，席卷了四周的一切，烧得极其猛烈，仿佛是在嘲弄从四面八方赶来想要控制其疯狂蔓延之势的数百人，说他们一起所做的努力毫无用处似的。人们一度成功地保住了位于镇子中央的路德教教堂，教堂主体依然傲立于肆虐的火海之上；可即便如此，那座教堂最终也受到了火灾的毁灭性打击。①

仅仅一个晚上的工夫，140 户家庭（总计 503 人）便失去了他们拥有的一切。他们没有了遮风挡雨的房子，也不知第二天晚上该到哪里去过夜。在小镇地势较低一侧仍然冒着青烟的废墟当中，在小镇外缘烧焦的野草当中，只兀立着两个石制的十字架。“纪念。”“铭记。”但我们很难说清，在如此悲惨的时刻，究竟是否有人想起了那个诅咒。

这个致命的夜晚过去两天之后，布赫瓦尔德的弗雷德里

① 参见 Dora Pushmann 引用的这位牧师的话。——作者注

克·冯·雷登伯爵夫人来到了镇上。在回忆录里，她如此写道：

> 我走上前去，看到了一幅从未见过的凄惨景象；我无法理解眼前的一切，只觉得目瞪口呆。领主庄园完好无损地幸存下来了，可其四周除了废墟，什么也没有；安东和古斯塔夫·马图什卡伯爵在庄园里接待了我。他们把我直接领到了一小群人当中；那是一个委员会，由安东、两位神职人员、矿业什一税吏、镇长及一名官员组成，他们请求我参与，为重建该镇出力。我们决定了救济金的分配办法，并且决定必须将重建资金存于银行。[①]

看到这座镇子再次消失，伯爵夫人备感悲伤。她看望了镇民，安慰无恙者，关心受伤者。接着，她又前往班德沃尔姆布鲁恩的市场，为失去了一切的人购买他们在那个寒冷的10月里似乎最为急需的东西，其中包括61双靴子和12双童鞋；班德沃尔姆布鲁恩的鞋匠们那天有多少双鞋子可卖，她就买了多少。伯爵夫人还命自家庄园里的所有仆役人等，为火灾受害者编织暖和的羊毛衣物。

这座小镇再一次顽强地站了起来。火灾发生两年之后，到了1826年11月12日，克里斯蒂安·施雷克牧师就可以自豪地在一座新建的新教教堂里举行供奉仪式了。他在典礼上发表了一场华丽的演讲，然后令人印行出来，出售给镇民和游客。由此筹集的资金，他却都捐献给了天主教堂区；后者又花了三年的时间，才重新建好

① 这位伯爵夫人所说的话，引自同一出处。——作者注

了天主教教堂。那座教堂的设计者不是别人，正是设计了柏林古代博物馆的建筑师卡尔·弗里德里希·申克尔。新建每一座教堂时，人们都考虑到了各种规章制度和消防安全规程。没人想看到那两座教堂再一次陷入火海。

1840年，镇上有677位居民，其中只有9人自称为矿工。尽管如此，勘探者还是不断前来，想要在大山里面找到发财之道。从上西里西亚络绎而来的人运气都不佳，其中有提埃尔·温克勒先生、罗森蒂埃尔先生，还有萨尔斯滕和格伦德曼两位先生。后面两人的寻宝之旅，以一座存放火药的塔楼连同服务于一座竖井的机房都炸上了天而告结束。然而，这种情况并没有让舍恩费尔德三兄弟——理查德、赫尔曼和罗伯特——望而却步，他们在1880年决定来此地碰碰运气。可除了巨额亏损，他们并没有获得什么值得炫耀的成绩，所以几年之后，他们便把库普弗伯格的矿山卖给了柏林的一个犹太人阿伦德先生。于是，那些矿井再次被起用，工人们也再次在清晨举起火把游街，希望矿山的开业典礼会给他们带来好运和财富。采矿持续进行了几年，甚至还掘了新的矿井，可矿藏再一次没有给人们带来预期的利润。

直到此时，人们还没有来得及完善开采过程，还没有引入新的技术。那头野兽开始变得焦躁不安，再一次抬起了头。1914年6月28日，加夫里洛·普林西普枪杀了弗朗茨·斐迪南夫妇[①]，而库普弗

① 加夫里洛·普林西普（1894—1918），波斯尼亚萨拉热窝一位狂热的东正教教徒，因痛恨奥匈帝国统治波斯尼亚而刺杀了奥匈帝国的王储弗朗茨·斐迪南及其妻子索菲亚，史称“萨拉热窝事件”。这一事件成了第一次世界大战的导火索。加夫里洛后来被捕并死于狱中。

伯格人所熟知的这个世界，也在他们眼前解体了。

不过，第一次世界大战并未降临到库普弗伯格，而是沿着另一条线路蔓延。前线的战火甚至没有波及这个镇子，只是征兵征走了镇上的十几个人；他们或为人子，或为人父。待到炮声静寂、战火平息之后，镇里还会在那个三角形的集市广场上修建一座纪念碑，以此来铭记他们洒过的热血。

镇民们都吃苦耐劳。战争结束不到5年，他们便再一次在矿业大楼前列队游行，再一次点燃了矿灯，再一次挥舞起旌旗了。其中一座矿井的上方，悬挂着一幅巨大的圣芭芭拉[①]画像，光芒四射；这幅画像是采矿评估员的兄弟菲茨纳先生绘制的。赫尔穆特·埃伯莱因牧师和约翰内斯·考夫曼神父携手向教徒们解释说，只有虔敬不懈的祈祷，才能在工作时将幸运与安全带给人们。

此时，吉舍·埃尔本公司的工程师们在监管着开采过程。这家公司拥有上西里西亚地区很大一部分矿山和冶炼厂的所有权，而它在卡托维兹拥有的矿山和冶炼厂，还要更多。库普弗伯格的人都满怀希望地打听着那个地区传来的消息，他们从中得知，这家公司正在为员工兴建美丽舒适的花园型城市。不过，库普弗伯格仅存的那60位矿工心中的梦想，却要小得多。他们并不想要豪华的住宅，也不需要窄轨列车将他们免费运送到矿山门口。他们唯一希望的，就是吉舍·埃尔本公司挖掘的矿井能够开采出大量的矿石原料，让这里的人都不再需要为明天的生计发愁。

---

① 圣芭芭拉，基督教传说中的一位女圣徒，因信奉基督教而被身为总督的父亲所杀。

所以，当然不是人们在埃伯莱因牧师与考夫曼神父敦促下进行的祈祷不够热忱，而是祈祷根本就不起作用。吉舍·埃尔本公司那些工程师们的经验也不足。他们既会轻率地重启库普弗伯格的矿井，也会更加轻率地决定永久关闭那些矿井。这里的寥寥几座矿井和屈指可数的矿工，对公司的收支并不具有特别重要的意义。首先关闭的是托尼矿；不久之后，最后一座矿井阿德勒矿也在 1927 年关闭。从此，矿工们就只能带着怀念之情，凝视着镇上几乎各家各户都可以看到的这座矿井了。

*　*　*

但是，这座小镇的采矿历史，并不会被人们遗忘。库普弗伯格坐落于一座千疮百孔的山峰上。数个世纪中，人们已经掘出了许多通往大山深处的巷道；可现在，这些没有加固的巷道开始塌陷，对巷道上方的东西构成了威胁。老巷道里的支柱开始腐朽；如今也没有哪一个有头脑的人会进入巷道，去评估其中的受损状况及未来会有哪些危险。因此，人们是不可能加固这些老矿井的。

从奥钦克普夫山附近一路而来的引水管道，开始日益频繁地断裂。镇子当局为这件事情伤透了脑筋，他们很快就发现，是小型的岩层突裂和山体滑坡导致水管断裂。

有一天，弗朗斯基先生家那几匹正在耕田的马儿陷入了直没入胸的土中，发出了一阵可怕的嘶鸣；附近的人赶紧放下手中的活计，匆匆跑到那块地里，他们一个个都吓得脸色惨白。只有少数几个胆大的人，敢去帮忙救出那几匹马儿；其他人都站得远远的，盯着地里露出的马头，盯着马儿陷入的那个异乎寻常的漏斗形大坑。

不过，普罗伊斯铁匠铺和雷曼商店所在的那幢楼，却是第一次出现地面塌陷。塌陷留下了一个大坑，连马车都掉得进去。一条采矿巷道坍塌，还导致一排房屋的墙上出现了一条裂缝，从弗莱比面包店一直延伸到了弗里贝理发店。可这条裂缝，仅仅是个开始。

酒瓶

在采访结束时，我从兹比格涅夫·帕韦斯卡那里得到一个瓶塞。交谈过程中，他一直都在摆弄着这个瓶塞，把它夹在指间翻来转去，轻轻地在桌子上的麦克风旁敲击着，以至于我忍不住想知道，他是不是故意如此。最后，他说瓶塞是送给我的。我装出一副惊讶的样子，有那么一会儿还试图礼貌地回绝。我问他，瓶塞是从哪里弄来的。

“我刚刚得到的。”他回答道。接下来，他马上又安慰我说，把瓶塞送给我，对他而言没什么大不了的，“我会再找到一个跟它一模一样的。”

于是，瓶塞便到了我的手中。瓶塞的历史不长不短，既古旧得没法把它当成普通的垃圾扔掉，又现代得没法把它当成博物馆里的文物。那是一个搪瓷瓶塞，上面印有一行红色的珐琅铭文：“库普弗伯格啤酒厂，G. 弗朗斯基”。没有日期，也没有别的什么。上面的圆环已经坏掉，金属卡环也坏了；卡环的剩余部分，仍然留在穿过整个瓶塞中央的那个孔里。

有那么片刻，我竟然忍不住浮想联翩地想要编造出一段历史来。我尽力遏制，这种感觉才自行消失。瓶塞依然是瓶塞，是从地里挖出来的；除了我业已知道的东西，它什么也不会告诉我。无非就是说，这里曾经有过一家啤酒厂，曾经有一个叫作格奥尔格·弗朗斯基的人，曾经出产过啤酒罢了。除此之外，别无其他，且一切都已成为过眼云烟。我把瓶塞放在口袋里随身带着，有点儿像是带着一道护身符。只不过，它又为什么要给我带来好运呢？我甚至想出了一个办法，用钥匙扣穿过瓶塞，让它与我形影不离。

接下来，我又发现了一个瓶子。那种自以为是的符号论，让我再一次难以抗拒起来。这是历史的低语，仿佛是绿意盎然的库普弗伯格——这座不再存在的小镇正在嘲笑我并向我扔垃圾，因为我原本打算把它们拼凑成一段历史。在试图理解的过程中，我能够找到的全在于此了：先是一个搪瓷瓶塞，现在是一个弗朗斯基啤酒厂的酒瓶。因此，您可以说我有了一整套带塞酒瓶；只不过更加糟糕的是，瓶颈竟然有破损，使得我无法郑重其事地将瓶塞与酒瓶合二为一，并且可笑地为之感到兴奋了。

只有瓶塞和酒瓶，仅此而已。假如到新耕的田地里走一走，我肯定还会找到几只破损的盘子。不过，它们也说明不了什么；那种考古毫无意义，因为考古发掘结束之后，您仍须发挥自己的想象力，就像坐在由耶莱尼亚古拉而来的巴士之上，您凝视着窗外，心中却想知道：弗朗斯基有没有从这个酒瓶旁边走过，他是不是拿着这个酒瓶，是谁买了这瓶酒，又是谁喝掉了其中的啤酒——究竟是住在10号的贝尔喝了呢，还是住在6号的卡斯珀喝了？他们是不是醉了，或许还扭打了起来，抑或是他们自己被人狠揍了一顿？他们喝酒是不是为了壮胆呢？是不是因为他们感到无聊呢？是不是因为他们不得不喝呢？是不是因为口渴、高兴或者感到悲伤才去喝酒呢？还是说，他们只是为了喝酒才去喝的呢？

酒瓶倒在乌伯舍尔墓旁边的树叶里。或许，是不是乌伯舍尔的小木屋还屹立于此的时候，他自己带到那里的呢？或许，是那些把他安葬入墓，并把他的尖顶普鲁士头盔和长剑挂到棺材上方的墙壁上的人带来的？他们用一块加固的混凝土板盖住墓穴，却没有在上面刻下此人的去世日期，而是为此人的健康干杯，然后不慌不忙地走回镇上。“可怜的乌伯舍尔，”他们心想，“他为什么要那样干呢？”

或许，情况根本不是如此。酒瓶最终之所以到了这里，没准是因为德国人走了以后，有人认为这里是最适合的地方，可以将每幢房屋里留下的垃圾都扔在这里。毕竟，德国人是无法自己去打扫的。

现在，这一切都变得毫无意义了；因为所有的多愁善感和我对这两件东西所有的喜爱之情，都是某种超越于它们之上的东西，是我对这座小镇的了解所导致的结果。只不过，这是曾经满目苍翠的库普弗伯格小镇仅存下来的东西；而我对自己是一个天生的考古学家感到兴奋的原因，也在于此。

库普弗伯格金啤

“下一只小猴子一定给你。”马克斯·辛特尼斯信誓旦旦地说道，他的眼睛在黑暗中闪闪发亮。为了透过黑暗看到辛特尼斯那双顽皮的眼睛，小格奥尔格·弗朗斯基不得不踮起脚尖，双手尽力往上伸，举起手中的那瓶酒。这样做很危险，因为关着捣蛋鬼马克斯的那间牢房的窗户太高，这个小男孩根本够不着。得靠马克斯那几个灵巧的指尖才能成功；要知道，此人从来就没有过抓不住一满瓶酒的时候，这一次自然也不例外。

可这样做还有一种危险。马克斯·辛特尼斯是一个游手好闲、放荡不羁而又酗酒成性的人。他之所以被捕入狱，也正是因为他喝了酒之后，又一次做出了让绿意盎然的库普弗伯格这座小镇上的人感到震惊和尴尬的事情。给这样的一个人送啤酒，肯定会受到邻居们和斯穆德镇长的责骂，并且无疑会被他的父亲猛抽一顿鞭子。然而，马克斯答应给他一只小猴子的承诺太有诱惑力，不容格奥尔格在这些危险面前退缩。此外，他们早已这样干过多次，所以这个小男孩也有了一定的经验。首先，会从辛特尼斯兄弟家里传来一阵大唱淫词艳曲的歌声，但其中只有一首是重复的。这首歌曲的开头一句就是“如果多有一个丈母娘”，然后，马克斯洪亮的男中音就会传到外面，这声音不会因他家书房的墙壁挡住而显得沉闷，会在街上回荡着。接着就会传来警察的哨声，或者斯穆德镇长不耐烦的声音。在这种时候，镇长往往都是压住心中的怒意，只会普普通通地呵斥一句：“马克斯，你这个混蛋！”之后，镇长就会叫来警察，拽住这个醉汉歌手的外套，把他关到济贫院后面的牢房里。他在那里会被关到第二天早上酒醒，直到反省了自己的可耻行为才会获释。可这个人既不会醒酒，也不会反省。

格奥尔格·弗朗斯基本人也对这种教育失败的结果发挥了一定的作用。他是啤酒酿造师埃瓦尔德·弗朗斯基的儿子，威廉和欧内斯汀夫妇的孙子。弗朗斯基家族一直在为小镇的美名增光添彩，他们为整个地区的酒店和餐馆供应啤酒，不论远近，迄今已有40多年了。这种啤酒号称“库普弗伯格金啤”，是颇有道理的。

至少，据埃瓦尔德·弗朗斯基称，当地啤酒大获成功的秘诀就是从大山内部涌出的优质山泉，而库普弗伯格镇就坐落在这座大山的山巅之上。利布雷希教授甚至还在希尔施贝格的地方报纸《山间徒步者》上发表过一篇文章，探讨了当地的“朱利安泉”涌出的泉水具有的种种疗效。“泉水中含有砷酸，却又没有掺杂其他一些具有强相互作用的盐类，从而让这里的泉水变成了一种特点鲜明的含砷矿泉水，具有利于消化吸收的特性。每升泉水中含有1.66毫克砷，正是一种合适的摄入量；这样的剂量，即便长期饮用也不会过量。”

接下来，另一位水资源专家威廉·温德里奇教授在反复测试了当地取水口的水质之后，大胆地宣称，库普弗伯格的泉水质量上乘，可与大名鼎鼎的“比尔森之源”里的泉水相媲美。据说这儿的水质之所以上佳，是因为山中分布着一层层有纹理的大理石，泉水渗过岩层之后，就会过滤掉有害的二氧化碳，水质会变软。

不管怎样，正是这里的优质泉水，再加上干净清洁得无可挑剔的酿酒设备，才让库普弗伯格金啤具有了其独特而微苦的风味。酿造出这种奇妙酒品的啤酒厂，坐落于小镇地势较低的一侧，就在前往扬诺维茨[①]的那个十字路口。啤酒厂是用漂亮的硬砖建成的，其后面就是酿酒师那座富丽堂皇的别墅，其中既有仆人居住区，还带有一间马车房。小格奥尔格对这里了如指掌；此外，他还知道如何溜进啤酒厂的装瓶车间，知道如何才能偷出一瓶冰镇啤酒，然后踮起脚尖，将酒瓶递到马克斯·辛特尼斯灵巧的手指当中。他偷酒的时候，从来都没有被人抓住过。

格奥尔格干这种事情，纯属情不自禁，当时他只有 7 岁，带着一种孩子气的热情，对辛特尼斯兄弟崇拜不已。他特别喜欢两兄弟中的弟弟马克斯，因为马克斯关在牢房里的时候，会给格奥尔格讲很多的故事，这给他带来了莫大的快乐。马克斯讲述的都是遥远之地的故事，比如波斯和中亚的莽莽沙漠、非洲的翠绿丛林，以及海洋之上的滔天巨浪。其中还有一些令人惊讶和毛骨悚然的冒险故事，当然也有猴子；据说，马克斯收藏了一些猴子的样本。说实话，格奥尔格从来没有看到马克斯从旅程中带过一只猴子回来。他甚至还记得，马克斯已有很久都没有离开过库普弗伯格了。可对于他来说，听到这些遥远异域的故事，就是一种莫大的奖赏。反正，就算小格奥尔格·弗朗斯基得到了马克斯答应给他的所有猴子，啤酒厂后面的那座别墅也容不下啊。

不过，当时辛特尼斯家还有一位兄弟，那就是大了马克斯一岁

---

① 自 19 世纪中叶开始，“约翰内斯多夫”这一旧名便改用新名“山中的扬诺维茨”了。从 1845 年开始，这个地区的一份旅行指南中，就已使用“扬诺维茨”一名。然而，即便是到了 20 世纪中叶，当地人仍会继续称之为“约翰内斯多夫”。一些德国人所撰的回忆录中，也没有使用这里的官方名称。而在本书中，除了引文，我使用的都是其正式地名。——作者注

的保罗。他与马克斯截然不同，也是马克斯那些令人难以置信的酒后故事的真正灵感源头。保罗是一位植物学家，他游历的时间比待在库普弗伯格那座书房里的时间更多；他的书房里堆满了植物标本和收藏品。在第一次游历中，他先是前往罗马尼亚的多布罗加地区，然后继续前行，到了希腊、土耳其、亚美尼亚、土库曼斯坦、波斯，甚至到了遥远的波多黎各。从上述每一个地方，他都带回了成百上千种植物标本。比如，其中有从遥远的萨哈林岛[①]带回来的一株特殊的两耳草标本。这种植物不畏库普弗伯格的恶劣气候，竟然在这里稳稳地扎下了根；而在将来的许多年里，两耳草还会成为该镇的一个显著特色。在一次远征土耳其东北部探险的过程中，保罗·辛特尼斯曾历经艰难险阻，攀登了 8 000 英尺[②]，目的只是向当地的农民了解，这种海拔高度上生长着一些什么样的未知植物。他的努力获得了回报，他发现的植物，在植物科学史上被命名为“辛特尼斯郁金香”。

这也就难怪保罗每次回到家乡，都是一件大事了。他那座不断扩大的私家植物园就是遥远之地的象征，而他的弟弟，则会满怀激情、深信不疑地讲述着这些遥远之地的故事。格奥尔格·弗朗斯基尤其盼望着保罗归来。由于他的父亲埃瓦尔德与辛特尼斯兄弟关系亲密，所以格奥尔格获得了一种难得的乐趣，他可以时不时地到保罗家里走一走，看他工作。每一次前往保罗家里，都是一趟探索未知世界的旅程。保罗的每个研究室里都弥漫着烟草的味道，工作台

---

① 萨哈林岛，即库页岛，位于亚欧大陆东北部黑龙江入海口的东南面。“萨哈林岛”是其俄语名。

② 英尺，英制长度单位，1 英尺约合 0.30 米。

上堆着一盒盒干蝴蝶标本，而陈列柜中有一些动物标本的玻璃假眼呆滞地凝视着这个小男孩。这里是属于一只巨大的安哥拉猫和三只聒噪不休的鹦鹉的领地，它们在整个屋子里到处跑。保罗兴致勃勃地领着这个小男孩深入领略博物学行业里的种种奥秘，向他展示植物与动物标本；而在显微镜下，这个小男孩还认识到了一个他以前一无所知的世界。尤其让这个小男孩备感骄傲的是，这位了不起的植物学家还称这个小探险家为“馆长”。

保罗有一个忠心耿耿、平时话很少的朋友，是一位土耳其人。此人名叫法斯，也让格奥尔格感到钦佩和尊敬。法斯长着一缕奇特的山羊胡子，总是戴着一顶土耳其毡帽，这给那位植物学家本已鲜明的性格更增添了一抹色彩。他们是在君士坦丁堡[①]相遇的；保罗立即就认为，两人的相识会带来益处。法斯实际上是一位奥地利女士和一位德国男士所生的儿子，只不过，他是在土耳其按照东方的方式被带大的。结果，他非但接受了合适的教育，而且最重要的是，他还能说德语、希腊语、阿拉伯语和土耳其语。在保罗的每一次探险中，法斯都是他的翻译和助手；他很快掌握了植物学的基本知识，甚至能够在研究领域里为保罗提供支持。埃瓦尔德·弗朗斯基的书房里，有一幅挂了很久的照片，照片中，保罗·辛特尼斯、法斯和一位德国领事热情地拥抱在一起，背景则是一座波斯城市。年老之后，法斯将在镇上定居下来，并且多年深受疟疾反复发作之苦。由于病情极其严重，所以在弗朗斯基家开的酒馆里，他还有自

---

① 君士坦丁堡，位于今土耳其的一座城市，现称伊斯坦布尔。历史上曾经是拜占庭帝国的首都。

己的专用玻璃杯和大啤酒杯。而老年的这种折磨导致他对吗啡上了瘾，过早地离世了。

马克斯讲述的故事和保罗取得的成就，都激发出了小格奥尔格·弗朗斯基的想象力，因为他也梦想着进行同样遥远、同样不可思议的旅程。广阔的天地将从扬诺维茨的火车站开始。从库普弗伯格走到那里甚至不要20分钟。他只要经过啤酒厂和那两个石制十字架；其中的一个十字架上，仍然隐约留着一行褪了色的铭文："纪念"。接下来，他就只需穿过那片白桦林了。更准确地说，是要跑过那片林子，因为对这个小男孩来说，那片绿色的树林里会传来太多神秘而可怕的声音。

但到了火车站之后，他就可以放松下来，坐上一列火车，两个小时就能到布雷斯劳或者格尔利茨，且不要5个小时就能到达柏林。然而，如果坐上一列方向相反的火车，那么只需一刻钟多一点儿的时间，就会抵达希尔施贝格。格奥尔格喜欢坐这条路线的火车。在那儿，铁轨蜿蜒穿过群山，在一座座拱桥上一次又一次地跨越河流。在梅茨多夫附近，能够清楚地看到库普弗伯格那两座教堂的钟楼。可这个小男孩最喜欢的，还是整列火车都驶入山脚下的隧道当中，被黑暗吞噬的时候。奶奶欧内斯汀曾经给小格奥尔格讲了一个关于这个地方的故事。1865年9月9日，人们在隧道西边靠近罗尔拉赫村的那个入口摆了几张桌子，点上了灯笼。这次特别的集会，就是布雷斯劳至希尔施贝格的那条铁路线的开通仪式。一个民间乐队在为客人演奏，客人当中就包括欧内斯汀·弗朗斯基和她当时的丈夫威廉·巴赫；当然，客人们也都畅饮了一番库普弗伯格金啤。在铁路代表和庄园领主斯托尔贝格-威尼格罗德家族的威廉伯爵发表讲话之后，所有与会者用火把照路，列队通过了隧道。于是，这条铁路便把扬诺维茨、附近的库普弗伯格与世界上的其他地区连接起来了。

乘坐火车旅行的经历，让格奥尔格·弗朗斯基产生了一些有点儿奇特的想法。这个小男孩是镇上天主教教堂里的祭坛侍者[①]，所以听说了约翰·马丁·斯图尔普神父那趟英勇无畏的旅程情况。差不多两个世纪之前，斯图尔普神父曾前往罗马，请求教皇允许他在库普弗伯格简单地成立"耶稣圣心博爱会"。小格奥尔格·弗朗斯基发现，那位勇敢的神父踏上旅程时却没有火车可以乘坐，这是一件令人无法想象的事情。

村镇里的几乎每一个人，都铭记着斯图尔普神父，尤其是到了每年复活节后的第三个星期天。那一天，大批信徒会从扬诺维茨、鲁德尔施塔特和沃尔特斯多夫三地而来，参加这里的教会节日活动。根据由来已久的习俗，早弥撒都是在清晨5点钟举行；而参加完早弥撒，这些信徒就挤满了各家酒馆。担任祭坛侍者的男孩子们要为这种庆祝活动刻苦训练，一个月之前就在康托尔·沃格特的严厉目光下，开始研习拉丁语弥撒。此人除了教学技巧高超之外，还是一位颇有天赋的音乐家，他的管风琴演奏会为教堂礼拜锦上添花。

因此，格奥尔格对自己能够协助做弥撒这一点感到非常兴奋。然而到了10岁的时候，除了热情，他也觉得有点儿不耐烦，就开始偷偷地窥视绿色的草地与森林。格奥尔格明白，自己必须走出去。保罗·辛特尼斯在他心中播下的种子，已经开始萌发并结出第

① 祭坛侍者，罗马天主教中协助神父举行弥撒的人，一般由小男孩担任。

一批果实。这些种子恰巧是掉在一片肥沃的土地上——这个男孩子的心中，开始燃起了要当一位博物学家的激情。伯格曼先生是一位老矿工，住在弗朗斯基一家的隔壁。托尼矿开采得如火如荼的时候，伯格曼每天要上 12 个多小时的班，照管矿上的那台蒸汽机。不过，此人真正感兴趣的却是动物，尤其是喜爱鸟类。他家挨着墓地，家中的鸟笼里全是长有翅膀、啼声不断的鸟儿。有一段时间，他还抓了一只狐狸，用链子拴在离家不远的地方。可有天晚上，不知道怎么回事，那只狐狸却跟链子一起不见了。（当天晚上，有一辆吉卜赛人的篷车匆匆离开了镇上，让人们不由得起了疑心。）小格奥尔格会时不时地到他家里去玩，而伯格曼先生则会用喜爱鸟类的激情来逗小格奥尔格开心。他还让格奥尔格结识了赫尔曼·加特纳，此人是一个身材精瘦却特别热心的石匠，擅长于一项极有难度的手艺，那就是将黏糊糊的粘鸟胶涂在树枝上以捕捉鸟儿。他为这个地区的所有养鸟人和鸟类爱好者提供鸟儿。但有一个问题，加特纳却始终无法解决。他在一场严重的事故中失去了一条腿，因此数年来都靠一条木制的假肢，才能支撑着站起来。

用粘鸟胶捕鸟，是一件难度极大的技术活儿。为了做到十拿九稳，赫尔曼·加特纳还在森林里和草地上挖了一些特殊的水坑。经过整个夏天，某种特殊的鸟儿会习惯于在这些水坑里嬉戏。他还非常细心，不让树叶或其他令人讨厌的污染物掉进这些水坑里。等鸟儿们适应了其中的一个水坑之后，狩猎就开始了。为此，加特纳先生还制备了一种以亚麻籽油为底料而制成的胶水，将其抹在棍子上，再把棍子放在水坑边，鸟儿飞过来时，可能就会落到棍子上。通常，这种陷阱引来的是知更鸟，它们一粘到棍子上，就会拼命地尖叫，发出警报。但是，胶水并不会将它们牢牢地粘住。此时，跛了腿的赫尔曼·加特纳的任务结束，而年幼机敏的格奥尔格·弗朗斯基就开始上场了。适时地听到吩咐之后，格奥尔格就会从自己的藏身之处冲出去，抓住啾啾直叫的猎物。他会把鸟儿从棍子上取下来，放进一个特制的袋子里，然后骄傲地拿给正在向他蹒跚走来的加特纳。

几个月的训练之后，格奥尔格·弗朗斯基也变成了一个擅长捕捉鸟儿的老手；于是，老赫尔曼·加特纳把涂抹粘鸟胶的任务也交给了格奥尔格，自己则专门负责确定和照看新的捕鸟地点。格奥尔格有时会把捕到的鸟儿带回家去，可他的母亲认为儿子这种新的爱好很令人担忧，所以会马上将一些鸟儿放生。格奥尔格捕到的鸟儿，曾经不止一次地把弗朗斯基夫妇家里搞得鸡犬不宁。有一年秋天格奥尔格捕到的一只星鸦，就是如此。那只星鸦桀骜难驯，格奥尔格到家后，费了很大的劲儿才把它从棍子上扯下来。可结果呢，他还是被那只星鸦狠狠地啄了几口，疼得他龇牙咧嘴。

身为酿酒师的儿子，小格奥尔格·弗朗斯基除了上述各种各样的快乐与消遣，还必须一丝不苟地完成一些杂务。最常见的是，若啤酒厂隔壁酒馆里的顾客太多，他的母亲和奶奶忙不过来，他就会被叫过去帮忙。这种情况一般出现在一年一度的春季教会节日以及该镇每年四次的展销会期间，尤其是在秋季展销会时。此时，埃瓦尔德·弗朗斯基会在小镇位置较高的集市广场上搭建一个结实的摊位，出售啤酒、热饮，以及用煤油炉炒制的瓜子。小格奥尔格的任务，就是往返于啤酒厂和集市之间，送来干净的酒杯和热水。他的往返速度最为重要，尤其是运送热水的时候。库普弗伯格入秋之后，天气寒冷多风，所以有的时候，若是小格奥尔格的速度太慢，送到山上时热水就凉了。

然而，格奥尔格·弗朗斯基最重要的任务还是学习，因为父母决定，等他长大后就把他送到波茨坦去上学。不久之后，扬诺维茨火车站那两座简朴的站台和整洁的站房对他来说，就具有了特殊的意义。从那时起，它们总会唤起他的回忆，让他想起新学年开始之前跟家人温柔道别时的情景，想起标志着一个学年结束和他盼望已久的暑假开始时，家人亲切迎接他的情景。

随着在镇上度过一个又一个夏天，格奥尔格·弗朗斯基好奇地注意到，这里发生了一些变化。舍恩费尔德家族经营矿山时，这里的矿工还相当多，可如今每年都在减少。随着矿工人数锐减，他们各种独特的习俗也逐渐消失了。矿上的传统习俗活动，每年都会举行一次。母亲告诉他说，其间老人们会穿着矿工制服，列队在街上游行。尽管有了这种明显的变化，但库普弗伯格却变得越来越美丽了，因为这里成立了一个“市政美化旅游运动协会”。取水巷、生火巷、高巷和低巷两侧，种植着一排排阔叶树木、矮松和红山楂树。库普弗伯格是普鲁士境内规模最小的一座镇子，并且曾经以此为傲；如今，这里又开始吸引游客前来休闲疗养了。要知道，小镇坐落于山上，四周的景色令人惊叹，空气也纯净清新。库普弗伯格还在柏林的报纸上发布了广告，本地的企业家则必须购买适当的信纸和信封，写上鼓励人们前来观光的信息。虽说库普弗伯格既没有必要的治疗设施，也没有疗养院，无法获得疗养胜地的美誉，可廉价而舒适的住宿业还是迅速崛起，而镇上也极少出现疗养游客人数寥寥的情况。

对格奥尔格来说，在镇上度过的一个个夏季也是一个机会，可以培养他对自然界的热爱。有一年夏天，他还跟了不起的狩猎爱好者海因里希·贝特曼交上了朋友，此人是雷曼铁匠铺里的学徒。如今已成少年的格奥尔格，像小时候帮赫尔曼·加特纳捕鸟一样帮贝特曼先生狩猎，贝特曼也因为工作时不幸出过事故而成了残疾人。当时，贝特曼正在贝库姆那家属于斯托尔贝格-威尼格罗德伯爵所有的木材纸浆厂里维修一台吊水机，有人不小心放出了轮子上的水，导致铁匠贝特曼的胳膊被碾压，结果截肢了。但是，他并没有被自己的悲惨命运所抛弃，因为老威廉伯爵深受触动，雇用了这位残疾工人，聘他当了护林员。这份工作挽救了海因里希·贝特曼，于是他开始热情满怀地自学用左手写字，并且每天一大早就到伯爵的庄园里去巡查。格奥尔格·弗朗斯基会陪伴着他，一边巡查一边狩猎。格奥尔格成了老贝特曼的重要帮手，因为他们使用的那杆前装式猎枪，需要双手才能使用。重新装弹就是格奥尔格的任务。接下来，把猎枪交给那个单臂猎人之后，格奥尔格会走开几步，在旁边看着猎物和猎人。在后来的多年里，格奥尔格一直难以忘怀地记着海因里希·贝特曼笼罩在火药腾起的烟雾当中的形象。两人共同进行的一次次狩猎之旅，使得他们变成了一个不可分割的团队，而最重要的是，他们也是一个成功的团队。格奥尔格的娴熟与敏捷，意味着那位目光敏锐的猎人从来都不需要等着他来给猎枪装弹。正是有了这种无间的合作，贝特曼才能在镇上多次炫耀自己的狩猎生涯，说自己有一箭双雕的本领，能够一枪打下两只鹧鸪。可惜的是，他曾多次试图打下那只让镇民饲养的宠物鸽子不得安生的苍鹰，却都没有成功。

家人都忧心忡忡地看着格奥尔格对狩猎的热情日渐增长。他们已经有过一次狩猎致人死亡的惨剧。格奥尔格母亲的娘家有一位远房亲戚，在带着一支上了膛的猎枪，艰难地穿过数丛灌木时，扳机却钩到了树枝上。猎枪走火，击中了那人的胸部。由于伤势太重，那人没能抢救过来。格奥尔格·弗朗斯基可不想重复这位亲戚的错误，于是安慰母亲说，他在狩猎时差不多做到了过分小心的程度。可就算如此，他也免不了会犯错误：有一年冬天他在猎狐的时候，就出事了。让格奥尔格最为痴迷的，正是这种独自狩猎的经历。他会沐浴着月光坐上好几个小时，藏身于森林边上，模仿老鼠发出吱吱的叫声。就在其中的一次深夜外出狩猎时，他正要朝一只从树后探出头来的狐狸开枪，却摔了一跤。他挣扎着站起身，没有注意到一根枪管被雪堵住了，就开了两次火。第一枪击中了狐狸，可第二次开火时，猎枪却炸膛了。当时真是惊险得很，好在最终他还是毫发无损。格奥尔格决定对自己一时的判断失误只字不提，不管是在家里还是对他最好的朋友，也就是商人格奥尔格·戈特，都不透露。早在上高中的时候，他就跟格奥尔格·戈特参加了自己的第一场狩猎比赛。尽管格奥尔格·弗朗斯基对海因里希·贝特曼来说只是一个帮手和助手，可他很快就与年纪稍大于他的戈特成了平等的狩猎伙伴。他们曾一起在村外练习瞄准、打星鸦和松鼠。不久之后，他们还曾受邀到罗瑙去打猎。尽管最后回来时两手空空，可两人踏上平生第一场狩猎之旅的时候，心中却都充满了自豪之情。

当威廉·祖·斯托尔贝格-威尼格罗德伯爵授权戈特先生接管库普弗伯格附近的一个狩猎区之后，情况发生了改变。戈特先生对那里了如指掌，熟悉那里的每个树丛和每只小鹿，所以他只会射杀成年的鹿。两个格奥尔格通常都会从这些狩猎之旅快乐归来，各人的狩猎包里都带着收获的猎物。弗朗斯基喜欢打体形较小的猎物，尤其是狐狸；戈特则更喜欢长时间地追踪和围猎小鹿。他的公寓里挂着许多鹿角，很多人看了后都大感钦佩。戈特家的公寓位于集市广场一家商店的上面（门牌号码是93—94号）。其中最引人注目的，就是一只有12支分叉的漂亮鹿角，这也是商人戈特最珍爱的一件狩猎纪念品。

1904年，完成了学业和服完义务兵役之后，格奥尔格·弗朗斯基回到库普弗伯格，永久定居下来。虽说他此时已是一位训练有素的酿酒师，可他父亲埃瓦尔德·弗朗斯基仍然又独掌大权3年，把酒厂经营得有声有色。于是，格奥尔格便在镇公所里找了份地方官员的差使。施纳贝尔镇长非常信任他，所以不断交给他一些责任越来越重大的任务。然而，他并非始终都不折不扣地履行了自己的职责。有一次，他甚至忘了为一位驯兽师举行原本已经安排好的婚礼。那对年轻夫妇在镇公所外等着婚礼开始的时候，格奥尔格却正在那座旧火药库边打小猎物。意识到自己忘了该做的事情之后，他赶紧在几分钟内就赶了回去，然后气喘吁吁地主持了那场朴素的婚礼。

他也决定要结婚成家了。此时他已有26岁，职业前景相当光明。对于他所心仪的那位姑娘，我们了解的情况不多。极有可能，她是本地人，名叫安娜。因此，他的婚礼是在库普弗伯格举办的。可以肯定的是，婚礼是由施纳贝尔镇长亲自主持的，而教堂里的仪式则是由当地天主教会的约翰内斯·考夫曼神父主持的。这个事实值得我们注意，因为考夫曼是一个非比寻常的人物，将与图斯尔普神父一样，在该镇历史上留下深深的印迹。向整个世界表明库普弗伯格具有种种魅力的，正是约翰内斯·考夫曼：他为这个地区撰写了第一份旅行指南，宣传法尔肯山、巨人山脉和利登山脉等地的小径和历史遗迹，以及它们对健康方面的益处。考夫曼神父还一丝不苟地搜集了该镇古时的历史资料，是第一个找到了提及库普弗伯格的最古老史料的人。

不过，格奥尔格的田园生活过得并不久。首先，保罗·辛特尼斯在1907年辞世了。此人既是他一位了不起的朋友，更重要的还是他的老师和导师。这位伟大的博物学家安葬在库普弗伯格的教会公墓里。遵照遗嘱，他的收藏品则捐给了格尔利茨的自然历史博物馆。多年之后，这些藏品将被分开，一部分样本继续留在自然历史博物馆里，其余的则被出售给了德国各地的博物馆，甚至出售到了瑞典的隆德。在第二次世界大战期间，辛特尼斯藏品中的大部分都将被盟军投向第三帝国首都的炸弹所引发的大火付之一炬。

格奥尔格结婚之后不久，他的父亲埃瓦尔德得了重病。于是，便到了他辞去镇公所的职务、接手家族生意的时候。生意上有很多方面都需要他打理。他家的啤酒厂是镇里规模最大的一家工业企业，有14名长期雇用的工人仔细地监督着酿造的流程。格奥尔格既接受了必要的训练，还看着父亲酿了多年的酒，所以并不是一个新手；对于如何发展和精简生产，他也有自己的想法。早在格奥尔格出生的两年之前，他的父亲就已引进技术，彻底改变了当地的啤酒生产工艺。1876年，啤酒厂引进了一台蒸汽发动机，酿制出了巴伐利亚风味的啤酒。弗朗斯基一家人都认为，如果不发展不进步，实际上就会落后，正所谓逆水行舟，不进则退。因此不久之后，格奥尔格便请来了酿酒大师赫尔曼·休特，此人将负责生产，直到20世纪30年代末。很快，他们又采用了现代化的蒸汽加热啤酒壶和电灯。工人们不再手工清洗酒瓶和酒桶，因为格奥尔格已经安装了机器，来代替他们进行清洗。此外，格奥尔格还开办了一座麦芽坊，让啤酒厂不再靠其他地方供应麦芽。而啤酒厂这位新东家采用的最大改进措施，就是冰箱。此前，啤酒厂的酒窖里都是用巨大的冰块来保持低温；这些冰块是每年冬季从啤酒厂边的池塘和扬诺维茨一个类似的水库取来的。这样做可以让库普弗伯格金啤在炎炎夏日喝起来特别解渴。如今，他们则是用一台现代化的机器，来让酒瓶保持低温了。

对于自家啤酒的销路，格奥尔格·弗朗斯基倒是不必太过担心。只要他不改变配方和所用的水，镇上那4家酒馆的顾客就会继续欣然饮用。其中有家酒馆开在啤酒厂隔壁，是由他父亲的两个同胞，即约瑟芬姑妈和弗朗兹叔叔经营着。这家酒馆的内部非常凉爽，还有一座啤酒花园，对顾客很有吸引力。在这里，他们可以平静地欣赏小镇熙熙攘攘的光景。最常前来的顾客，就是当地政府的官员，因为有几个政府部门就设在酒馆的楼上。酒馆紧挨着啤酒厂，再加上开酒馆的是家里人，这就意味着酒厂里的工人也得去那里喝酒。每一年，格奥尔格·弗朗斯基都会在这家酒馆里打开3月酿制的第一桶啤酒，开启春季啤酒节。

除此之外，还有马克斯·布劳尔开的那家很时尚的广场饭店兼葡萄酒馆，位于集市广场上的95号。那里很容易找到，因为酒馆的底层到处都是常春藤，上方则装饰精美，还挂有一块精心设计的用哥特式字体写就的标牌。酒馆里面的穹顶之下，有十几张桌子供顾客用餐喝酒。厚实的墙壁，使得即便是在炎热的 7 月份，这里的东西也能保持凉爽舒适。酒馆中央还有一座华丽的瓷砖火炉，在最严寒的冬季可供酒客取暖；而那时库普弗伯格金啤则会稍微加热，装在有盖的大啤酒杯里端上桌去。

每个星期，歌唱协会都会在广场饭店里进行排练；镇议会的社区会议和辩论会，也是在这里举行。在这些会议上，镇议员们的确会尽力体现出挂在饭店门廊上的那则格言中蕴含的智慧：

醺然酩酊，乃议员天职；油灯干枯，又何来亮光。

每个星期，当地的富绅名士也会到这儿的大宴会厅里坐一坐，玩一玩传统的斯卡特牌[①]。格奥尔格·弗朗斯基多半都会加入其中；一些地方官吏会来，还有商人戈特，以及酒馆老板马克斯·布劳尔。他们都不会独自前来，夫人们会坐在旁边一张桌子上，分享最新的家长里短。当男人们兴高采烈地喝着布劳尔窖藏的葡萄酒或者弗朗斯基家酿造的啤酒，开始唱起“如果多有一个丈母娘”时，她们都会皱起鼻子，恶狠狠地朝着丈夫的方向瞪上一眼。这些绅士会时不时地冒出一个古怪的念头，玩一玩真正属于儿时的那种恶作剧。所以有天晚上，他们用葡萄酒馆墙壁上挂着的一把剑，从一排金属格栅后面钩出了一瓶上等的好酒，这是布劳尔先生一直留在那里，要到特殊场合下才喝的。不过把那瓶酒喝完之后，他们还是礼貌地将酒钱添加到了当晚的账单之上。到下一次聚会和打斯卡特牌

① 斯卡特牌，一种有 32 张牌、由 3 个人玩的纸牌游戏。

的时候，布劳尔先生那些名贵的葡萄酒就非但用钢栅保护着，还加了一道密不透风的铁丝网。

布劳尔先生的葡萄酒馆里，还有一间带浴室的洗手间，全镇的人都可以使用。他们只需支付不到 1 马克[①] 的费用，就可以用。

集市广场的正上方，差不多就在山顶上通往梅茨多夫、鲁德尔施塔特和沃尔特斯多夫那几条道路的交叉口，这里坐落着施瓦尔泽尔·阿德勒开的那家酒馆（名叫“黑鹰”）。每个星期天，马丁·拉赫曼都会在酒馆里一间带有舞台的大厅里演奏萨克斯管。每一对随着音乐起舞的人，都须付给他 10 个芬尼[②]。在其余的日子里，当地同业公会里的工匠也会用这个地方来开会，一家旅行影院还会在这里放映电影。酒馆里有十多间客房，客人们尤其喜欢到其中的花园和装有玻璃幕墙的温室里走一走，因为透过温室的窗户看去，利登山脉的美景会尽收眼底。

在约瑟夫·卡钦斯基及其夫人凯特琳娜经营的那座酒馆里，气氛则完全不同。这家酒馆位于库普弗伯格到鲁德尔施塔特的那条路边一座毫不起眼的建筑里。在外地人看来，这家酒馆的内部别有一番趣味，因为店中 3 个宴会厅里的壁画展现了周围地区的历史，是从传说中巨人山脉地区的统治者鲁比扎尔开始的。几乎每个星期天的晚上，这里都会举办舞会。卡钦斯基家的酒馆还以举办狂欢派对而闻名，其中每一场派对都会有一个主题。年复一年，库普弗伯格的人会在“马车夫舞会”“家仆舞会”或者“内衣舞会”上，尽情狂欢。

---

① 马克，德国的货币单位。

② 芬尼，德国的一种辅币单位，100 芬尼等于 1 马克。

格奥尔格·弗朗斯基的酒厂不但为库普弗伯格的各家酒馆供应啤酒，还给整个地区的旅馆和酒馆供应啤酒。其中包括河对面那家漂亮的罗森鲍德旅舍、距费施巴赫不远的山间旅舍，以及沃特斯多夫、罗尔拉赫和鲁德尔施塔特等地的酒馆。因此，一辆辆装满酒桶和叮当作响的绿色酒瓶的马车，每天都会从库普弗伯格出发，沿着大路下山，给整个地区的居民送去巨人山脉地区质量最佳的啤酒。只要小小的啤酒罐里源源不断地流出这种珍贵的饮料，他家的生意就会继续做下去。

尽管格奥尔格无须亲自关注生产工艺——因为有酿酒师傅休特在孜孜不倦地照管着——可他们还是因将泉水输送到镇上和酒厂里的输水管道渗漏问题而麻烦不断。此时已经过世的埃瓦尔德·弗朗斯基曾经对镇上提起诉讼，要求镇上对酒厂供水中断进行赔偿，因为停产给酒厂造成了重大的损失。格奥尔格·弗朗斯基也面对着这个问题。尽管他有可能把本地的当权者视为朋友，可他还是坚持要求后者解决供水的问题。

与此同时，随着地下坑道坍塌而来的山体滑坡和岩层突裂，也在不断导致木制引水槽出现裂缝。发生这种情况时，警报就会响彻整个镇子，这表示禁止镇上居民取水。接下来，大家都会屏气凝神，而镇上指定负责维护输水渡槽的电气和水力专家卡尔·卢卡谢克会迸出一句脏话，发动他的欧宝牌汽车，动身去寻找又一处裂口。很多时候，他都必须花上一整天的时间，才能找到那处倒霉的裂缝；在此期间，库普弗伯格完全无水可用。有的时候，卢卡谢克的跋涉查找毫无结果，可注入镇上储水塔的水却会恢复，像之前供水中断时一样突然。好几年来，镇上居民和当地政府都为找到这些怪事的起因而伤透了脑筋。原因是偶然发现的：有天晚上，一位当地人失眠，发现沃特斯多夫附近的地里有一位农民正在用破布塞住水渠的一个检查井，使本该引入镇上的泉水改道，去浇灌他自家的土地。于是，镇上便派人把这些检查孔封死，还用一种合适的机械装置固定住，让人再也打不开。此后，镇上唯一的问题就将“仅仅”是采矿造成的塌陷了。

与当地官员反复交涉无果之后，格奥尔格·弗朗斯基最终放弃了，他决定自己修建一条引水渠，从“沙山”的山脚下引水，供酒厂所用。这一工程从 1912 年开始。工程的投资不大，并且让酒厂有了一定程度的自主权，只是供水问题一直都没有彻底解决掉；而该镇采矿遗留下来的麻烦，也会时不时地继续出现。

1914 年，格奥尔格·弗朗斯基赢得了那一年的狩猎锦标赛，成了一位远近闻名的神枪手。要不是他在接下来的 5 年里一直保持着冠军头衔，而这期间每场锦标赛中的竞争无疑也很激烈，这一点原本是不值一提的。可那一年的 6 月是旧世界的弥留之月：弗朗茨·斐迪南在萨拉热窝死于一名暗杀者之手，一场大战随即爆发，这将把库普弗伯格的男丁都征往前线，最终他们当中将牺牲 5 人、失踪 1 人。与此同时，在布劳尔的旅馆里，墙上最显眼的地方将挂上从一名英国士兵头上取下来的一顶钢盔。据说，那顶钢盔是扬诺维茨的恩斯特·库特纳在 1914 年 10 月的阿拉斯战役[①]中得来的。餐厅里悬挂着的一面德国军舰上的旗子，也成了对战争动荡岁月的纪

① 阿拉斯战役，第一次世界大战中协约国军队在法国西北小镇阿拉斯对德军侧翼发动的一场反击战。此战中，协约国军队最初虽然取得了一些战果，但最终还是被德军击退。

念；那艘军舰曾经在遥远的中国参加过青岛海战[①]。

5人阵亡、1人在战斗中失踪、一顶英国钢盔，加上一面千疮百孔、有如瑞士奶酪般的旗子，就是库普弗伯格在这场战争中的得失情况。与第一次世界大战期间总计高达700多万的德国受害者，以及各条战线上的3 700多万阵亡者相比，库普弗伯格付出的代价或许不算太高。尽管这显然是一种不幸，但这样一种结果似乎并非令人信服地证明了库普弗伯格四周山脉之外刚刚发生了一场世界历史上最血腥、最残酷的战争。不言而喻的是，德国为武装自己所做的必要努力也对库普弗伯格的居民造成了影响：物资供应出现了暂时性的短缺，政府各个部门开始进行军事操练，预备役人员开始更加频繁地进行训练，母亲、妻子则开始替以皇帝的名义前去参战的儿子和丈夫担惊受怕。然而，与欧洲成千上万座城镇的悲惨境遇相比，与数百万流离失所和被杀害的人相比，在库普弗伯格等待着战争结束的人却可以说是已经相当幸运了。由于忙着处理日常生活中的各种麻烦，他们很可能没有想过，这里的和平要付出多年的代价才会恢复。事实终将证明，他们在广场上为第一次世界大战中的英雄修建的那座朴素的纪念碑，并不足以奠祭所有的英魂；那头野兽，还将在此兴风作浪，为害肆虐。

更具威胁性的，还是战争动荡导致的种种恶果；最后的枪炮声平息下来之后，所有的德国人马上感受到了这些后果。恶性通货膨胀开始大肆在全国蔓延；通胀程度奇高，雇主们每天必须支付两次

① 青岛海战，第一次世界大战中，日本及英国共同攻打当时由德国控制的青岛，最后日本获胜。

薪资，这样人们才能用收到的薪水去购买东西。我们只要看一看下面这种现象就足够了：到 20 世纪 20 年代初，布雷斯劳的面包售价达到了每个 2.4 亿马克；当然，这种价格还在不断上涨。

库普弗伯格的商人和生意人，也不得不应对这些经济问题。问题不胜枚举；可在这个方面，库普弗伯格其实做到了相当程度的自给自足。当时，镇上有一名水管工、一名电工、一名金属加工工匠和一名锅炉工。商人供应不了的东西，都可以在当地生产。特伦克勒夫人会缝制衬衫，阿斯曼夫人和亚历克斯夫人会做床上用品，鲁伊斯先生经营着一家棉织厂，而马克斯的妻子布劳尔夫人出售黄油和鸡蛋。镇上没有营生的人，则会在库普弗伯格的工业企业里找到工作。其中包括：两家砖厂，分别是泽德勒和威梅尔砖厂、施莱舍·格兰尼施泰因股份砖厂；为斯托尔贝格-威尼格罗德伯爵所有的一家大型农场，以及贝库姆河上的一家木材纸浆厂。纸浆厂里生产出纤维素，供应给扬诺维茨的造纸厂；库普弗伯格也有人在那家造纸厂里工作，生产像极薄的棉纸之类的商品，然后出口到中国。

奥古斯特·史迪克家的屠宰场位于镇上地势较高一侧的 41 号，而他开在集市广场附近的肉铺，则由劳帕赫一家经营着。镇上的人购买烘焙食品和蛋糕时，都是到位于 10 号的由糕点高手威廉·弗莱比经营的面包店去。格奥尔格·费舍尔在面包店隔壁的 8 号售卖蔬菜和热带水果。70 号是古斯塔夫·雷曼开的商店，人们在那里可以买到大量的殖民地商品。出现塌陷的地方，就是这家商店旁边的地面。药剂师库尔特·海伊尼施和他的弟弟乌尔里希则为镇上提供药品。他们在广场上的 90 号开了一家自己的药房。

镇上的人都是到阿道夫·弗里贝的理发店里去理发。此人是一位半定点半巡回且技艺高超的理发师。对于弗里贝来说，光是在门牌号为 103 号的店里等着顾客上门是不行的；除此之外，他还会带着所需的工具，步行前往鲁德尔施塔特、罗尔拉赫，甚至远至费施巴赫等地，为那些村庄里的村民理发。或许，他会把路上走坏的鞋子，拿到瓦格纳–凯泽–埃克斯纳鞋匠铺里去修补。之所以说“或许”，是因为他还可以把鞋子拿到瓦恩–德雷舍尔鞋店里去修补，这家鞋店是位于镇上地势较高的一侧。尽管如此，但我们几乎可以肯定地说，这位经常需要翻山越岭的理发师会从自己的亲戚裁缝赫尔曼·弗里贝那里订购裤子。

除了啤酒厂，阿尔伯特·舒茨也在镇上经营着一家酒厂，出产优质的伏特加和利口酒[①]。不久以后，马克西米利安·冯·格莱申斯基经营的矿泉水和柠檬汽水业务，也会开始蓬勃发展起来。

库普弗伯格既有自己的邮局，还有两家信托公司的分公司。镇上有一所幼儿园（位于啤酒厂附近那家酒馆的一个房间里），还有两所教会学校；在将来，两所教会学校会合并成一所公立学校。在镇上的其他居民纷纷效仿卡尔·卢卡谢克，也就是那位开着欧宝牌汽车到处走的电力专家时，街道上的汽车多了起来，黑鹰酒馆的后面还修建了一座壳牌加油站。

然而，库普弗伯格的人可并不仅仅是为了工作而活着。在业余时间里，他们会参加众多协会和行会组织的活动。其中必须一提的，就是由格奥尔格·弗朗斯基的忠实朋友、热衷于打猎的格奥尔格·戈特管理着的“男子体操协会”。虽说名称如此，但这个协会

① 利口酒，一般指餐后的甜酒，也用于指烧酒。

其实包括三个组：一个男子组，以戈特为首；一个女子组，以凯特·卢卡谢克为首；还有一个青少年组。天气不好的时候，他们会在黑鹰酒馆那种温馨的室内环境里练习单杠、双杠和鞍马。不过，库普弗伯格这些体操运动员心心念念想要的，却是一个真正的露天训练场。最后，他们在通往阿德勒斯鲁村那条路旁边一个稍微有点儿偏僻的街区里，为自己修建了一座露天训练场。在这座训练场里，在围观者的欢呼声中，年轻的体操运动员们进行了一场又一场表演。

那些不喜欢在平衡木上耍杂技的人，则会选择显著带有社交性、极其令人愉快的“男歌手联盟”（由裁缝赫尔曼·弗里贝指挥），或者由退休演员保罗·舒尔兹负责的“人民戏剧舞台”。舒尔兹并不满足于只是演戏，因为他还是一名消防中士，是库普弗伯格志愿消防队里的一员。每月第一个星期六的早上6点，镇上就会响起消防警报；然后，舒尔兹和十多个人就会向舒茨那家酒厂附近的消防站冲去。在那里，他们会进行消防演习；接下来，所有的人都会去酒馆，就着一杯清凉爽口的库普弗伯格金啤，讨论刚刚从演习中获得的经验。库普弗伯格的消防员素有美誉；扬诺维茨甚至流传着一个故事，说的就是从这个山巅小镇上下来的消防员，他们个个勇敢无畏，等不及拉车的马儿到达，就抓起车把，将水箱和水管拉到了这座邻镇，从而挽救了扬诺维茨一位市民的财产。可惜的是，故事中却没有提及，他们扑灭火灾之后是如何把大车拉回山上的，不过，与疯狂地冲下山去相比，回程肯定给这些英勇的消防员带来了更大的麻烦。

格奥尔格·弗朗斯基也会参加社区活动。他既是一名预备役军人，也是“军事协会”的会员，所以，他会参加所有全国性的和军事性的庆祝活动；他还负责监督人们用必要的盛大场面将逝世的参战老兵送至公墓安葬，确保葬礼上有必要的荣誉敬礼。军事上失败之后，经济又陷入了危机，所以对所有活得比帝国更久、如今成了共和国公民的镇上百姓来说，他们都很难在这种新的形势中找到自己的位置。在欧洲，他们属于“那个邪恶的民族”。因此，不管是有意还是无意，他们都把对英雄人物的回忆当成了集体度过这段艰难过渡期的治疗办法。

许多难以在这种新的现实中恢复正常生活的人，都会来到这个镇上疗养和休息。当地人和游客一致认为，这里的秋天最美丽。其时，从河谷中冉冉升起的薄雾，会让那些在库普弗伯格醒来的人，有幸饱览整个镇有如岛屿一般矗立在雾海当中的美景。约翰内斯·考夫曼神父曾在其旅行指南中，盛赞过这一美景；如今，他编纂的旅行指南已经在全国闻名遐迩了。不到数年，库普弗伯格便变得赫赫有名：这里既是德国最小的镇子，也是一个宁静、迷人的地方，而最重要的是，到这里旅游相当便宜。如今前往那里，要比过去容易得多了。1920 年 6 月，下萨尔茨布隆至希尔施贝格的铁路线终于实现了电气化，外观优雅的红色电动列车如今开始在这里运行，这意味着人们不要 20 分钟，就可以从扬诺维茨到达希尔施贝格的机场了。而在希尔施贝格机场，有汉莎航空公司的航班定期来去，将柏林、布雷斯劳和莱比锡等城市连接了起来。与此同时，出租车也开始穿梭于扬诺维茨火车站和库普弗伯格的集市广场之间，难怪小镇上偶尔会挤满前来进行休闲疗养的游客了。

整个地区也出现了变化。人们都希望，数量日益增长的游客会让他们摆脱经济萧条的困境。连当地人一向说那里是处在世界边缘的沃尔特斯多夫，也开有多达7家旅馆。至于斯托尔贝格-威尼格罗德伯爵，则专门为游客翻修了城堡里的部分废墟；如今，人们都称那里为波尔泽恩斯坦城堡了。那里坐落着一家舒适的旅馆，更是远足者最喜欢的好去处。

看着这些变化，格奥尔格·弗朗斯基由衷地感到高兴；而他的家庭生活过得顺风顺水，则更是让他感到欣慰，因为他最小的孩子很快就要出生了。在他的内心深处，格奥尔格很希望生个女儿。

经历了战争期间的动荡岁月之后，整个国家正处在一个重新站起来的艰难时期。格奥尔格的生意尽管一直深受供水问题的困扰，却做得异常顺遂。他的啤酒已经远近闻名了；如今，他们还用汽车将啤酒运送到更远的地方，运到了戈德堡、卡茨巴赫的施泰瑙，甚至远销到了洛温堡。他家的啤酒厂也日益受到了啤酒行家的青睐，吸引着那些希望在原产地尝尝这种精选金啤的人前来。格奥尔格按照姑妈约瑟芬·弗朗斯基业已坚持了差不多百年之久的传统，夏天会给游客们供应冰镇啤酒，冬天则会供应稍微加热过的啤酒。

啤酒厂旁边的那家酒馆，在冬天的几个月里会挤满顾客，尤其是星期六和星期天，而库普弗伯格之所以在整个地区闻名遐迩，还有一个原因。事实证明，从这里通往扬诺维茨的那条大路是一条最佳的天然滑雪道，冬季运动爱好者想不出还有哪条天然雪道会比这里更好。尽管滑雪者从此地几乎可以滑向四面八方，而滑冰运动员也可以在距啤酒厂不远的池塘上转一转，但真正吸引滑雪者的，却是通往扬诺维茨的那条陡峭的下坡路。那里有一支由6人组成的雪橇队在进行训练。这支由扬诺维茨的景观设计师伯恩哈德·贝克尔组建的雪橇队，在整个法尔肯山地区都赫赫有名。雪橇队的领队是库尔特·门德。约翰内斯·里兹卡坐在他后面，然后依次是格奥尔格·格拉布斯（他是库普弗伯格的烟囱清扫工）、赫尔曼·赫尔希（他也是镇上的居民），最后则是匆匆忙忙地爬上雪橇后部的埃里克·诺尔特。他们通常都会在黑鹰酒馆附近兴高采烈地吆喝一声，推着雪橇离开，边跑边纵身跃上雪橇，然后顺着结冰的大路下滑，首先穿过集市广场，然后经过啤酒厂。接下来，他们还会经过镇子边上突兀于雪中的那两个石制十字架，之后可以快速下滑 1 英里多远，直到扬诺维茨克鲁格尔旅馆的院子里。他们在那儿的餐馆里吃饱喝足之后，就会拉着 220 磅[①]重的雪橇，踏上归程。一路上，他们会经过一些尖叫着的孩子；孩子们坐着自己的雪橇，歪歪扭扭地跟着他们。年轻的运动员们会在啤酒厂旁放下雪橇，到里面去喝上一大杯温热的啤酒，在进行下一次大胆的下滑之前壮壮胆。

毫无疑问，在库普弗伯格生存下来并不容易，只是镇上的人已经学会用这些小小的乐趣来弥合日常生活中的艰辛。唯一预示着更苦的日子即将到来的，就是约翰内斯·考夫曼神父的辞世。1926 年 11 月 16 日，考夫曼神父被安葬在扬诺维茨的教会墓地里。尽管几十年后谣言四起，但没有迹象表明，他可能是被一名新教刺客暗杀而死于非命。有大量证据表明，当时持两种信仰的宗教信徒曾在这里和平共处，或者起码也是井水不犯河水。然而，这位对宣传该镇的积极方面做出过关键贡献的神父之死，却让库普弗伯格人的心头蒙上了一层阴影。没有人把阿德勒矿关闭最后一座矿井看成一种不祥之兆。当然，为数本已不多的矿工会对此感到遗憾；只是这里的

① 磅，英制重量单位，1 磅约合 0.45 千克。

矿山已经关闭过多次，大家全都见惯不怪了。

然而，乌云正在远处升起和积聚；非但小镇四周的山脉之外如此，连大洋那边的美洲也是如此。1929 年 10 月 24 日，史称“黑色星期四”[①]，大萧条由此开始，并将很快席卷整个世界。

但是，不待经济萧条的第一波重大影响传到库普弗伯格，冬天就到了。镇上的居民，也开始承受他们自己的小悲剧。

1929 年 12 月 29 日是一个寒冷彻骨、星光闪烁的冬夜。烟囱清扫工格奥尔格·格拉布斯和约瑟夫·斯特伦兹两人静静地走过沉睡中的库普弗伯格，积雪在他们的脚下嘎吱作响。到了黑鹰酒馆附近，格奥尔格从背上取下一具儿童雪橇，放到地上。他们拉起衣领，将皮帽子拉下来盖住耳朵。格奥尔格坐在前面，约瑟夫坐在后面。他们朝山下的扬诺维茨滑去。他们要去完成一项紧急任务，不能耽搁。没人知道他们为什么会在滑了不到四分之一英里之后，就滑出了大路，撞到了一棵树上。格奥尔格有一根用于清扫烟囱的钢索，他在上面绑了一个球；那个球击中了他的身体，伤到了他的肝脏和脾脏。格拉布斯临死时发出了一阵可怕的惨叫，打破了夜晚的寂静；这名烟囱清扫工时年 22 岁，是土生土长的库普弗伯格人，还是那支著名的雪橇队的一员。他的惨叫声惊醒了住在附近房子里的人；很可能，当时各家都亮起了灯光，格奥尔格·弗朗斯基或许还赶紧来到了他家那座黄色别墅的窗边往外看，心都提到了嗓子眼上。

周围的林中，一群乌鸦扑腾着翅膀，在寒夜中纷纷惊起。

---

① “黑色星期四”，指美国华尔街股市突然暴跌事件。

爸爸不在了

“就在战争爆发之前，我们已经摆脱了大萧条导致的贫困与匮乏。整个经济都在好转，几乎没有人失业，他们可以找到修建高速公路的工作，或者获准去国外工作。镇上的工匠们都挣到了大把大把的佣金。直到开始征兵和德国开始公开重整军备，我才发现，镇长必须向警方报告当地居民的政治主张。”[①]

“他们会在学校点名，我们全都必须站上 1 个小时，伸出一只胳膊行纳粹礼。这种事情，通常都是温德勒先生组织的，其他老师则不常组织。

“上学时他们还吩咐我们，说不管在什么情况下，我们都不准在通往扬诺维茨的那条大路上滑雪橇。”

“难民们开始从东部涌入时，我还在上学；难民当中，有斯托尔普先生及其家人，他们原本住在波森省；有罗斯先生和他的妻子，他们是从俄罗斯人的乌克兰来的。他们可以告诉我们很多的情况，说德国公民在波兰和苏联都受尽了迫害。可除此之外，第二次世界大战爆发之前，库普弗伯格的生活过得融洽而和谐。”

---

① 本章所选的引文中，第一、三、四、五段源自 Dora Puschmann 的手稿 *Chronik über Kupferberg*，其余引文则源自我对德国人进行的采访。——作者注

“多年以来，在我们这幢房子外面经营着一家皮革作坊的威廉·达克施差不多都是入不敷出，还有好几次几乎破产。1935年，他却接到了一份与重建空军有关的大订单。酒馆阁楼上的一个房间已经不够达克施使用了，所以他只得把整座作坊搬到了皮特斯多夫。到了那里，他就可以大展宏图了；只不过，库普弗伯格却没人可以再买到他制作的精致公文包或皮革制品了。”

“1938年，库普弗伯格的许多年轻人都应征加入了国防军，参加了吞并奥地利、苏台德地区及波希米亚的作战行动。一年过去了，我们都曾信心十足，以为进攻波兰不会导致战争。可结果表明，我们的希望落空了。

“第一个倒在波兰战场上的库普弗伯格人，是合唱队领唱员穆勒的儿子阿方斯·穆勒。战争打得越久，我们就越是不常见到镇上的年轻人；他们只是偶尔休假的时候才会回家。但是，他们没有把前线的情况告诉我们。”

“这只是意味着我的父亲要离家很长一段时间。那是开始时的情况；之后，我实际上再也没有见到过他。因此对我来说，战争爆发只是意味着我的父亲消失了。我甚至不知道他究竟去了哪里，也不知道他在那里干什么。

“我们在这场战争的全部情况，就是如此。它的呈现方式之一，就是镇上只剩下了妇女、儿童和老人。”

“战争爆发之前，我们已经在库普弗伯格和附近村庄里成立了几个青年组织。每个组织都有不同的制服。随着战争日益临近，这些制服日益少见起来，而希特勒青年团的褐色衬衫却越来越多。不过，人们却从未想过要去埋怨纳粹党。那样做会被送进监狱，至少也会挨上一顿痛打。所以，大家干脆闭口不言。”

“有些库普弗伯格人总是忧心忡忡的，因为他们确信，希特勒会把我们带入战争的漩涡。他们的看法是多么正确啊！征兵工作刚一开始，第一批人就被征召入伍了。接下来，他们又进行了旷日持久的秋季演习。村镇委员会里的气氛越来越紧张，因为他们没有雇用新的人员，可工作量实在是太大了。如今，他们必须坚持让镇上的一些居民确认自己是不是雅利安人。”

“镇上唯一的战争迹象，就是物资供应极其匮乏，尤其是食物。夏天，我们会到森林里去采摘蘑菇、浆果，而到战争结束的时候，我们甚至会拔藜草来吃。但最糟糕的事情，还是去买面包。那时我长大了一点儿，所以比其他孩子更能应付这种事情。可每次母亲派我去买面包，我都得花上一整天的时间，从一个村庄跑到另一个村庄。首先我得在库普弗伯格镇上到处转一转，问有没有面包卖。要是没有的话，就得去扬诺维茨了。在那里，人们经常告诉我说，沿着布布尔河步行 2.5 英里至罗尔拉赫可以买到面包。偶尔我还得从罗尔拉赫一路跑到费施巴赫，一直要到那里才能设法买到几个面包。而最麻烦的就是，我还得回到镇上。那样跑上一趟，通常都要花一整天的时间。”

“我们把造纸厂的废料与碎砖、碎石混合起来，制成渣石砖，在镇子边上建了三幢小小的房屋。这些房屋是用来收容难民的，他们随时都有可能来到镇上。当时我才几岁大，他们就命令我去帮忙修建了。”

“那是德国人被赶出西里西亚之前，我在罗森加滕旅舍里居住的最后一个晚上。当时正值1944年秋季，我是跟一位女朋友前去那里远足。我们在路边的一棵树下坐下来，吃了几个苹果。眼前的情景祥和而宁静，连一丝微风也没有。过了一会儿，一只黄鼠狼向我们跑来；有那么一会儿，我们一直看着它，可黄鼠狼忙着自己的事情，根本就没有注意到我们。接下来，我们就开始往回返。看着逐渐沉入黑暗当中的约翰内斯多夫及其上方高高耸立着的库普弗伯格，莱妮几乎高兴得叫了起来。她说那里太美了，她以前从未见过那么奇妙的景色。自那以后，我们再也没有去过罗森加滕了。”

“最好的荨麻生长在距弗朗斯基先生经营的那家啤酒厂不远的地方。您可以把荨麻跟大蒜一起，放在有盖的锅子里炖，有时也可以与洋葱一起炖。我们偶尔会成功买到几个土豆。妈妈会把土豆煮熟，然后切成片，放在炉子上烤黄。我们用土豆片就着炖荨麻一起吃，发现味道确实不错。我还记得吃那种晚餐的时候，我们往往会对自己承诺说，下次还会吃到黄油烤土豆。只不过，我们一直没有那样的机会。”

“一辆坦克在山顶那座路德教教堂的后面停了一会儿。从坦克里出来的士兵对所有的孩子说，谁要是能给他们两个鸡蛋，就可以到坦克里去坐一阵子。我跑回家里，拿了鸡蛋，然后就在坦克里坐了会儿。当时，战争刚刚爆发。”

“在整个战争期间，我们镇上没有听到过一声枪响。山脉那边不时有轰隆隆的声音传来，可接下来母亲就会说，多半是一场暴风雨要来了。

“简而言之，我们根本就不了解这场战争的情况。可接下来我们看到了俄罗斯人，一切便都发生了变化。”

耶和华啊，求你不要耽延

神啊，求你快快搭救我！耶和华啊，求你速速帮助我！

愿那些寻索我命的，抱愧蒙羞；愿那些喜悦我遭害的，退后受辱。

愿那些对我说“阿哈、阿哈”的，因羞愧退后。

愿一切寻求你的，因你高兴欢喜；愿那些喜爱你救恩的常说：“当尊神为大。”

但我是困苦穷乏的。神啊，求你速速到我这里来！你是帮助我的，搭救我的。耶和华啊，求你不要耽延。[①]

夏　季

他们不会离开自己的房子，而是会从拉上的窗帘后面向外窥探。不是出于怀疑，现在怀疑，为时已晚。或许是因为羞愧。羞愧？现在？生活似乎是在按照自己的节奏进行着。没人说一句话，大家都在聆听。片刻之后，他们就会向外望去。他们将不会相信自己看到的情景。

男孩们从扬诺维茨的方向列队行军而来的时候，他们已经在凝神细听了。他们听到了钉靴有力而匀称的步伐声，听到了靴子重重地踩在人行道上的声音，听到了唱歌的声音。没人知道接下来会发

① 出自《圣经·诗篇》70。——作者注（此处所引译文选自和合本《圣经》）

生什么。主妇们都站在炉子旁边（当时已到了晚餐时间），男人们正在下班回家，小孩子们正在街上嬉戏，美丽而绿树成荫的库普弗伯格则笼罩在热浪之中。可镇上的少年都明白，今天是镇上每一个人都将永远铭记的一个日子。或者，这样想的有可能不是他们？他们是不是自己想出了这一切？是不是有人替他们想出来的呢？可替他们想出来的，又是谁呢？

他们就这样来了，经过了两个石制的十字架，其中一个十字架上还印有铭文：“纪念”，也就是“铭记”。他们并不会铭记。他们向往的是未来。他们来了。有那么一会儿，人们依然凝视着他们，没有示意自己的孩子进屋。不久后，他们就把孩子们招呼回去了。他们会砰的一声关上门，然后站在窗边。他们会凝神细看。

男孩们进入镇里，行军速度不见放缓，经过了啤酒厂，接着是酒馆，然后朝山上进发，走到广场上时，他们额头上的汗水直滴。他们穿着清一色的黑色短裤、黄褐色衬衫，脖子里箍着皮圈，上面系着手帕。他们还戴着臂章，腰带上佩着刀子。

或许，他们还会继续前进？经过镇子，向田野行进，练习以整齐的步伐走不同的队形。或许，他们只会在广场上的纪念碑前敬礼，然后就会回家（扬诺维茨的男孩子得自己走回去，他们会无忧无虑地沿着大路跑下去，或者冲过田野跑到河岸边，然后大喊一声跳进河里）。

他们在牧师的家门前停了下来，排成了一列。他们的指挥官走到中间位置，手持一个用锡管做成的喇叭，开始讲话。教区牧师当时在家，但没有出来。

他是不是在听着呢？当然在听。那么，他又听到了什么？

整个小镇悄然静立。人们站在窗边看着，或者走到后花园里，什么都不想看到。可他们全都在凝神细听。那名领导的声音传遍了低巷、高巷、火巷和取水巷。时不时地，他们还会听到那帮人在喊口号。男孩们站在那里，大声呼喊，唱了会儿歌。那天下午天气炎热，空中弥漫着丁香的味道，各种灌丛中鲜花盛开，樱桃很快就要成熟了。

除此之外，别的什么也没有发生。他们可能扔了一块石头，或者把牧师引了出来。或者，他们还在牧师脸上打了一拳。

那些站在自己家里、躲在窗帘后面看到了这一幕的人，可能会想："他们绝对不可能在罗特尔牧师的脸上打了一拳。"可一个小时之前，他们还以为那些男孩子绝对不可能朝牧师家走去，排成一列，辱骂这位神职人员，说他是一条狗、一个小偷和一个叫花子呢。

"我们的罗特尔牧师？那个翻修了教堂，开着他那辆嘎嘎作响的汽车，走遍了教区所有村庄的人？"他们一边想着，一边摇着头。这里的每一个人，对罗特尔牧师都敬重有加。您不会去侮辱一个受人敬重的人；在街上碰到受人敬重的人时，您会脱帽致意；您会欢迎他们到您家里来做客；您会向他们鞠躬行礼。

罗特尔牧师也在思索。他一直都在思索，有时甚至还会大声说出来。那帮男孩子以前从未来过。他们会在黑鹰酒馆里会面。他们会做做演讲，放映电影。放映电影的时候，那里也会聚集很多的人。他们会在纪念碑前向英雄们敬礼，而到了晚上，他们则会举着火把游行；他们会唱歌，他们会敬礼。他们脚蹬靴子，佩着刀子，穿着清一色的短裤和齐膝的袜子，目光呆滞地直视前方，向前行军。他们从不靠近，他们总是大步向前地走过去。

可现在他们来了，他们站成了整整齐齐的一列。格拉泽尔家的兄弟俩也在其中；库尔特曾经是体操协会的乐队里的一名鼓手长，埃里希则是沙恩霍斯特青年团的一员。现在，他们都来了。这里不再有什么体操运动员，不再有什么青年组织，也不再有什么圣乔治童子军。只有清一色的黄褐色衬衫和他们佩戴的那些刀子。只有纳粹党和希特勒青年团。他们站在那里，一边唱歌，一边往窗户里看去。坚韧如皮革，顽强如克虏伯钢（这是元首对他们的评价）。他们看见牧师了吗？没有，可他们非常清楚，牧师在听着。

那位牧师呢？在 1936 年夏季那个闷热难耐的下午，当小镇历史上第一次有一支希特勒青年团分队站在他家的窗前，其指挥官用锡管大喇叭辱骂他的时候，牧师又有些什么样的感受呢？此时的罗特尔牧师已是一位老人，已然见多识广。可他以前从未见过这种事情。他明白，镇上的情况如今发生了变化，有人已经越过了底线，没人知道接下来会发生什么、外面这些男孩又有可能做出什么样的事情，连罗特尔牧师也不知道。虽说今天没有出现什么大不了的事情，但与此同时，某种可怕之事还是发生了。因此，罗特尔牧师很害怕。那头野兽来了，再一次来到了镇上。可它已经离去那么久了！

格拉泽尔家的兄弟俩，真的站在牧师家前面那支冷酷无情的队伍里。他们不能不去。而且，他们越是不想去，就越是必须去。库普弗伯格虽然没有成立希特勒青年团，但加入其中、变成团员，正在日益变成一种义务。要知道，其他的青年组织此时都已消失了。这些组织都是自愿解散的。当然，这是官方的说法。至于非官方的说法，人们一句也不敢提及。于是，库尔特和埃里希便穿上他们的短裤和黄褐色衬衫，沿着大路到山下的扬诺维茨去参加集会，就像今天一样。只不过，当时他们并不知道，最终他们会回到库普弗伯格，来执行这项可耻的任务。指挥官告知这项任务时，他们有没有提出过反对意见呢？我们很难想象，因为他们明白这项任务的后果是什么。于是，他们行军上山，尽力跟上队伍的步伐，并且唱着歌曲。进入镇上之后，埃里希本来是想悄悄消失，躲得远远的。但是，他依然僵硬地站在牧师家门前，顺从地跟着一遍一遍地喊口号、唱歌。而在内心深处，他却已经蜷缩成了一团。他尊敬罗特尔牧师，以前甚至经常帮着牧师在教堂里做弥撒。此外，罗特尔牧师也从来没有对别人干过坏事。因此，埃里希根本就不明白，这位牧师今天怎么就成了他们的敌人。待到这件可怕的事情终于结束，而埃里希也长大成人之后，他将写信对自己的朋友说，站在牧师家门前的那一次，就是他一生当中最感尴尬和羞愧的时候。

冬　季

这一切，都是不知不觉地开始的。镇民当中，没有几个人认为希特勒上台会给整个德国带来灾难。很有可能，根本就没人预见到，这场灾难还会差不多殃及全世界。民众的生活原本改善得相当迅速。如今，库普弗伯格的企业主们都获得了政府的委托，大家都在为满足军队的需求而生产。扬诺维茨的几家采石场雇用了镇上的许多居民，这里也在加紧提高产量。据说，在火车站旁边的石匠作坊里精心打磨的石块，将会一路运往柏林，去给元首修建新的帝国总理府。失业的人都被雇去为政府工作了。库普弗伯格的近 700 位居民，很快便忘掉了大萧条时期的贫困滋味。

令人不安的隆隆之声会时不时地传到镇上。最初的一系列变化出现在地方行政部门。镇长办公室不见了，一位乡镇领袖来了。这位乡镇领袖的职责之一，就是向纳粹党的党代表报告全镇居民的性情和政治倾向。其中，摸清工人们的情绪尤其重要，因为最大的危险，就是工人当中出现所谓的“红色瘟疫”。共产主义会藏身于工会背后，最终还会突如其来地将工人变成一群群崇尚无政府主义的“恐怖分子”，一心要毁掉元首的“伟大事业”。因此，必须迅速地将他们消灭。

镇上的两所教会学校被关闭，孩子们则被要求去新成立的公立学校上学。新学校位于原来的天主教会学校内，由合唱领队穆勒负责。有一天，他把孩子们从未看到过的一面旗子带到了班上。他解释说，旗子上的黑色条纹代表了德意志民族，白色条纹代表着白人雅利安种族，红色条纹则代表着国家社会主义。这面旗子与原来那面黑、红、金三色国旗不同，每天都将挂在教室里；至于原来的国旗，只有在“宪法日”那天，这位合唱领队才会把它挂出来。从第二年的 1 月起，每节课上、下课时，师生都要行纳粹礼。

正如鲁道夫·赫斯[①]所言，此时的德国人享有“建立在大多数人信任之上、属于世间最现代的民主制度”。这种信任，就是对元首的信任。这种信任，必须得到相应的确认才行。因此，新任官员

① 鲁道夫·赫斯（1894—1987），德国政治家，曾担任纳粹党副元首，第二次世界大战爆发之后，他更是被希特勒指定为继承人。后于 1941 年搭乘飞机奔往英国，并一直留在英国，直到去世。

也有责任保存记录公民具有雅利安血统的表单和文件。遍地绿色的库普弗伯格镇上的每一位居民都必须前往警察局，填签恰当的声明书。在此基础上，他们将获得新的身份证件。假如他们具有纯粹的雅利安血统，那么颁发给他们的身份证件就是褐色的（有人说，就是褐色制服的颜色）。哪怕是血统中掺杂了一丝丝犹太血统，他们的身份证件就会是黄色，而他们本人则会被登记进犹太人的特殊名册当中。

秋 季

就在希特勒青年团到罗特尔牧师家门前举行那场令人厌恶的点名活动一年之前，胡戈·乌伯舍尔来到了镇上。此人来自遥远的西里西亚普勒斯村，是一位退休警官。在德国即将实施所谓的《纽伦堡法》[①]时，他决定离开西里西亚，到山区里隐居起来。此时，人们正在公开把自己区分为优等民族和劣等民族两大类。那头野兽，开始狂奔起来。纳粹党先是除掉了政治上的敌人，如今则开始对付种族上的敌人了。或许，乌伯舍尔希望那头野兽不会在库普弗伯格抓住他，希望伟大的历史会无视他。或许，此时他极其疲惫，只想找到一个宁静的角落，让他能够安度晚年，并在平静的生活中离世。不管是为了什么，反正他在库普弗伯格找到了自己追寻的东西；至少，刚开始的时候是如此。他租下了广场上25号那幢漂亮的房子，

① 《纽伦堡法》，1935年9月纳粹德国通过的《帝国公民法》与《保护德国血统和荣誉法》两部法令的合称。它充分体现出了纳粹主义背后的种族主义理论，为纳粹德国有组织地迫害犹太人提供了法律依据。

也就是500年前克鲁恩所建造的那一座，据说其中有条密道一直通往波尔泽恩斯坦城堡。然而，胡戈·乌伯舍尔并没有在这些古老的墙壁之后的避难所里居住很久。或许，是镇上的喧嚣和广场上年轻人无休无止地高声尖叫带来的噪声，让他感到不快吧。或许，他只是在寻求独处？他在镇子边上通往沃特斯多夫的那条老路边，找到了一间破旧的狩猎小屋，决定将那里翻修一新。那座小屋所处的环境，就像神话故事里的一样。要想到达那里，您得从广场出发，从公墓和学校旁边穿过去，然后经过最后那几幢房子。接下来，那条路就开始沿着山坡蜿蜒前行。走上10分钟之后，胡戈·乌伯舍尔便会来到他那座相当豪华的隐居之所了。

从那里往四面八方看去的景色足以让情绪最低落的满腹牢骚者高兴起来。您可以看到，遥远的山下就是通往沃特斯多夫的那条大路，而稍微抬高视线往另一边看去，法尔肯山脉的全景会尽收眼底。虽说这一地区的美丽地点不少，但很难找出比这里更美的地方了。

那座小屋本身是用木头建造的，只是坐落于一片突出的岩石地基上。小屋里面有两个大房间和一间阁楼。乌伯舍尔在里面装了一个绘有民俗图案的衣柜，将小屋彻底打扫了一通，还稍微做了一些修补工作。他决定将阁楼建为一间宽敞的图书室，然后一点一点地把自己的藏书从镇上租的那幢房子里搬过来。结果很快表明，阁楼不够宽敞，所以，他只能将一楼的地上也堆满了书籍。

于是，每天清晨，不论天气好坏，胡戈·乌伯舍尔都会从25号出发，去弗莱比先生的店里买面包。他也会在雷曼商店停一停，然后才会开始每天的乡间漫步。他走得不慌不忙，威严十足，只是稍微有点儿一瘸一拐。很快，他就跟库普弗伯格人交上了朋友，所以，如今当人们从店里探出头来，说一声“上校您好”时，他也会微笑着点头，跟他们打招呼了。的确，一位退休的警察值得受到邻居的尊敬和善待。

有些人期待着这位老绅士出现在那条陡峭的街道上，卡尔·海因茨·弗里贝正是其中之一。这个小男孩3岁的时候，镇上几乎所有的男丁都不见了，其中就包括他的父亲。当时，德意志帝国刚刚重新实行征兵制度，海因里希·弗里贝也被征召入伍了。库普弗伯格只剩下了儿童、妇女和老人。胡戈·乌伯舍尔庄重严肃、彬彬有礼并且广受人们尊敬，所以显得与众不同。他当然是一个值得尊重的人。小卡尔·海因茨由衷地钦佩他。

春 季

大德意志帝国之所以极其伟大，是因为它刚刚吞并了奥地利，国土面积大增；此后，奥地利就被称为“奥斯特马克”了。显然，超过99%的奥地利人都对加入元首的伟大事业抱支持态度。挺进奥地利的士兵当中，有些就是库普弗伯格的子弟。在家信中，他们说整个行动是和平实施的。他们那些担惊受怕的母亲，终于能够松一口气了。

但她们松气不了多久。那头野兽发出的隆隆之声越来越近，越来越清晰了。这一次，声音自南方越过山脉而来。到了秋天，一支支军队将从布雷斯劳出发，前往苏台德地区的各个山隘。元首发出信号之后，那些军队就会突然现身，去援救生活在捷克斯洛伐克的德国人。在山脉另一侧的边境城市里，示威、暴动和抗议活动日益频繁起来，人们高唱着《德意志高于一切》，向纳粹敬礼。9月29日，欧洲各国的领导人签署了一份文件[①]，日后这将以“慕尼黑之耻”载入史册；随后，德军就进入了苏台德地区。于是，如今那头野兽已到了山脉的那一边。

的确，就在山脉的那一边。一个人站在这个绿意盎然的小镇上，无疑会觉得整个世界都在群山的那一边。您可以攀上绍西山，一览巨人山脉、法尔肯山脉和利登山脉的壮丽景色。所有重大的事情都发生在群山的那一侧。群山那一边的奥地利，已经不复存在；捷克斯洛伐克在山脉的那一边解体了，而震惊了整个世界的“水晶之夜”[②]事件也发生在山脉的那一侧。1938年11月9日晚，在12英里之外的希尔施贝格，146名犹太人担心就此丧命，因为他们的犹太教堂已被烧毁，他们的墓地被毁掉，而所有的犹太商店也被洗劫一空了。几乎每座城镇里的犹太教堂都被付之一炬。布雷斯劳、布吕肯贝格、哥特斯堡、斯特里高和特雷布尼茨等地，都是如此。整个帝国上下，那天晚上有91名犹太人死于纳粹党徒之手，有3万犹太人被逮捕并送往集中营。当时，那些集中营已经开始运转，只是没人公开提起罢了。

库普弗伯格几乎没有犹太人。但是，有些人却因为他们的祖先

① 即英、法、德、意四国政府首脑在德国慕尼黑签订的《关于捷克斯洛伐克割让苏台德领土给德国的协定》，史称《慕尼黑协定》，亦称“慕尼黑阴谋”。

② 水晶之夜，指1938年11月9日至10日凌晨，希特勒青年团、盖世太保和党卫军化装成平民，对德国和奥地利境内的犹太人发动袭击的事件，它标志着纳粹对犹太人开始了有组织的屠杀。亦称“碎玻璃之夜”“十一月大迫害”。

是犹太人而必须登记入册。这些人，或是有一半犹太人血统，或是有四分之一的犹太人血统。其中之一就是药剂师海伊尼施。他和儿子将为自己有部分犹太人血统而付出代价。可在那个臭名昭著的夜晚，镇上的人却睡得非常酣畅。更加重大的历史，发生在山脉的那一侧。

不过，卡尔·海因茨·弗里贝对这一切却毫无概念；尽管他们都说那头野兽开始在遥远的某地肆虐为害，他唯一关心的却是今天他会不会看到乌伯舍尔上校到自己的隐居之所去。1939 年 9 月 1 日，他也像每天一样，密切地关注着这一点。不论是他，还是那位老警察、面包师弗莱比、商人雷曼，甚至是小卡尔·海因茨的母亲，都不知道那天既是他们个人悲剧的开始，也成了遍地绿色的库普弗伯格第一次走向终结的开端。之所以说“第一次”，是因为将来还会出现几次这样走向终结的开端。

秋　季

校长埃瓦尔德·涅克先生和唱诗班领唱瓦伊科不见了。温德勒先生取代了他们的职位；此人很喜欢在学校阁楼上的一间健身房里上体育课。那里铺有镶木地板，所以只有穿着运动鞋的孩子才能参加。在卡尔·海因茨·弗里贝的班上，有些孩子根本就没有鞋子，他们上大多数体育课时，充其量都只能穿着袜子。孩子们不是很喜欢温德勒先生，但之所以这样，是因为温德勒先生比其前任更喜欢点名；点名时，孩子们必须伸出胳膊，向帝国国旗敬礼。

那年秋天，士兵们来到镇上，把那座天主教教堂钟楼上的大钟，连同上面的钟摆拆走了。钟面上的指针永远停了下来，再也没有走过。卡尔·海因茨好奇地看着这一切；后来，温德勒先生在班上向他解释说，那座大钟会被熔化掉，用于制造德国枪支。

实际上，他们也不再需要那座大钟了，因为自战争爆发之后，人们已经开始用一种不同的方法来衡量时间。他们每天的生活节奏，都根据女邮递员爱达·克莱因抵达镇上的时间来划分。尽管爱达外貌平平，但她会同时引发人们的恐惧与希望，因为没人知道她的包里装着什么，不知道今天谁会收到来信，而那些信里又写着些什么。或许，她会带来镇上人家的儿子和父亲的最新消息；收到这种信件的人会欢天喜地，然后赶紧查看信是什么时候寄出的。有的时候没有来信，这就会让人们放心不下，尽管他们会告诉自己说，这说明什么事儿也没有。不过，其中也有来自战地指挥官的信件。库普弗伯格的女人最害怕收到的，就是这种信件。住在 11 号的鲁弗家，收到过 5 封这样的信件。爱达·克莱因分别敲过塞弗特、施密特和克里斯三家的门 3 次，分别敲过费舍尔家和罗斯夫妇家的门 2 次。1941 年秋季，爱达·克莱因还敲过弗里贝夫妇家的门。她送来的是一份简短的通知，说这一家深爱的父亲和丈夫海因里希已经为国捐躯了。他是在苏联境内捐躯的，祖国与元首将他派往了那里。帝国将永远感激他。

卡尔·海因茨并不知道，他的童年就此结束了。父亲的捐躯只是元首一个更大计划中的一部分。如今，英勇的德意志民族还会在东线作战，苏联将成为他们最大的敌人。然而，1941 年夏季开始的这场努力所带来的沉重负担，也会落到库普弗伯格百姓的肩上。这不仅仅是因为他们中的许多人，将在那里丧命（其中包括费舍尔、弗里贝、克里斯、海恩、哈特曼、科斯马利、罗斯家的兄弟俩、施密特家的兄弟、年轻的鲁弗，以及塞弗特）。东线开战之后，库普弗伯格就开始出现物资短缺。盟军的轰炸变得日益频繁之后，德国各个城市的难民也开始涌入西里西亚大多数像库普弗伯格这样的村镇。但盟军的轰炸机到不了西里西亚，因为它们的航程不够，所以这里暂时还是相当安全的。只不过，民众也变得越来越贫苦了。

如今，卡尔·海因茨·弗里贝成了家中唯一的男子汉，承担起了一项异常重要的任务，那就是去买牛奶。为了完成任务，每隔几天，这个小男孩天不亮就会起床，动身前往扬诺维茨。到了那里之后，他会希望渺茫地到当地的农民家去一家一家地问。不过，他经常不会获得自己想要的结果，所以，小卡尔必须走得更远，穿过罗森鲍德，一路前往塞弗斯多夫。这个 7 岁的孩子差不多要在山间跋涉近 2 个小时。即便是如此努力，他也并非总能获得回报，因为塞弗斯多夫跟库普弗伯格一样，也在深受牛奶和其他商品紧缺之苦。这就意味着小卡尔·海因茨必须一路走到考夫恩去。到了那个时候，他就会累得不行了，而他那一副憔悴疲惫的样子会让某位农民心软下来，卖一些牛奶给他。从那里回到库普弗伯格，要走上 6 英里。如果搭上一辆朝家里那个方向开的汽车，他就能够在夜幕降临之前回到家里。可他并非总能搭到汽车。到了冬天，这种长途跋涉尤其艰难，因为卡尔·海因茨必须踩着厚厚的积雪，一路去买牛奶。幸好，到了一年当中的那个时候，他就可以坐着雪橇滑到扬诺维茨，而他也会急不可耐地去充分享受这段短暂的野性与欢乐。他会沿着那条老路前往，因为经过啤酒厂和两个石制十字架的大路上，已经禁止滑雪橇。这条路上只准走汽车，可当时汽车却不多

（因为汽油紧缺），所以路上总是空空荡荡的。只不过，这也意味着一支军用车队在任何时候都有可能沿着这条路驶来。

春 季

温德勒先生不见了。年轻的弗朗斯基小姐取代了他的位置。她住在啤酒厂边那幢黄色的两层别墅里，是啤酒厂老板老格奥尔格·弗朗斯基的女儿。她高中毕业还不久，只是因为镇上到处都需要人手，才被委以给孩子们当老师的重任。大家都对这个决定感到高兴，因为弗朗斯基一家在库普弗伯格备受敬重，而温德勒先生始终都不太招这里的人喜欢。只是过了两年，温德勒先生在匈牙利与罗马尼亚边境上的某个地方去世之后，人们才会亲切地想起他来。

吉塞拉！吉塞拉·弗朗斯基！卡尔·海因茨非常喜欢她，对她带着一个 7 岁孩子对老师能够怀有的那种极大的喜爱之情。小卡尔愿意为吉塞拉做一切事情；每天晚上，他都会埋头苦读，期待着第二天她那双棕色的眼睛里能流露出一丝肯定之意，或许甚至是赞许。放学后，小卡尔·海因茨会藏在灌木丛中，一直等到吉塞拉离开学校。此时，那位年轻的老师就会抛下她不得不在孩子们面前保持的所有严肃和严厉之态。她会仔细地环顾四周，看是否有人在盯着她；然后，她就会做出自己禁止学生去做的事情，即从篱笆下面挤过去，迅速穿过草地，抄近路回家。

有一天，这个小男孩照常躲在墓地附近的一处灌木丛里（那里是观察学校和草地的最佳地点）；可他没有看到吉塞拉，却看到一辆黑色的汽车停在路上，两名士兵带着咔嗒作响的奇怪设备，在绕着阿德勒矿的废弃矿井走动。卡尔·海因茨·弗里贝决定不从他的藏身之处出来。要是当时知道自己看到的是什么，他肯定会更加仔细地观察的。可他并不知道。多年以后他才明白过来，可那时已经太迟了。

然而，他还是把自己看到的情况告诉了奶奶。奶奶住在高巷，紧挨着那座路德教教堂。卡尔很喜欢一路走到那里去，他经常会计划好路线，以便自己能够带着些许敬畏之情，沿着那条长满瑞典花楸树的街道，走到教堂的两扇大门那里。奶奶得知他看到的情形之后，只是将一根手指放在嘴唇上，做了个“不准说出去”的手势。最好是没有看到，最好也不要知道。

夏　季

罗特尔牧师消失了。有人无意中听到，牧师家里传来了英国广播公司的广播声。或许，他们根本就没有听到什么，只是想把矛头对准那位牧师？或许，他们是别无选择？不管怎么说，当盖世太保的一辆汽车停到了牧师家门前，大家就都知道，他们再也看不到罗特尔牧师了。

此事过了几个月之后，有一天，吉塞拉·弗朗斯基哭着来到了学校。卡尔很快就弄清了她感到难过的原因，因为消息在这里传播得异常迅速。这是一座小镇，人们相互猜疑，当局也虎视眈眈地监视着每一个人。任何事情大家都知道，关于那些业已受到审查的人的消息尤其如此。此前从未打过败仗的帝国遭遇了一系列挫败，这意味着镇上弥漫着一种明显的紧张情绪。政府的电台仍在广播，称德军并不是撤退，而是要到预先确定下来、更容易进行反击的阵地重新集结。但有些勇敢的人一直在秘密收听敌台，即盟军的广播；他们很清楚，帝国的形势越来越危急了。老格奥尔格·弗朗斯基就是这些大胆收听者中的一位。然而，不相信戈培尔[①]的宣传这一点，却让他付出了巨大的代价，因为他在收听瑞士广播的时候被盖世太保当场抓住，然后被带到希尔施贝格去了。吉塞拉难过的原因就在于此。在审讯中，格奥尔格·弗朗斯基遭到了毒打。草草审判之后，他被判处 18 个月的监禁。吉塞拉和镇上的人全都知道，这种判决其实无异于终身监禁。“收听敌台的罪犯”是国家的敌人，因此政府会对他们进行无情的打击。整个库普弗伯格都陷入了恐惧当中。既然牧师和弗朗斯基先生都能被带走，那么镇上就无人感到安全了。

药剂师库尔特·海伊尼施也完全没有安全感，因为他有一半的犹太人血统，是镇上少数几个持有政府颁发的黄色身份证的人之一。纳粹党徒经常找他的麻烦。要是镇上还有别的药店，那么 1939 年之前，他们一家子肯定早就被赶出这里了。实用主义，或许再加上人际关系和同情心，还是胜过了意识形态。然而，海伊尼施一家的犹太人血统，却并未妨碍到他的两个儿子加入“人民突击队”，即最后那一批应征加入德国军队的入伍者当中；那是一场真正的群众运动，由所谓的“最后一类”人组成。他们的大儿子乌尔里希毫无保留地信任元首。他们从前线短暂休假回到家里时，乌尔里希竟

① 戈培尔（1897—1945），德国政治家兼演说家，曾任纳粹德国的宣传部部长及总理，素以铁腕捍卫希特勒政权和维持第三帝国的体制，被认为是“创造希特勒的人”，在希特勒自杀之后亦自杀身亡。

然用纳粹军礼跟父亲打招呼。或许，是乌尔里希表现出了对希特勒那种狂热的爱戴之情，才让海伊尼施一家人得救吧。

冬　季

山脉那边的形势越来越糟糕了。到了1944年，苏军的反攻业已推进到了维斯瓦河。苏军反击到那里就停了下来，只是为时不久。1945年1月12日清晨5点，“斯大林的管风琴”[①]开始在维斯瓦河两岸奏响了。1 000发“喀秋莎”火箭炮，向苏军发出了进攻的信号。苏军一直打到柏林才停止进攻。在接下来的数天里，帝国最偏远的东部各省都陷入了恐慌当中。从1月中旬以来，已有数十万难民（其中主要是妇女和儿童）从上西里西亚向西进发。1月20日，布雷斯劳的所有平民都受命立即弃城。街道上的情景，宛如但丁笔下的“地狱”。火车容不下所有的人，所以成千上万的百姓都在零度以下的气温中，开始徒步行进。

海伦娜·斯泽潘斯卡也是难民中的一员。当时她才8岁，是家里五兄妹中年纪最小的妹妹。此前，她一直跟着母亲住在上西里西亚和下西里西亚交界处的尼克拉斯法赫。由于具有日耳曼血统，所以尽管实际上是波兰人，他们还是跟着其他的德国人一起撤离了。他们抵达舒加斯特后，在那里停了一天，然后又往西走了差不多两个星期。1945年2月1日，他们来到了一个山巅小镇，来到了库普

---

① “斯大林的管风琴”，指苏军的“喀秋莎”火箭炮。这种火箭炮威力强大，因发射时会发出十分凌厉的尖啸声，故得此名。

弗伯格。海伦娜将永远铭记着这个地方，因为在他们穿越西里西亚的差不多达 3 个星期之久的长途跋涉中，库普弗伯格是她和家人能够在一幢暖和的房子里安然入睡的唯一之地。至于在别的地方，他们都是睡在谷仓、棚子、地窖里，以及鬼才知道的其他位置。

从 1945 年年初开始，黑鹰酒馆里就设立了一个站点，向来自东部的难民分发热食和茶水。不久之后，库普弗伯格的人口就增长到了将近 1 000 人。据当局估计，希尔施贝格附近地区差不多有 20 000 难民。看着这些难民，小卡尔·海因茨·弗里贝不知道他自己、母亲和小妹妹会不会遭遇同样的命运。他已经有好几个月吃不饱了，而那年夏天他们备下的东西也已慢慢吃完。面包、牛奶和糖越来越难以买到。诚然，当局已经分发了配给卡，可配给卡根本没用，因为找到可以用配给卡来购买的东西，简直就是一种奇迹。

镇上百姓和难民普遍认为，即便是在严寒的天气中艰难跋涉，也要好过落入苏联人的手中。人们都还记得 1944 年秋天德国士兵在东普鲁士的内默斯多夫村拍摄的那些影片和照片；当时，德军刚刚在一场激烈的战斗之后，从苏军手中夺回了那座村庄。一名进入内默斯多夫村的德军士兵，在德国的报纸上曾如此描述他当时看到的情形：“在第一座农庄里，大路左侧有一辆干草车。4 个一丝不挂的女人，双手都被钉在车上，呈钉在十字架上的姿势。2 位裸体女性被钉在谷仓的大门上，也呈受难的姿势。我们总计找到了 75 名妇女儿童，还有一个 74 岁的老人。他们都死了。您可以看出，他们都遭受过可怕的折磨，只有少数几个人是后脑中枪而死。连婴儿也遭到杀害，他们的颅骨都被撞碎了。所有的女性尸体，包括 8 岁至12岁的姑娘，都有受到奸淫的迹象。连一名眼瞎的老太太也未能幸免。”

这就难怪苏军逼近的消息，会让人们拼命地逃跑了。那些逃不走的人，则下定决心要自杀。帝国的各个城镇和村庄里，这样的例子成百上千。有整个村庄的人上吊自杀。有全家人上吊身亡的；母亲会杀掉孩子，然后结果自己的性命。他们并不知道，尽管苏军在内默斯多夫和其他地方行为不当，可德国宣传机构的说法，也是极尽夸张之能事。当局试图引起全国民众的恐慌，让他们对亚洲的野蛮部族产生恐惧之情。您不会跟一个野蛮部落去谈判；您会跟野蛮部落战斗到最后一息，因为落入东方野蛮部落的魔爪之中，是一种比死亡更加可怕的命运。

在2月初，苏军开始经常轰炸布雷斯劳之后，库普弗伯格的人也做出了撤离的决定。卡尔·海因茨·弗里贝穿得暖暖和和的，还确保他的妹妹同样裹得严严实实的。屋外，一场暴风雪正在肆虐。他们带上了家中剩下的食物，以及一些最基本的财物；可他们并不知道，自己该去往何处。他们把房子打扫干净，锁上门，装好钥匙，就出发了。对于撤离路线的第一段，他们可以说了如指掌。他们必须离开家里，经过啤酒厂，然后经过那两个石制十字架；到了一年当中的这个时候，两个十字架几乎都被埋在雪堆里了。他们沿着大路往下，前往扬诺维茨。要不是战争的话，到了那里之后，他们就可以坐上一列火车，去他们心中向往的任何地方；可到了火车站之后，他们惊讶地发现，火车在那里根本不停，只会稍微慢下来一点儿，片刻之后又会重新加速，向南奔去。车站前面的喷泉也不见了；原本是喷泉的地方，如今只留下一个深坑，而四周房屋的墙壁上，也布满了机关枪的弹孔。卡尔·海因茨·弗里贝看着这一切，并不明白扬诺维茨那座小小的喷泉，与山脉另一边进行的战争有什么关系。

难民们没有坐上火车，而是上了等候在火车站的一辆辆军用卡车。接下来的几个小时里，他们都挤在卡车里，努力抵御从帆布车顶灌进来的彻骨寒气。最后，就在夜幕降临之前，他们抵达了加布隆兹，住进了当地公立学校的体育馆里。在一个多星期的时间里，他们每天早上都要打包好自己的行装，等着往西进发的交通工具。他们知道终点在哪里；这里的每个人都在说，虽说现在再也没有哪个地方安全，但危险最小的地方就是德累斯顿。从西里西亚来的大多数火车和一长列难民，就是前往那里。

于是，他们都耐心地等候着。时不时地，会有另一个家庭从他们最终所住的体育馆里消失，而新抵达的家庭则会取而代之。在近60万的难民中，很大一部分都要经过加布隆兹。那些亲眼看到过苏联士兵的人，都有很多可怕的故事可讲。而与他们在加布隆兹那座学校体育馆里谈论的所有恐怖之事相比，想到自己能够逃往德累斯顿，确实会让他们觉得欣慰。后来，一位难民会在自己的回忆录中如此写道：

> 可怕的消息让我们更是觉得恐惧。我们听到了许多令人觉得不寒而栗的说法：年轻男子和老人被残杀；女性则不分年龄，一律遭到了强奸；正在哺乳的母亲被割掉了乳房；孕妇的子宫被切开，未出世的胎儿被挖了出来；深井里堆满了被活埋的尸体；他们的眼睛被刺刀戳瞎，舌头被割掉，成群的德国人

被活活烧死在谷仓或者房屋里，民兵则被火力强大的坦克和装甲车从背后追击，最终成为俘虏；还有其他很多让您毛骨悚然的故事。[①]

终于轮到了他们。2月13日下午，他们出发了。他们要走上差不多100英里，但乘坐的那列火车却经常停下来，因为到处都有苏联飞机，它们有可能炸毁铁路。可难民们还是在前行。他们离开了库普弗伯格，把恐惧之情抛到了身后。西边有可能更安全。虽说他们离家越来越远，但离危险也越来越远。如今，德累斯顿已经不远，几乎触手可及了。只是每当夜幕降临，整支车队就会完全停下来；他们会熄灭灯火，让一切笼罩在黑暗当中。他们能够听到，空中传来一阵可怕的嗡嗡声，越来越大，就像一大群刚从冬眠中苏醒过来的蜜蜂。卡尔·海因茨·弗里贝把鼻子贴在火车结了霜的窗户玻璃上，往外看去。其他乘客也是如此。他们朝空中望去，却什么也看不到。过了一会儿，他们便看到遥远的西边划过了第一批闪光，一道、两道、三道。很快，他们就数不清究竟有多少道了；一道道闪光变成了一片金色的光芒，几乎笼罩了整个地平线。远处传来了轰隆隆的声音，可在车厢里听上去并不真切，他们仍然听得到孩子的哭声。他们还听得到悄悄的交谈声，只是没人大声说话。他们全都站了起来，凝神细看。那是1945年2月13日晚上，此时数百架盟军飞机正在对德累斯顿实施地毯式的轰炸。在接下来的两天

① 参见 Zygmunt Dulczewski、Andrzej Kwilecki, *Pamiętniki osadników Ziem Odzyskanych*, Poznań, 1970。——作者注

里，轰炸将把德累斯顿市变成一堆瓦砾，夺走25 000人的生命。那些设法登上了早点儿离开加布隆兹的列车的难民，也将成为遇难者。卡尔·海因茨·弗里贝所乘坐的这列可以从里面看到西边那片光芒的，是最后一批离开加布隆兹的火车之一，在距该市10英里远的地方停了下来。

他们无法再去德累斯顿了。那座城市已经不复存在；那么，如今他们又该去往哪里呢？布雷斯劳就像波森、索恩、但泽[①]和科尼斯堡等地一样，也陷入了包围。于是，他们只得慢慢地往南而去。他们再次回到了加布隆兹；车站里一片混乱，人们都在哭泣。他们没有在加布隆兹下车。那列火车会前往某个地方，因为一列火车必须移动，而这列火车将把他们带离那儿。接下来的几天里，他们一直都在路上；卡尔·海因茨·弗里贝记不清究竟有多少天了，他又饿又冷。火车上很安静。他们来到了波希米亚；他们即将抵达以前的奥地利边境。突然之间，警报响起：空中出现了苏军的战机，人们纷纷逃离那列火车。当时正值冬天，到处是雪，远处有一个小镇。他们都在奔跑；飞机越来越近了。卡尔一只手紧紧攥着妹妹，一只手紧紧拉住妈妈。他最害怕的，就是失去她们中的任何一个。飞机低低地在他们头顶掠过，用机枪向他们扫射。它们先是朝那列火车扫射，然后掉过头，飞过了小镇。人们四散奔逃。他们都朝自己第一眼看到的房子跑去，因为那里会有墙壁和地窖，可以用于藏身！但是并没有。整个镇子都将他们拒之门外。没人让他们

---

① 但泽，波兰滨海省的省会城市，也是该国北部沿海地区最大的城市和最重要的海港。“但泽”是德语中对该市的称呼，波兰语为“格但斯克”。

进屋。他们可以用拳头捶门，可以大叫和哭泣，可他们还是进不去。他们只能蜷缩成一团，紧贴墙壁躺着，希望飞机向那些倒在街道上的人扫射。苏军的战机飞走之后，大人便领着孩子们离开了那里，然后把尸体集中堆放到了一个地方。那列火车将会继续前行。

就这样，他们走了3个星期，穿过了波希米亚、苏台德地区和西里西亚。最后，在3月初，他们终于到达了希尔施贝格；在那里，他们还遇到了德累斯顿大轰炸中的幸存者。他们不想听到那些人讲述的经历；他们准备上山，准备回家。他们要回到隆尼兹、希尔道、鲍伯施泰因、罗尔拉赫和扬诺维茨。一路上，卡尔·海因茨不停地问当地的农民，看他们是不是碰巧有一点儿牛奶可卖。最后，他们经过了那两个石制十字架和啤酒厂，然后从口袋里掏出钥匙。他们到家了。

春季

这个地区出现了许多瘦骨嶙峋的人。他们是从格罗斯—罗森集中营里疏散出来的人。他们来自希尔施贝格、班德沃尔姆布鲁恩和兰茨胡特。在兰茨胡特，他们走了一天的路，最终却又回到了出发的地方，令纳粹的党卫军勃然大怒。到了博尔肯海因之后，他们首先接受了甄别。那座集中营里的一名囚犯后来作证说，他曾看到人们被扔进放有生石灰的沟渠，而集中营的主管还亲自用注射毒药的方法，杀掉了一些囚犯。

库普弗伯格非常偏僻，要是梅茨多夫的女性集中营也疏散的话，那里的400名女性就会在可怕的行进过程中，经过这个小镇。可那座集中营一直开到了最后，直到俄罗斯人将其解放。

博尔肯海因距库普弗伯格有13英里远，希尔施贝格则要稍近一点儿。那里距兰茨胡特11英里，而距梅茨多夫只有6英里。那里不再是群山的另一边，而是本地了。

这里还有别的集中营、小型工厂和个体农场，法国、比利时和波兰的囚犯则在其中工作。这些囚犯是在战争期间被陆续送到这里来的。他们本应替帝国工作，并且对自己还活着这一点感到欣慰。如今，据说他们都在急不可耐地等待着苏军到来，从而指证哪些人对他们虐待得最厉害。

纳粹党徒也消失了。有天晚上，他们惊慌失措地收拾好所有的文件，装到一辆卡车上，从库普弗伯格出发，往波希米亚去了。镇长也在其中，因为他们都是纳粹党员。几天之后，他们被击退回来，没有了卡车，全都衣衫褴褛，只能听天由命了。包围圈早已封闭得严严实实。他们无路可逃，唯一能做的就是等待。

人们已经听得到四面八方传来的爆炸声；飞机也越来越频繁地出现在空中。一得知俄罗斯人已经占领了德军的机场，就没有人再去看机翼上的标记了；飞机一出现，他们就会径直躲进地窖里，等待着。不过，没有一颗炸弹落到库普弗伯格。有一架飞机被击落下来，掉在扬诺维茨那边的铁路桥上，这意味着通往希尔施贝格的路也被切断了。俄罗斯人就要来了的传言，不断地让镇上的百姓陷入惶恐之中；他们以为，这座镇子也会像内默斯多夫一样消失。到了2月底3月初，德军成功地从苏军手中夺回了斯特里高。那儿的大街小巷里，堆满了没有来得及撤离的平民的尸体。

海伦娜·普吕契科就是斯特里高人，后来在回忆俄罗斯人攻陷那座城镇的情形时，她曾如此说道：

一支俄罗斯人巡逻队闯进了屋里。他们把成年女性和年轻女孩全都赶了出去。他们逐街逐巷地抓住她们，把她们带到学校里。那里简直就是人间地狱！当时种种噩梦般的场景，如今依然萦绕在我的心中：喝得醉醺醺的士兵一手持枪，一手拿着火把，在进行搜索。他们的主要猎物，就是德国女性。斯特里高和附近地区的女性，在教室里关了数天，受到了监禁和无尽的折磨。在拥挤不堪的教室里，施暴者会挑选受害者。要是有人反抗，他们就会揪住她的头发，沿着走廊拖到“屠宰场”里。每隔两三个小时，一个特别小组就会出现，挑选女性送到军官们的宿舍里去（……）。从那里回来的女性都在精神上，有时还在身体上受到了摧残。我再一次成了一名受害者。幸好，我设法保护好了11岁的女儿。我给她穿上破衣烂衫，将她藏在一堆破烂后面。折磨是从拷问我是不是纳粹党员开始的。我刚回答说不是，脸上就重重地挨了一拳，然后又是一顿鞭打。他们用手枪顶着我的头，逼着我喝酒；具有讽刺意味的是，喝的竟然是德国的黑麦伏特加。没过多久，我便陷入了重度醉酒的状态。不管他们对我干了什么，反正我是到了第二天才恢复知觉的。当时，我已经完全丧失了活下去的勇气；我彻底完了。我吐了几次，然后漠然地躺在遭遇了同样命运的其他女性当中。

由于纳粹党徒已经逃走，所以理查德·富尔勒成了镇长。（他并不知道，自己将是库普弗伯格历史上的最后一任镇长。）4 月 30 日，希特勒的死讯传到镇上之后，人们便在黑鹰酒馆里开了一次会。镇长呼吁大家保持冷静和理智，直到这场战争结束。他还废除了人们打招呼时须行纳粹礼的规定。回到办公室后，当时驻扎在库普弗伯格的那个武装党卫师的一名军官，早已在等着他了。那位军官指控富尔勒犯了叛国罪，然后掏出一支手枪，放在富尔勒的办公桌上。

“镇长先生，我认为您应当自己来执行判决。否则的话，就不得不由我来执行了。”

“如果您执意如此，那么可以肯定的是，您无法活着离开这里。”镇长回答道。

那名军官往窗外看去。此时，已有一大群镇民聚集到了镇长的办公室前。沉默了片刻之后，那名军官从桌子上拿起手枪，悻悻离去了。不久，党卫军就放弃了库普弗伯格。

5 月 9 日下午 5 点钟左右，第一支苏军摩托车巡逻队驶入了希尔施贝格。镇上一座党卫军哨所里的人向他们开了枪，而党卫军为了守卫库普弗伯格，总计也只是开了这一次枪。同一天，卡尔·海因茨·弗里贝在前往鲁德尔施塔特的路上，看到了第一名苏军士兵。这个小男孩站在那儿，吓得一动也不敢动；而那名士兵要不是喝得酩酊大醉，站都站不起来的话，多半也会如此。所以，他们终于来了！卡尔赶紧往镇上跑去，心中祈祷着那名士兵不会冲他开枪。片刻之后，库普弗伯格的所有居民都躲到了地窖里，吓得浑身发抖。他们将在地窖里躲上差不多 24 个小时，因为苏军要到第二天才会到镇上。苏军驾驶着坦克，沿着大路从鲁德尔施塔特和梅茨多夫而来。他们将紧挨着啤酒厂的位于大路拐弯处一幢房子里的居民赶走，把指挥部设在那里。德国人必须前往那里，交出所有的枪支以及收音机。内默斯多夫的幽灵带走了第一个受害者：在黑鹰酒馆的地窖里，有位年轻女性率先上吊自杀了。

夏秋之交

如今，家里若是必须有人出门办事，就会交给小卡尔·海因茨·弗里贝。他相对安全一些，因为他是个小男孩。由于库普弗伯格也发生了奸淫暴行，所以又有几位女性上吊身亡了。据说，在沿着大路只要走上几分钟就能到达的克鲁兹韦茨村，苏军闯入了一位农场工人的家里，强奸了她很久，以至于她精疲力竭而死。女人们都不敢出门；她们会用头巾裹住头，尽量不跟任何人对视。

但实际上，没有谁是绝对安全的。俄罗斯人来到库尔特·海伊尼施的药铺里，命令他交出实验室里蒸馏出来的烈酒。药剂师不愿意，解释说要是没有烈酒的话，他就配不了药、包扎不了伤口；要知道，当时的伤病员为数众多。他们把药剂师拖到车上带走，还揍了他一顿。过了一个星期，药剂师回来了。可数天之后，他就去世了。

出于同样的原因，扬诺维茨的一名铁道工人和商人赛德尔也被枪杀了，俄罗斯人还用警棍把盖德先生打得不省人事。几天之后，盖德先生便死于脑部淤血。

第一批波兰警察和士兵也来到了镇上。他们并没有维持秩序；他们的到来，甚至引发了更大的骚乱和恐惧。他们接到的命令，非常明确：

> 对德国人以牙还牙、以眼还眼。许多德国人都已忘记，他们当初是如何对待我们的孩子、妻子和老人的。事实证明，捷克人有能力将德国人赶出他们的领土。我们必须坚定果断地履行职责，因为唯有如此，德意志歹徒才不会只是躲在他们的家中，而是会自动从我们的身边逃走；只有滚回了自己的国家，他们才会感谢上帝，说他们活着逃了出来。我们不应忘记，德国人永远都是德国人。你们在履行职责时，不是提出请求，而是下达命令。①

波兰人一到卡钦斯基家的酒馆里，就足以引发另一场悲剧了。他们认为这位德国老板没有用恰当的敬意问候他们。于是，他们把卡钦斯基打昏在地，然后将他的双腿绑在一辆摩托车上，拖着他穿过整个镇子，然后继续前行，经过那座啤酒厂和两个十字架，一路拖到了扬诺维茨。

凡是被怀疑为纳粹分子的人，也有可能被他们处死。5月，啤酒厂老板格奥尔格·弗朗斯基回到了库普弗伯格。然而，回家的喜悦之情并没有持续多久，因为他的突然出现引起了波兰警察的注意。他们怀疑弗朗斯基是在纳粹游击队里作战，便下令他交出据说藏在花园里的枪支。弗朗斯基解释说自己根本就没有枪，还当着波

① Rozkaz Dowództwa 2. Armii Wojska Polskiego z 24 czerwca 1945 roku，原件拼写。——作者注

兰人的面把整座花园挖了个底儿朝天。由于什么都没找到，他们便把他打得不省人事。可出人意料的是，他竟然活了下来。

克里斯蒂安·弗雷德里希·祖·斯托尔贝格–威尼格罗德伯爵也被他们怀疑是纳粹分子。此人是一位资本家，还是一个资产阶级，可这一点还不够；最重要的是，战争期间他家的农庄里曾有两名来自法国的强制劳工替他干活。波兰人把伯爵押走，在希尔施贝格关押了 5 个星期。镇上还有两个人因他而死，那就是贝维先生和迈伯恩先生。伯爵自己倒是被一名波兰医生救了下来；此人细心照料着他的伤势，只是这位伯爵的身体再也没有彻底康复。

从库普弗伯格到处张贴着的官方通告中，卡尔·海因茨·弗里贝已经得知，他不再是德国人，只是一个德意志人，是一个新国家里的一位少数民族成员了。他并不知道，在新政府的说法中，他、母亲和镇上所有的老年居民都成了“没有生产能力”的“不良分子”。这样的不良分子，必须尽快处理掉才行。

不久，卡尔·海因茨·弗里贝还发现，库普弗伯格不再是库普弗伯格了。这里有了新的名称，叫作“米兹亚拉古拉”。扬诺维茨变成了“亚诺维采”，鲁德尔施塔特变成了“切哈诺维采”，梅茨多夫变成了“马尔齐斯佐夫”，沃特斯多夫则变成了“姆尼斯科夫”。此外，希尔施贝格如今成了“耶莱尼亚古拉”，班德沃尔姆布鲁恩则更名为“切普利采”。布雷斯劳如今叫作“弗罗茨瓦夫”，格尔利茨则叫“兹格热莱茨”。这些名称的发音，卡尔·海因茨·弗里贝一个都不会。只有柏林依然是柏林；尽管有些人说，世界上不再有什么柏林了。

其他谣言也层出不穷。很显然，没人知道整个地区最终是否会并入波兰的版图。库普弗伯格还是有机会再次变回库普弗伯格，被英军或美军占领区接管，或者有可能由捷克斯洛伐克来接管的。1945 年 7 月，镇上出现了用德语写的宣传标语：

> 劳动是扫除贫穷的唯一良方，
> 工作是食物生计的唯一来源，
> 不要埋怨！
> 不要灰心！
> 积聚新的力量
> 去完成新的使命，
> 勇敢承认自己的错误，
> 坦然走上新的征途。
> 时代提出了要求，
> 快快做好准备！

尽管谣言四起，但卡尔·海因茨·弗里贝和他的同胞很快就看出，他们留在镇上的日子已经屈指可数了，就像下西里西亚地区各个城镇里的居民一样。7 月 11 日，耶莱尼亚古拉的军事指挥官斯米尔诺夫少校召集德国人，开了一次会议，他说：

> 我之所以召集这次会议，是为了提醒大家，你们都将被驱逐出境。耶莱尼亚古拉周边地区已在进行搬迁；耶莱尼亚古拉和沃尔姆布鲁恩，也将在 7 月 14 日和 15 日开始进行搬迁。这就是我先行提醒大家的原因，而波兰人还不知道这个消息。要

是已经得知这个消息，他们早已在四处抢夺劫掠了。

驱逐将以正常和有序的方式进行，而不是像波兰人那样乱来一气。他们会在午夜前来，给你们20分钟的时间，并且只允许你们随身携带45磅重的东西。我允许你们带不止45磅，而是更多，能带多少就带多少。

（……）只要我在这里，我就不会允许波兰军队伤人。不管什么时候，只要听说波兰人在抢劫，我就会出来制止他们，就算是在夜里，也会如此。我不会允许那种事情发生。

（……）我想大家都已清楚了；我说了很多，甚至说得太多了，因为我确信这里没有波兰人。但凡这里有一个波兰人，我都不会跟你们说这么多。[①]

驱逐行动的确付诸了实施，只是进行得不像斯米尔诺夫少校预计的那样快罢了。实际上，没人知道如何才能把数十万人及其财物从如此广袤的一个地区迅速驱逐出去，尤其是因为俄罗斯人所做的第一件事情，就是拆除了耶莱尼亚古拉到瓦乌布日赫的铁路上的电气化设施，并将设备运往了东部。如今，那条铁路上只能再次开行蒸汽火车了。

当时，甚至没人知道那里究竟有多少德国人。德国地方官吏精心保存下来的人口记录并无多大用处，因为从东部撤往下西里西亚

---

① 参见Daniel Boćkowski编著的*Niemcy w Polsce 1945—1950. Wybór dokumentów*，第4卷，第134页。这是耶莱尼亚古拉军事指挥官斯米尔诺夫少校为搬迁的德国人组织的一次会议的速记记录（拼写原件）。没人知道这些会议记录的翻译件是如何落入波兰人手中的。——作者注

地区的过程中，有成千上万的人困在了那里。于是，当局要求他们全部到村镇和市政府进行登记。在登记点，他们都被列入了遣返名单当中。当局还规定，从7月份起，所有德国人右臂都须戴上一个白色的臂章，无一例外。

卡尔·海因茨·弗里贝的母亲撕开一条床单，剪成3个袖章，边缘卷得整整齐齐。男孩子们都问，这种袖章他们要戴多久，可镇上没人知道。

冬夏之间

越来越多的波兰人来到镇上，接管了一座座房屋。他们看中了某幢房子之后，警察就会进去，命令住在那里的德国人搬到阁楼上或者地窖里去。根据规定，前房主都被纳入了第一轮遣返者当中。只有在亚诺维采的造纸厂或者在马尔齐斯佐夫的亚麻厂里工作的德国人才会受到保护，能够免遭此种命运。整个下西里西亚地区都缺少专业人士，因此懂得保持生产水平的德国专家都弥足珍贵。这些人家里的门上都钉有告示牌，他们可以待在这里的时间是最久的。

从一开始，波兰人就试图开垦当地的土地，准备进行耕作。新的政府当局鼓励他们这样做，因为人们正在来到整个地区，而战争过后各地的粮仓都空了一半。但新来的农民既不清楚当地恶劣气候的具体情况，也不清楚那些田土过去的耕作情况。他们不知道地里以前种过什么，所以搞不清如今应该种些什么。但是，他们不会去问德国人。德国人若是主动提出帮忙，听到的回答也只是不要插手，因为反正他们很快就要走了。

所以入冬之后，这里就出现了饥荒。妈妈采摘的荨麻和藜草，很久以前就吃完了，只剩下他们偷偷在自家果园里摘下的水果制成的一些蜜饯。卡尔·海因茨·弗里贝甚至不用出去买牛奶了。较有生意头脑的波兰人已经把德国人的奶牛全都夺走，所以现在更难买到牛奶。他们在商店里也买不到任何东西，因为新上台的政府已经引入了一种不利于德国人的汇率。德国人只能用马克支付；若是拥有波兰的兹罗提[①]，他们就有可能受到惩处。

持续驱逐德国家庭的政策，在实施中并不是没有出现问题。例如，为了让沃特斯多夫真正配得上其波兰名称“姆尼斯科夫”，他们曾经3次召集整个村子里的人离开那里。也就是说，3次都是有人在半夜里敲门，村民们也3次都是在黎明时分离开自己的家园。他们3次都要小心翼翼地整理行装，并且每个包裹都要称重，以免所带的东西超过45磅。他们3次踏上了前往耶莱尼亚古拉的漫漫征程。到了那里之后，他们却发现还没有轮到自己遣返，于是又回到了家里。

那些在冬季离开的人，情况最为糟糕。从下西里西亚地区出发的交通工具上，几乎都没有暖气。火车车厢里没有炉子，每趟列车上并非都有一名指定的医生，车上的食物供给也成问题。被驱逐的人并非总能随身携带着食物；在车站检查行李的过程中，他们的食物常常都会丢失。到处都流传着“死亡列车”的说法。其中有一个故事，说的是1946年冬季从弗罗茨瓦夫开出的一列火车。那列火车上有1 543位乘客，其中有1/3是儿童和年轻人。波兰人不准乘

---

① 兹罗提，波兰的标准货币单位，在波兰语中指“黄金”。

客将稻草带上车去铺在地上休息，他们也没有检查炉子的情况。在气温达零度以下的 6 天旅程中，德国人只喝了 4 次热咖啡，吃了 1 次面包。在此期间，有几名（四五位）孕妇还在车上分娩了；可在那样的条件下，婴儿根本就无望存活。布雷斯劳的一位居民洛赫医生试图给乘客们提供医疗救助。在旅程中，他曾经心脏病发作；尽管如此，他还是尽力帮助每个需要帮助的人，只不过，他几乎无能为力。途中，总共有 32 人冻死了。还有 298 人，在列车抵达西部后，下了火车就直接进了医院。在接下来的那几个星期里，又有 58 人因这场噩梦般的旅程而死去[①]。英国驻卡沃斯克的军事代表团，还收到了一份措辞强烈的呼吁："虐待德国人的事件日益增多，而主要的施暴者，似乎就是铁路警察。"[②]

有些人害怕离开米兹亚拉古拉，还有些人却害怕留在那里。有些人仍然心存希望，以为所有问题都会以某种方式得到解决。瓶装水厂的老板马克斯·冯·格莱申斯基[③]不想抛下自己的工厂；掘墓人纽曼不想离开他的墓地；布吕姆克姐妹在西方没有一个亲人。

胡戈·乌伯舍尔也不想走。他总是说，树大不能挪。此外，他

---

① 参见 Daniel Boćkowski 编著的 *Niemcy w Polsce 1945—1950. Wybór dokumentów*，第 4 卷，第 285—288 页。——作者注

② 参见卡罗尔上校于 1946 年 5 月 14 日写给柏林的"波兰红十字委员会代表团"的信件，主题就是驱逐德国人期间发生的虐待事件（Archiwum Akt Nowych, M20, 73，第 85 卷）。大多数针对波兰当局的投诉信件，都经过了驻卡沃斯克（即如今的卢布利涅茨）的英国代表团之手。——作者注

③ 即前文中的马克西米利安·冯·格莱申斯基。"马克斯"是"马克西米利安"的昵称。

也没有任何理由去西方。他已经做好了在这里离世的一切准备。于是，他穿上制服，结束了自己的生命。人们把乌伯舍尔安葬在他亲手建造的墓穴里，并用一块加固的混凝土墓碑盖在棺材上；墓碑上，有他亲手刻下的碑文：

胡戈·乌伯舍尔

1870年12月19日生于普勒斯

殁于__________

《诗篇》70

逝者安息

只有去世的日期没有填上。或许，他曾日复一日地推迟了这一决定？安葬这位老警察的人，将他的辞世日期添到了墓碑上。从这里，他可以饱览整个索科尔山脉的美景。

又到夏季

终于，轮到弗里贝一家离开了。他们打包好自己的行李，清扫了房子，锁上房门，然后把钥匙留在门框上。他们不会回来了。此时，正是1946年6月。空中弥漫着丁香花的氤氲，樱桃很快就要熟了。他们离开了家，经过了那家啤酒厂。接着是两个石制的十字架。扬诺维茨、罗尔拉赫、鲍伯施泰因、希尔道、隆尼兹、希尔施贝格火车站，然后到了耶莱尼亚古拉火车站。他们就在火车站里等候着。一天、两天、一个星期。他们的包裹都接受了检查，因为没有贵重物品可以离开波兰。可他们没有任何贵重物品。

他们再次等候着。天上下着雨。

火车来了，上面全都是运输家畜的车厢，总共有55节，每节车厢里坐35个人。牵着妈妈的手，这样才不会走丢。卡尔很快就算出，一列火车可以装下整个镇子，甚至是两个镇子的人。他们可以把库普弗伯格的所有居民都装进火车车厢，然后一路送往西方。可镇子会留在那里。只有曾经生活在镇上的他们，才会消失。

火车在马尔齐斯佐夫郊外停了下来。卡尔·海因茨·弗里贝走到车厢门口，看了那两座教堂的钟楼最后一眼；其中的一座钟楼上面，留着一口残破的大钟。雨水如注，不断从破损的车厢顶篷漏下来。

他们经过了亚沃尔和莱格尼察，前往卡沃斯克。到了这里之后，他们得知即将前往英军占领区。他们都很高兴。此时，就到了灭虱的时候；他们接到命令，要脱下衣服洗干净。接下来，他们回到了火车上。很快，他们就到了边境，到了奥得河上的那座大桥；桥的另一边，就是新的德国。河岸上一片白色：人们纷纷扯下自己的袖章，从火车上扔出去。弗里贝夫人也撕下自己和卡尔胳膊上的臂章，扔了出去。这个小男孩久久地凝视着，看着那块白色亚麻布随风飘荡。

他们走了

“我们在 1945 年夏季就来到了亚诺维采，因此算是这里的第一批波兰人。当时，我们真的很怕踏上这趟旅程。我们到处都听到人们说，森林里藏着‘狼人’，也就是德国的游击队员，他们看到波兰人就杀。可那个地区也有来自波兰中部和东部的抢劫团伙和小偷，他们会袭击任何人，并且将受害者全部枪杀；他们可不管您是德国人、俄罗斯人还是波兰人。附近有很多人就是那样死掉的。

“那时，住在亚诺维采和米兹扬卡[①]的人当中，大部分仍然是德国人。他们不想离开，以为一切都会通过某种办法得到解决。可父母却告诉我说，这个地方现在属于波兰了。我向德国玩伴们提起这一点之后，我们还大吵过一架。反正，我们一直都在争来争去；可尽管如此，我还是对他们怀有美好的回忆。与他们一起待了几个月之后，我学会了说基本的德语；有那么一段时间，我还觉得自己的德语说得比波兰语要好。

“从那时起，我就根本不记得有什么成年的德国人了，顶多也就记得几个。我对德国女性完全没有印象，就像那时根本就没有德国女性似的。她们很可能都待在家里，而我也从来没有进过任何一个德国人的家中。我不知道，当时究竟是我自己不想进去呢，还是他们从来都不让我进去。只有等德国人走了之后，我才到他们的房子里去看了看。

---

① 在 1945 年的头几个月里，该镇被正式命名为“米兹亚拉古拉”，这是其德语名称的直译。不过，铭记着那个时代的镇民却经常使用这个现代名称。——作者注

“到了9月份我去上学的时候，大多数老师和学生就已成了波兰人。德国孩子不想上我们的学校，所以那时他们仍在放假，而我们也真的因此而非常嫉妒他们。

“秋天，他们都走了，没有跟任何人道别。随着日子一天天地过去，我只是发现身边的德国玩伴越来越少，而留下来的人，都不想说那些走了的人到底出了什么事。我们也从来不会提前得知哪些人会走；我还记得自己当时真的很难过，因为朋友们没有道别，就一个一个地不见了。我跟其中的一些人是好朋友。就算有德国人在走的时候哭过，我也不记得了。

“德国人家里的家具、瓷器和油画，都留了下来。无人没收他们的这些东西，我们也一直不明白，他们为什么不想要这些东西了，因为所有东西都完好无损。有的时候，波兰人会为了争夺这些东西而打架，让警察忙个不停。反正，政府拿走了其中最贵重的物品；至于那些东西后来怎样，我就不知道了。

“那年夏天，一些士兵和警察曾因某些贵重物品发生了争执。此事发生在亚诺维采，就在布布尔河岸上的一棵橡树旁。父亲不想告诉我他们究竟在争什么，而我们也直到事后才得知，当时警方不得不在那里开枪打死了一名士兵，才让整帮人闭上嘴巴，冷静下来。

“后来，德国人越来越少，而他们留下的东西，也开始由特纳鲍姆这位半是犹太人、半是德国人、半是波兰人的老人代表镇上保管。我猜想，此人在战争期间应该是某种非公民德裔[①]，因为一个犹

① 非公民德裔，德国纳粹统治时期所用的一个术语，指语言和文化上具有日耳曼血统，但没有德国国籍的人。

太人是不可能在德国人当中安然活到整个战争结束的。一个波兰家庭搬进一幢原先为德国人所有的房子里去时，此人就会跟村镇委员会的人一起前往，对房子里留下的每件物品进行估价。如果有人想要并且带够了钱，他们就可以折价买下一台钢琴或者一只布谷鸟钟。可那时人们手里根本就没有钱，所以村镇委员会的人吩咐特纳鲍姆，只对一些必需品进行估价，比如床、椅子、凳子和桌子。房子里留下的其他东西，全都会搬出去，堆放到院子里。这些钢琴、布谷鸟钟或者稍微有点儿花哨的梳妆台，就会立在院子里，直到完全干枯、裂成碎木。入冬之后，人们就会用那些碎木去生炉子。”

照片（1）

《西里西亚山地救援》杂志的几乎每一期里，都会有一名德国人撰写一篇《我们美丽的希尔施贝格》，或者性质类似的文章。然后，等他们来到奇钦斯科、亚诺维采或者米兹扬卡，从宽敞的奔驰车里下来，在波兰人面前顺口说出“我们的”或者“我的”一词时，气氛就会变得有点儿尴尬了（有人会说：“谁能告诉我，为什么我们赢了战争，可开着奔驰汽车来到这里的，却是他们的退休人员呢?”）这里的人并不傻，他们都心中有数。他们或许听不清德国人说的每一个字，但“我的”和“我们的”这样的词，他们却能马上分辨出来。

过后，当地人就会说：“我们都知道，他们到这里来是想干什么。”要知道，他们都很清楚，德国人离开的时候，把贵重物品全都留下来，藏在这里了：黄金、珠宝和钱。

我看了看那些寄给《西里西亚山地救援》编辑们的照片。每座村庄，甚至是最小的村子，都有自己的编号。其中，主要是以前的邻居相聚和重逢时的照片。上了年纪的妇女烫着必不可少的银灰色卷发，她们通常都勉强地微笑着，站在各自头发已经花白、稍微发胖的丈夫旁边。还有一些照片，则是在大声说出“我们美丽的库普弗伯格”并不会冒犯到任何人的那个时代拍摄的。

“库普弗伯格幼儿园，1936年。”我想象得出，一名摄影师必须费上多大的劲儿，才能让这群将近有30人的小家伙们同时看着镜头啊。此人多半试过用可爱的俏皮话而不是严厉的话语逗孩子们，可他的努力并未成功，结果就是，只有少数几名孩子径直看着镜头，其他孩子则在一边胡闹。这些小模特当中，有些人完全是背对着他，一门心思地干着他们自己那些无疑极其重要的事情。站在最后面的那两位老师，带着一脸困惑的表情。其中一位老师还在敷衍了事地责骂一个捣蛋鬼。只有年长的那位老师很严肃，顺从地看着摄影师这边。两位老师给人留下的印象都是，长期的经验已经教会他们不去试图控制这些不断尖叫的小东西，只要把所有孩子集中在一个相对较小的空间里，就算成功了。那帮小家伙不断地跑来跑去，因此摄影师无法把所有孩子都拍进照片中，右侧有两个孩子就只拍到了一部分。这种情况太糟糕了，因为当时那两个孩子正直视着摄影师，脸上还带着微笑。

照片上似乎正值早春。孩子们都穿着夹克衫和毛衣，有些孩子头上还戴着厚厚的羊毛帽子，帽尖用各种角度神气活现地翘着，或者滑下来遮住了他们的眼睛。照片上的光线柔和而离散；摄影师选择了正确的曝光度，只是经过不断复印，其中的细微之处已经不复存在。穿着浅色衣服的孩子，如今差不多已经与背景、相纸融为一体了。

这幅照片上是一群闹闹哄哄、欢乐无比的孩子，充满着无忧无虑和快乐。那是一个有点儿寒冷的春天，此时的人们渴望着脱掉上衣，到外面去冒险，不过，天气太冷了，还不到这么做的时候。然而，这些扭动而喧闹的孩子形象中却隐含着强大的表现力，使得您无法将视线移开。

翻了几期之后，我又看到了卡默斯瓦尔道（即如今的克罗姆诺夫）那座学校的一张照片；卡默斯瓦尔道距米兹扬卡约有 10 英里远。乍一看去，照片上的孩子显然年纪大了一些，至于照片上的人数，则与山巅小镇米兹扬卡的那些学龄前儿童差不多。甚至，他们有可能是同一群孩子，只是这幅照片是几年之后拍摄的罢了。如今，他们都听话地排成了四排，人人都看着镜头，无一例外。照片中央站着一位头发已经花白的老师，此人身穿西装，打着领带。在照片上的所有人里，这位老师的表情似乎最为有趣，仿佛是被站在周围的学生那一本正经的样子逗乐了似的。只有站在他身边的两名女生获准摆了个亲近的姿势，她们极其腼腆地拉着老师的手。当时似乎是夏天，只不过当天有可能比较凉爽。除了那位老师，大家都穿得较少；而我还必须说，他们的穿着都相当朴素。只有第一排中有两名男生穿了鞋子；其他学生呢，全都朝镜头伸着一双脏兮兮的光脚。

这两幅照片，差不多是在同一时期，即20世纪30年代初拍摄的。或许，两张照片甚至是同一位摄影师拍摄的。学龄前儿童无忧无虑的吵闹喧嚣，与年纪稍大的小学生的严肃认真，形成了鲜明的对比。在第二幅照片中，一个穿着深色衣服的男生吸引了我的目光。他的双手放在膝上，就像所有表现良好的学生那样端正。与其他孩子一样，他也直视着镜头。他的双腿在身前伸得最远，他可能是班上个子最高的学生。他那双光着的脚，差不多一直伸到照片下方的边框了。看着这个孩子，我不禁心想，要是有金银珠宝和钱的话，我一定会给他买上几双鞋子。

往西，或芭芭拉·沃西克的死亡经历

第一次死亡

芭芭拉·沃西克的父亲认为，她的生命毫无意义。她父亲当时才40多岁，他拿起一个枕头，走向芭芭拉的婴儿床。婴儿床放在窗户边上，从窗户往里看是一幅一贫如洗的景象。她的父亲说：

“这个孩子是没有未来的。”

她的母亲躺在床上抽泣着，没有力气去阻止他。她只能看着，惊叫着。她叫得比一生当中的任何时候都要响亮。他们家的邻居跑了过来。

这一次，芭芭拉·沃西克不会死了。

史坦尼斯瓦夫同志

1945年4月2日，波兰共和国政府驻下西里西亚地区的全权代表史坦尼斯瓦夫·皮亚斯科夫斯基，发布了第1号令：

> 我们是波兰生活方式的先驱，是几个世纪以来斯拉夫民族和部族在德国人手下遭遇不公对待的复仇者。因此，我要求你们无条件地服从我的指示，严格而及时地执行各部下达的命令，并且每走一步、在每一个地方和采取每一种行动时都牢牢记住，我们是一个拥有悠久和未遭破坏之文化的斯拉夫民族。

（……）在接到具体命令之前，我们必须善待那些具有斯拉夫血统，但曾在德国化之下屈服的人，只不过，我们对未来没有做出任何承诺。

约瑟夫

他不像是个复仇者。或许，他稍微有点儿像是一位先驱。他之所以去，是因为上头命令他去。他曾经怕得要命，因为大家都说西部是个“蛮荒之地”。他叫约瑟夫·奥斯特洛夫斯基，时年27岁，任务就是为西部带来秩序。

战争刚刚结束，可那些急不可耐的人已经抵达了卡利什。当时，约瑟夫正在一家玩具厂里上班；虽说这有可能不是一项最辛苦的工作，但薪水很低。他已经娶了一个离了婚的女人，要供养她和前夫所生的孩子。一些陌生人让他去当波兰警察。当警察的人必须身体健康，并且愿意为波兰效力。约瑟夫非常健康。

培训是在格但斯克进行的，但实际上并未在一座院校里，他们只是接受了几个星期的训练，进行了几次射击，听了一些教育性的讲座罢了。接下来，他们就该到现场去了，此时他们就成了当局。当时，他们并不是个个都有制服。约瑟夫并不知道上头会把他派往西部，还以为培训之后，他们会把他派回卡利什。可上头采取的策略，却并非如此。

“奥斯特洛夫斯基同志，”他们说，“您要去的是下西里西亚。”他还记得，自己当时马上想到了那个“蛮荒西部”。人们都说，整个新波兰境内哪里都太平，只有西部除外。德国的游击队还躲在那里的森林当中，不管碰到什么人都会开枪打死，因为他们已经无所顾忌了。他们甚至没有逃回德国，因为德意志帝国已经不复存在。他们完全是掘壕固守，打算负隅顽抗，战斗到最后一人。可他们并不是那么容易被打倒的。雪上加霜的是，各色令人厌恶的人物、匪徒和流氓地痞，都像扑火的飞蛾一样，被引到了下西里西亚。因为全国各地都流传着德国人留下了大量珠宝和财产的说法。每个人都想从中分一杯羹。

他在大亚诺维采下了火车，人们已经在那里等着他。当时，正是1945年的夏季。一路上，人们向他说明了当时的形势。他们开着车，在那个地区转了一圈。那里仍然有很多的德国人，其中大多数还没有离开他们的家园。有些人把自家房门上了锁，以便保护好他们留下的财物。他们用坚固的木梁从里面把门闩上。没人进去，也没人出来；若是什么东西着了火，就会酿成一场灾难。的确，时不时地有东西着火。有时，一些人会削尖脑袋，想知道德国人在地板下或者阁楼上藏了些什么。他们会把德国人从家里拖出来，然后到处挖掘。若是什么都找不到，他们就会勃然大怒。他们会把房子点上一把火，然后再去劫掠下一家。

他们开车来到了山峰上的那座镇子。奥斯特洛夫斯基见到了新任镇长威普施拉克。这位老者正准备离开镇子。当时，这里已经有段时间没有纳粹了；随着战线临近，纳粹分子都逃跑了。

“这座镇子叫什么？”

“叫米兹亚拉古拉，同志。不过，您可以叫它的简称：米兹扬卡。”

布朗内克

那列火车有44节车厢，正在月光之下行驶着。当它在开阔地带震颤着停下来之后，人们便纷纷离开车厢，走到火车头那里，跟司机商谈。接下来，他们又在自己的包袱里摸索，拿出一瓶酒。

“这可是最后一瓶了。”他们说道，火车则再次开始往前驶去。又过了两个钟头之后，火车却再一次停了下来。

最后一节车厢是情侣车厢。那节车厢里有很多隔间，隔间里有着舒适的折叠床，在这些折叠床上，年轻人会初尝禁果。布朗内克·哈克就趴在这些隔间上方，从车顶的小洞往下窥视。对他来说，这趟西行之旅将是一条通往成年的道路。就算此刻它看似不过是一条简单的土路，并非康庄大道。

火车上有一些规矩，其中最重要的一条，就是您必须在桶里便溺。往火车外面便溺，是一件很危险的事情。除非便桶已满，否则不会倒。没人会倒便桶。他们在火车上已经行驶了两个星期，一直都是如此。布朗内克不知道，他们要是再走上两个星期，又会是个什么样子。他害怕月光会消失，害怕他们会在某个偏僻之地停下来，然后永远困在那里。

他们已经抵达了距利沃夫差不多50英里远的桑比尔。不久，他们就将抵达新的波兰-苏联边境，而火车两侧的士兵也越来越多，其中有些士兵还牵着军犬。布朗内克还记得，苏军攻入附近的鲍里斯拉夫时，他曾看到过同样的士兵和军犬。他们第一次来的时候，是在1939年。他们带走了老师、地方官吏和铁路工人，而人们再也没有见过这些人。然后，俄罗斯人撤走，德国人来了。德军比较害怕崇尚民族主义的乌克兰叛乱分子，却不那么害怕波兰人。后来，空袭开始了。他的叔叔死于德罗戈贝奇一座炼油厂的大火当中。布朗内克被派往一个强制劳动营里，但他运气不错，他们命令他在一个加工车间里干活，这与冒着纷飞的炮火和炸弹挖掘战壕有着天渊之别。或许，他就是因此才幸存下来的吧？

接着，俄罗斯人又来了，但这次来的是另一批人，命令他们收拾好自己的东西。他们胡乱抓过手边的东西，便匆匆忙忙地赶往火车站。在那里，他们等了两个星期的车。他们都用自己携带的行李包裹分隔出一块块小地方，每个地方容纳一家人。当那列有 43 节货运车厢和 1 节情侣车厢的火车向站台驶来时，有人正在演奏六角手风琴。他们挂出波兰国旗，将行李扔到车上，便出发了。

如今，布朗内克知道他们为什么要将便桶装得满满当当了。边境上到处都是士兵，人人都手持武器，火车则在两排俄罗斯人之间缓慢前行。此时，新的波兰不远了。于是，他们纷纷将便桶倾倒在这些苏联士兵的脸上，同旧波兰说再见。那些士兵都骂骂咧咧地闪开，军犬则狂吠不止。火车上的人哄堂大笑，但没有人因为他们把大小便倒在这些苏联兄弟的身上而向他们开枪。

他们再次在某个地方停了下来。年纪大的人都走向车头，年轻人则向后面的情侣车厢跑去。情侣车厢空间有限，可许多人都想进去。一位牧师紧紧地跟在他们身后。可当他明白这些年轻人乱作一团是为了什么之后，牧师便抓起一瓶酒，也向车头走去。接下来，列车员解开了那节情侣车厢；如今，只有 43 节车厢会继续往西，而那节情侣车厢会被丢在旷野上的某个地方。有些人赶紧跳出情侣车厢，猛地提起身上的短裤，向正在驶离的火车冲去。他们要到两天之后，才能赶上那列火车。若不是人们大力劝阻，他们就会饱揍那位牧师一顿了。

四个星期之后，他们到达了卡托维兹郊外的比托姆。一位母亲看到了兀立在地平线上的烟囱：凡是有烟囱的地方，就应该有活可干。可比托姆没有工作机会，沿着那里到普鲁德尼克有 70 英里，可这一地区从事的却是亚麻制造业。他们完全不了解这一行业，只能继续往前走。11 月底，他们到了瓦乌布日赫。他们乘坐的火车不再继续往前行驶了。他们都将留在此地。

这里与东部大不一样，到处都开着矿井和工厂。他们很容易找到工作，还接管了德国人留下的公寓。布朗内克开始上高中，并对化学产生了浓厚的兴趣。老师们都力劝他毕业之后，申请到弗罗茨瓦夫去上大学。工业发展需要化学家，这是一份很有前途的职业。他填报了工业化学专业的志愿，可考试时却差了几分。他的分数只够学地质学专业，于是布朗内克成了一名地质学家。

1953 年，正在上大学三年级和攻读地质学专业的布朗内克·哈克在米兹扬卡下了公共汽车，走进了业已关闭的矿山办公室。办公室里的人交给他一盏电石矿灯、他房间的钥匙，还有将以前有如迷宫般错综复杂、如今业已封闭的采矿巷道绘制出来的任务。他刚走进第一条巷道，便意识到这座小镇很快就将消失。他在余生当中都将一直纳闷，结局为什么非得如此。他将向自己碰到的每一个俄罗斯人，提出这一问题。

第二次死亡

在华沙西北 70 英里外的温迪基村里，芭丝雅·沃西克[①]原本会靠在一幢房子的墙壁上，再一次死去。这一次，她的生命之所以毫无意义，是因为那些德国士兵希望如此。当时正值 1940 年。他们抵达了那个村庄，让每个人都靠墙站成一排。那些不适合干活的人，也不适合任何事情。其中有一位瘸腿的妇女，带着一个紧紧地拉着母亲裙边的小姑娘。这个小姑娘，就是芭丝雅。一个带着孩子的瘸腿女人，对德国人有什么用呢？他们吩咐她站到一边，然后把母女俩领到了一幢废弃的房子里。大家都知道，接下来会发生什么。

芭丝雅决定为自己的生存而战。像母亲几年之前所做的那样，她开始尖叫起来。她并不是绝望地尖叫，而是朝着德国人尖叫。其中一个德国人终于打开门，放了她。只不过，她的母亲必须留下。芭丝雅不愿独自离去，便又开始大哭大闹，说没有妈妈她就不走。当时，母女两人都靠墙站着，面对着那些带着军犬的士兵。空气中充斥着犬吠声、尖叫声和哭泣声。接下来，她们终于得救了。德国人把母女俩都放了。她们可以活得更久一点儿了。

米什卡和斯塔斯泽克

米什卡只是想从自家的果园里摘些苹果。可他们放出狗来把她

① 即前文中的芭芭拉·沃西克。“芭丝雅”是“芭芭拉”的昵称。

赶走了，所以她只能两手空空地回到火车站去。她又饿又生气。她只是想摘几个苹果而已。她不想看到陌生人在她家的房子里忙碌，不想看到陌生的孩子在她家的院子里乱跑，还有一只陌生的狗趴在狗窝里。一切看上去都跟原来一样，只是房子里的人不同了。米什卡原本既不想看到那一切，也不想去问任何人讨要原本属于她自己的东西。可她饥肠辘辘，不得不去讨要。

那是 1945 年，地点则在捷尔诺波尔①附近的加利西亚②村庄布恰奇。三个星期以来，她、她的妹妹以及其他从附近村镇里来的几十个人都打包好了行李，一直在那座小车站的大厅里等候，等着一列可以将她们送往西部的火车。这些人距自己原来的家不过几英里、几百码，甚至是不到几步远。可他们无法回家，无法像普通人那样等着。因为那里，即火车站以外的地方，不再属于波兰，而成了乌克兰的领土。

被人们称为米什卡的米哈莉娜·普瓦维克时年 19 岁，对于那座火车站，她留下的只有糟糕的回忆。不久之前，她曾哭着爬进一节运输车厢，德国人则在她的身后砰的一声关上了那扇沉重的车门。在一生当中，她将永远不会忘记那种声音：沉闷又沉重，宛如锤子的重击。她的妹妹、弟弟和母亲也在那节车厢里。他们原本是要到西部去当劳工。在运送过程中，波兰的一名铁路工人救了她们；此人答应照料米什卡和她妹妹，直到战争结束。她的母亲和弟

① 捷尔诺波尔，今乌克兰西部城市，捷尔诺波尔州的首府，1944 年前称为“塔尔诺波尔”。

② 加利西亚，中欧历史上的一个地区，原属奥匈帝国最贫困的一个省份，现分属波兰和乌克兰。其名称源自中世纪的城市加利奇。

弟则去了西部。

那位铁路工人把她们带到了距普热格希尔不远的拉迪姆诺。她住在一户人家里，她的妹妹则住在另一家。她们想要待在一起，并且决定跑回家去。从拉迪姆诺到布恰奇，直线距离就有120多英里。她们大多是在晚上赶路，躲在谷仓里，能从农民那里乞讨到什么就吃什么。她们最害怕的是乌克兰人，因为她们听到过一些关于乌克兰人的可怕故事。米什卡的鞋子磨破了，最终光着脚回到了家里。终于看到自家那座破烂不堪的房子后，姐妹俩都禁不住喜极而泣。

直到战争结束，她们都是在邻居们的帮忙下自己种地谋生。她们不知道母亲的情况，但斯塔斯泽克跟她们一直都有联系。战争结束之后，他便动身回家，却在波兰中部的卡利什附近停了下来。他写信要她们去，说他有一幢房子和工作给她们。此时她们已经接到通知，即将被逐出苏维埃乌克兰；所以不管怎样，她们都要离开了。

火车终于到达，她们可以走了。她们坐火车走了两个星期，因为那趟火车不断停下来；而每当火车停下，人们就会爬出火车，跑到田野上或者走到一个村庄里去找吃的。大家在火车站就已经把各自所带的东西吃光了，因此如今开始挨饿了。有时，那列火车会突然开动，于是就会出现一大群人冲过田野、跑向铁道的情景。一些胆大的人会站在车头前面，等掉队的人全都爬上了火车，才会走开。

火车最后一次停靠在弗罗茨瓦夫，斯塔斯泽克已经在那里等着她们了。而且，母亲也跟他在一起！头发还成了红色的！原来，母亲在一家兵工厂里上班，是化学物质让她的头发变成了红色。斯塔斯泽克骨瘦如柴，他说，要不是一位德国朋友帮忙，他可能早就饿死了。

“那人总是在厂里的一台机器上给我留下几片面包，然后走开，让我把面包吃掉。”

他们先是去了一个距卡利什不远的地方，可斯塔斯泽克早已把目光投向了别的地方。在耶莱尼亚古拉附近，整个整个的村庄里空无一人，因为原来的德国人都被驱逐出境了。

“他们留下的房子里，既有自来水和电，还有家具，桌子上有碗碟，甚至储藏柜里还有食物。每个定居者都会分到一块地，我们可以去耕作。”

斯塔斯泽克先去。他会仔细观察，了解情况，然后再来接她们。米什卡不想去，因为她在这里已经找了个男朋友，叫瓦迪克·乌扎克。后者是本地人，家里有一座农场。当时，形势正在开始好转。可斯塔斯泽克说，南方那边正在开矿，工资优厚，没人认为值得种地。瓦迪克想去试一试，米什卡也同意跟他一起去。毕竟，他们始终都有退路，可以回去。

他们在亚诺维采车站下了火车。他们问清了前往米兹扬卡的路。他们必须步行上山，经过那个木制的路标。大路在那儿向右急拐；过了一会儿，他们便看到了教堂的尖塔和树木那边的第一排房屋。他们经过了那两个石制的十字架，然后走过啤酒厂。这里的房屋都是齐齐整整的砖房，有两层，甚至是三层楼高。每幢房子前面都种着花草，广场上则开满了红色的山楂花。房屋后面还有果园。

米什卡非常高兴，到了秋天，苹果就会挂满枝头。

第三次死亡

芭芭拉·沃西克的生命第三次失去意义，是她和妈妈两人都患上了斑疹伤寒的时候。在此以前，德国人已经杀害了她的父亲。随后，她的哥哥在试图拆除一枚手雷的引信时，却被在他的手中爆炸的手雷炸死了。战争结束后，温迪基村几乎没有留下什么东西了（只有几幢破旧不堪的房子、埋有地雷的田地和里面堆满了士兵尸体并被付之一炬的谷仓）。她生命里留下的东西，甚至更少。接下来，她的母亲溘然长逝，芭芭拉变得一无所有了。然而，她却命不该绝；只是，当时她平生第一次想知道，自己为什么命不该绝。

斯特凡与海伦娜

斯特凡·斯皮兹原本应当在9月20日退役，可战争于9月1日爆发，所以他的整个计划就泡汤了。也就是说，若是没有这场战争，斯特凡就不会受伤，就不会被俘虏，就不会被他们送到德国去干活；那样的话，谁知道他的人生最终会是个什么样子呢。他只知道，那种人生可能会很糟糕。

首先来了一趟火车；一路上，风景慢慢地由西往东退去。他们在路上走了几天；并不是每个人都确切地知道火车从哪里来，也没有人知道他们要去往哪里。在前线作战的时候，一颗子弹打透了斯特凡的手掌，可由于仅仅一只手受伤，所以德国人认为他可以去干活。他们把斯特凡押到火车上，将他送往西部。车上的人只知道一点，那就是他们要往西走。

他又害怕又难过，尤其是他们经过舒列克的时候。火车驶近卡利什时，他看到了远处村子里自家的田地和房屋。他马上认出了自己极其在意的这些地方。就在那时，他的内心揪得紧紧的；尽管他最终会安然无恙，可那时他并不知道。他甚至不知道，德国人会不会第二天就开枪把他打死。

可他们没有打死他。他们把斯特凡带到吕茨，押着他进了一家啤酒厂。

“你就在这里干活。”他们吩咐道。

一开始的时候，他什么都干过：把这个拿出去，把那个拿进来，打扫卫生。那里的人对他很好，而他对那些人没什么怨言。接下来，有人想让他历练一番，好让他获得晋升。于是，他们找了另一个人来打扫卫生。斯特凡会说德语，因而培养起来较为容易。此外，当时这里人手也不足，因为人们都被调往前线了。德国人对待任何事情时，采取的都是同一种态度，不管是战争、行政管理还是婚姻，甚或是在酿造啤酒时，都是如此。他们认为，最重要的就是秩序。水管必须绕成均匀的圆圈，水槽要擦得闪闪发亮，地板上要干净得可以捡起地上的东西来吃。啤酒厂里若是秩序井然，那么酿出的就会是优质啤酒。如果酒厂里杂乱无章，那么生产的啤酒也会很糟糕。

因此，若是没有这场战争，斯特凡·斯皮兹就不可能学会酿造啤酒。这是第一个方面，但第二个也是最重要的一个方面，就是他不可能遇到美丽的海伦娜。可要是他没有遇到海伦娜，那么一切就会变得毫无意义：这场战争只会是战争，他的工作只会是工作，他的被逐也只会是一场可悲的流放。

海伦娜吃苦耐劳；很可能正是这一点，给斯特凡留下的印象最深。她是从热舒夫附近流放过来的，如今住在距吕茨几英里远的伯恩里德。她在那里替一位富裕农民的妻子照料孩子，她对孩子们要求很严格，还在农场和餐馆里帮工。在此期间，她认识了斯特凡。不管什么时候，只要往伯恩里德运送啤酒，斯特凡都会自告奋勇地前去；但德国人并不蠢，早已明白这是怎么回事。的确，海伦娜是他生命中一道真正的光芒，也是伯恩里德一道真正的光芒。她给那里的每个人都留下了深刻的印象；尽管她是波兰人，可那里的一些德国人甚至都很怕她。

美军来到镇上之后，个个便像扑火的飞蛾一样，都被她迷住了。几乎人人都是如此：美国人如此，是因为他们生活在希望当中，而在时局艰难之时，希望则如良药一样有益；德国人如此，是因为海伦娜会在美军和后来的苏军面前保护他们，不会任由美军和苏军碰德国人的一根头发。与此同时，海伦娜还知道如何利用他们对她的迷恋，来获得物质上的好处。一名士兵前来找她，发誓说要爱她到生命的尽头，请求她跟着他前往美国，并且用巧克力和香烟作为礼物送给她。海伦娜没有回绝，却也没有明确答应。她把巧克力留下来给自己，给那位农妇的孩子吃。香烟则送给了斯特凡。如今，伯恩里德的这道光芒已经为他闪耀了好几个月，并且只为他一个人闪耀。

夏末之前，他们便动身前往波兰了。她匆匆忙忙地回了趟热舒夫附近的家里，而他则想去趟舒列克，看那座村庄里是否还留下了什么东西。他们向彼此许下诺言，说这并不是结束，而仅仅是开始。同年，斯特凡听说西部地区需要专业人才，其中包括酿酒师。德国人留下了一大批酿酒厂，如今需要重新开业经营。他在勒武韦克希隆斯克找了份工作，负责监管整个地区几家较小的酒厂。他立即写信给海伦娜说："来吧。"一年后他们结婚了。不久，斯特凡被任命为一座山间小镇上一家小酒厂里的酿酒师。他们动身前往那里，乘坐一辆不停地嘎吱作响的卡车爬上了山巅。他们经过了那块写着"米兹扬卡"几个字的路标，然后是那两个石制十字架、第一排房屋，最后在一幢黄色的别墅门前停了下来。斯特凡喜欢那座啤酒厂，海伦娜则喜欢那座又大又宽敞的房子。

芭芭拉

留在温迪基村，毫无未来可言。芭丝雅已经活得比她的哥哥、父亲和母亲都要长久。唯一剩下的亲人，就是她的姐姐了，后者已经生了好几个孩子。芭丝雅也需要别人来养活；或许，多加她一口人，姐姐就无能为力了。村里贴着海报，叫人们去西部，说在那里可以找到工作和住处，说人们可以在那里重新开始。可芭芭拉·沃西克对政府所说的话，一句也信不过，哪怕是白纸黑字印着，她也不信。当时正值 1946 年。她坐上一列火车，要亲自去看一看。她一路来到了瓦乌布日赫。她看到了工厂、矿山和成群结队的人。她问清了工作的情况。然后，她赶紧回到温迪基村。那里还有许多像她一样的人，在等待着她带回好消息。

接下来，她们便开始西行。她们是两人一起动身的，即她和岑卡·扬科夫斯卡。她们用买车票的钱买了食物，然后从一扇车窗爬上了火车。其间，她们还躲在车顶上走了一段。一直要到已经过了瓦乌布日赫很远的科瓦雷，她们才被一位售票员抓住。因为逃票，她们被赶下了那列火车；于是，她们再次从车窗爬了进去。可这一次，她们就没那么幸运了。火车上的售票员非常生气，便叫来了警察。警察一到，她们俩就无路可逃了，哪怕露出甜美的笑容并且咯咯傻笑，也无济于事。她们被押往弗罗茨瓦夫以南20英里的斯切林，关了起来。

法官虽然同情她们，却还是说：

“要是我不判你们入狱的话，你们一辈子都会逃票的。”

这是常识。于是，她们便在一座女子监狱里坐了一个月的牢。芭丝雅将带着三种记忆离开那里：她必须清洗一条条肮脏不堪的囚犯内裤、无穷无尽的饥饿感和孤独感。只不过，她最终对这种孤独感变得习以为常了。

30天之后，她们获释了。来接她们的是岑卡的姐姐。她带来了新鲜的面包。两人还在监狱门口，就把面包一扫而光了。接下来，她们便南下前往克沃兹科。那个地区的人都说，他们正在招聘纺纱工人，一个女人若是想找工作，就应该去那里。在克沃兹科，芭丝雅又会有两次大难不死的经历。

第四次死亡

芭芭拉·沃西克拼命抗争，用四肢使劲撑着工作台，祈祷有人会过来，因为她无法用这种姿势坚持很久。那是一场势不均力不敌的战斗；芭丝雅当时只有 16 岁，曾经身患斑疹伤寒，此时身体仍然很差。她很羸弱，那台机器却很强大。一不留神，纺纱机便钩住了她的围裙。几天之前，芭丝雅就见识过其中一台机器是怎样对待一个人的：当时，一位德国妇女被卷进了机器，整个人都被绞碎，所剩无几。

芭芭拉·沃西克可不想被机器绞碎，她想要活着。她用四肢使劲支撑着；机器拼命拉拽，芭丝雅拼命尖叫。最后，人们纷纷跑过来，关掉了机器。于是，她再一次侥幸活了下来。

扬，或雅西耶克[①]

那是他一生中见过的最高的一座山峰。他必须使劲往后仰头，才能看清路的尽头，以及远处在热浪当中隐约起伏着的房屋。妈妈大声呼喊，催他快走，可雅西耶克已经没有力气，没法跑得更快，身上的包袱无情地压着，使得他步履蹒跚。最后妈妈不再催他，而是砰的一声关上了车门，于是，那辆原本可以带他们到山顶的汽车，便抛下他们走了。

“我们走上去。”

雅西耶克愿意跟着母亲走到天涯海角。他的父亲，已在前线阵亡。整个战争期间，他们一直住在马佐夫舍地区的马库夫，那里位于华沙以北的 50 英里外。战争结束后，妈妈把他留在奶奶家里，自己则动身去了西部，打算了解一下西部的情况，然后回去接他。

① 扬是芬兰语中雅西耶克的昵称。

她在一座矿山上找了份工作，她写信回来说，工作很辛苦，但工资不错。他非常想念妈妈。她回到马库夫时，他会搂着妈妈的脖子不松手；她要走的时候，他也舍不得让妈妈走。那年春天，妈妈把雅西耶克的东西装进一个小小的提箱，带着他一起走了。

一切都是那么新奇：通往火车站的大路、火车、售票员、车票、车窗外的景色。过了弗罗茨瓦夫之后，他一路上都把脸贴在车窗玻璃上，因为妈妈说，他们很快就要到了（他在不停地问）。

他也问了关于德国人的情况。

“我们要去的地方，还有几个德国人。”她说。他有点儿害怕德国人。如今依然害怕。

在火车站下了车，看到一座座大山之后，他简直不敢相信自己的眼睛。到处都是山！群山连绵耸立，直通苍穹。

“妈妈，我爬不上去的。”得知他们要去的地方之后，他说。可他愿意跟着妈妈走到天涯海角。他甚至不在乎那辆汽车已经抛下他们走了。

“来吧，雅西耶克，我们走吧。”妈妈一边说，一边伸出了手。

时值春季，阳光明媚，他第二天也不用去上学。母子俩依偎着，一起走向新的家园。这是他们很长时间以来第一次进行这样的旅行。

第五次死亡

这一次，是一位满脸麻子的老年秘密警察认为她的生命毫无意义。他开着车，把她带出镇子，然后把她扔出汽车，掏出了一把折叠剃刀。那是一个暖和的秋夜，稍微有点儿风，没有下雨，但很潮湿。

这一切，是从那年夏天开始的。当时，她已经工作了好几个月。她是一位劳动模范，不断地获得猪油、鲱鱼之类的奖品，有一次甚至获得了联合国救济总署分发的一条漂亮的黄色毛毯（她马上就把毯子送到裁缝铺里，制成了一件在较冷的天气里穿的外套）。接下来，他们就开始来找她，用拳头使劲砸门。她会用一把椅子顶住门，然后坐在角落里哭泣。她知道那些人想要什么。她说，他们从来没有进来，而是会去找别人。有时她会听到尖叫声，但大多数时候什么也没听到。然后，女性们会来上班，静静地坐在她们的织布机旁。有些女性一夜之间就不见了，她们要么是去了格武希察，要么是去了卡缅纳古拉。那里也有织布机，而且，那里没有把工人旅舍和职工宿舍当成免费的私人妓院的秘密警察。

她可从来都不会沉默不语，她总是会像她在温迪基那样朝着德国人大声尖叫。当时，德国人完全有可能杀了她，但他们还是把她放了。现在，芭芭拉·沃西克躺在通往瓦乌布日赫那条潮湿的大路边，想着这一次自己说得太多，因此应该是在劫难逃了。这一次他们来找她的时候，她曾隔着门尖叫，说他们都是野兽，不是人。她不知道究竟是哪句话让他们更生气，只知道那把椅子再也挡不住他们了。他们破门而入，抓住头发将她拖了出去，开着车子把她带到了小镇外面。

就这样，她被带到了那条潮湿的大路旁边，面前有个手拿剃刀的男人，还有沉沉的黑夜。让她短短一生悲惨地结束所需的一切条件，都齐备了。可突然之间，远处出现了灯光，传来了发动机的轰鸣声，一辆汽车嘎吱嘎吱地停在了他们身边。两个彪形大汉跳下汽车，走向那个拿着剃刀的男人；他们说了些什么，紧接着一场混战开始了，有人在尖叫，有人倒下了。芭丝雅艰难地站起身来，只听到有人说了这样一句话：

“往火车站跑，再也不要回来。”

矿工们

1948 年。21 岁的史坦尼斯瓦夫·格鲁兹卡从距热舒夫 15 英里远的乌塔普日兹博斯卡出发了。他带上了自己的所有物品：一件衬衫、面包、黄油和一把剃刀。他还借了点钱，以便能够前往西部。

“一旦赚够了钱，我就会还给您的。”他承诺道。

他几乎可以肯定自己会赚够钱，因为他的哥哥已经到了西部。哥哥写信回来说，他们在那里开矿，薪水很优厚，你只需坐上火车来就是了，一切都会安排好。找到住处是不成问题的。两天的旅程之后，他便到达了亚诺维采火车站，找人打听矿井的位置。人们给他指路，让他去山顶上的那座镇子。

史坦尼斯瓦夫·库普兹尼斯基也动身了，他是从克拉科夫附近的什丘青出发的。1947 年以前，他一直在那里跟村子里的共产主义者对着干。接下来他认识到，消除红色影响已非他和“家乡军”那个师里的朋友们力所能及的事情了。于是，他往西而去，因为如今同一种红色影响已经开始痛击他们了，所以他宁愿暂时消失一段时间，而不想永远消失。此外，他的未婚妻早已动身前往耶莱尼亚古拉附近的奇钦斯科，她的父亲在那里找了份下井采矿的工作，正在催促斯塔斯泽克[①]过去。

“你一到，我们就举办婚礼。”

卡罗丽娜·科利斯也在路上。她时年22岁，希望赚点儿钱。战争期间，她一直住在热舒夫郊外的尼维斯基；那里距小城梅莱茨14英里，距县城科尔布绍瓦7.5英里。不论她到哪里，都是一幅贫困的光景。家里虽然有田有土，却总是有洪涝灾害。想挖土豆的时候，他们必须蹚过直没过腿肚子的水。不管收成是什么，东西都会很快腐烂。他们挖了排水的沟渠，可沟渠也起不了多久的作用。在这场战争的最后两年里，他们没有完整地睡过一个晚上的觉，因为他们家的房子后面就是一座军用机场，飞机不停地起起降降。有的时候，他们接连好几天都无法合眼睡觉。

战争结束后，卡罗丽娜看到了一份海报，上面说人们必须到西部去建设新波兰。她可不想建设什么新波兰，她只想赚点儿钱。于是，她坐上一列火车出发了。

在亚诺维采，她发现唯一适合女性干的工作，就是农活。当时，亚诺维采老镇上有个叫沃罗贝尔的人似乎正在招工。在镇上，人们对她说，要是一座矿山开工的话，她就能够到矿上去找份工作。但就目前来说，她还是应当到沃罗贝尔那里去工作。

接下来，就是来自拉多姆附近的斯卡雷谢夫的博莱斯瓦夫·格

① 斯塔斯泽克是波兰语中史坦尼斯瓦夫的昵称。

日兹布了。此人之所以前来，是因为他的几个兄弟都已到了这里。同他一起来的，还有他的妻子和女儿，即9岁的伊丽莎白。他们在亚诺维采老镇安顿了下来，那里距山顶上的米兹扬卡比距火车站更近。小伊丽莎白还在那里结识了一个跟她相差无几的同伴。他们那幢房子的阁楼上住着一家德国人，后者家里有一个女儿，非但跟她同岁，并且也叫伊丽莎白[①]。两个小姑娘很快就成了朋友。

波兰姑娘伊丽莎白的叔叔婶婶接管了原先属于德国人的一些田地，并且开始耕作。其中，叔叔雅内克常常让伊丽莎白在她的德国朋友面前感到尴尬。雅内克总是忍不住要挤兑那些德国人，问究竟是谁打赢了战争，现在又是谁拥有这一切。有的时候，他会连门都不敲就闯进德国人的公寓，当场拿走他需要的任何东西。有一次，他需要一头奶牛，而当时整个地区的德国人都只有一头奶牛。

“您拿走土地和水吧。”那位德国妇女绝望地哭起来。她家里有两个孩子要养，可到处都买不到牛奶。“可您不能动那头奶牛！”

有一次，雅内克叔叔到镇上去了的时候，那位德国妇女来问，她能不能从食品柜里拿点儿吃的。伊丽莎白想不明白，因为说起来，那本来就是这家德国人的食品柜啊。

几个月之后，那家德国人走了，他们几乎把所有财物都留了下来。她的叔叔婶婶接管了德国人的农场，而她的父亲则是在矿井下工作。几乎所有的邻居，都在矿上有了工作。他们天一亮就离开家里，抄近路穿过草地，前往山上的那座小镇。他们已经能够辨认出

① 在原文中，前一个伊丽莎白是“Elżbieta”，这是波兰语拼法，而后一个伊丽莎白是“Elizabeth”，这是英语拼法。

矿上的井架和教堂的尖顶了。

芭芭拉·沃西克也在前往那里。当时正值秋天，可她身上只穿了一件薄薄的衣裳。她的模样确实像一个幽灵：衣衫不整、脸色苍白、眼神躲闪。她不跟任何人说话，在整趟旅程中都蜷成一团，躲在角落里。她之所以会去亚诺维采的村公所，唯一的原因就是她在火车站看得到那里。她请求找个地方住，并且找一份工作。村公所的人把她派去给亚诺维采老镇的一位农民干活。她在那里干了几个月，然后得知米兹扬卡正在开矿，需要工人，其中也包括女工。他们支付的工资很高。芭丝雅决定去那里找份工作，就在铁道交叉口旁边的一家旅馆里租了个房间，住了下来。德国人称那家旅馆为“克鲁格尔旅馆”，但是这个地区其实早已没有姓克鲁格尔的人了。从那里上山到米兹扬卡，要走 20 分钟。

然而，要想在矿井上找到工作，人们必须完全坦白说清自己的情况：以前在哪里工作，战争期间在干什么，有没有家人在国外，为什么到西部来。

史坦尼斯瓦夫·格鲁兹卡说，他是为衣食而来，并在镇上找到了他失散已久的爱人。他们有望很快就结婚成家。

史坦尼斯瓦夫·库普兹尼斯基承认他曾加入过游击队，但那一点没有什么可炫耀的，因为他那时只偷过德国火车上的煤炭。而且，他肯定从来都不曾痛打过一名共产主义者。

卡罗丽娜·科利斯说她只想赚钱；她关心的，也只有赚钱。

博莱斯瓦夫·格日兹布向他们保证说，战争期间他一直在德国工作，而到他返回斯卡雷谢夫时，苏军已经到了。

芭芭拉·沃西克并没有坦白自己是从克沃兹科逃出来的，逃出来时除了身上的一件衣服就一无所有了，因为一个满脸麻子的秘密警察想在通往瓦乌布日赫那条潮湿的路边用一把剃刀割断她的喉咙。但在亚诺维采，每一个本该知道此事的人，其实都已知道了。

第六次死亡

一天晚上，19 岁的芭芭拉·沃西克上床睡觉时，害怕得浑身发抖。她明白，现在他们都知道了。他们把她传唤到了警察局，用灯光照着她的眼睛，严厉地盘问一切，包括克沃兹科的事情。她哭了。其中一人说：

“为什么要哭呢，芭丝雅？我们动过你一根手指头吗？”然后，他就下令把灯关了。

听到外面一辆汽车的发动机隆隆作响之后，芭芭拉·沃西克全身都僵硬得不听使唤了。接着传来了关车门的声音，随后又是一片寂静。然后传来了脚步声，走廊上的地板嘎吱作响，一扇门的把手也在嘎吱作响。她有没有把门锁好呢？现在再去检查可来不及了；她便把被子往上一拉，蒙住头等候着。她已经明白，他们要干什么了。

“我会躺在这里，头上被子弹打出一个洞。”她心想。

他们已经到了旅馆的大厅里，正在穿过厨房。透过床单上的一条缝隙，芭芭拉·沃西克依稀看得清一个黑暗的身影和一支香烟的火光。接着，她听到一把手枪扣动扳机的声音，还有这样一句话：

“现在我要打死你，你这个婊子。”

接下来，一切都在芭芭拉·沃西克的眼前闪过：彻底的绝望，彻底的悲惨，这种情况下彻底的没有知觉，以及在短暂的19年里就将她吞噬的人生经历。看到了这一切之后，她一把将床单从脸上拉下来，径直面对着那支闪烁着火光的香烟，嘶嘶地说出了此前一直让她的内心充满了恐惧的话。

“我不再在乎了。”她说，然后等着枪响。可她听到的，只是又一阵静寂无声。片刻之后她睁开了双眼，却什么也没有看到，眼前只有一团漆黑。

“如今，我就要留在这里了。”她心想。过了一会儿，她便渐渐进入了梦乡。

乌伯舍尔之墓

最先消失的，就是乌伯舍尔的那幢房子。早在1945年，第一群胆大的人就曾破门而入。他们很可能大失所望了，因为这里什么贵重物品都没有，只有书籍。他们还会到别的地方去碰运气。三年之后，到了1948年春季，附近来了三个孩子。其中一个，就是小玛丽西娅·卡兹马尔斯卡。当时她只有6岁，刚刚来到镇上。她的父亲开始在矿井下上班，而再过几个月，她自己也要上学了。但在目前，她正在度过一个狂野的假期，跟着别的孩子在这一地区到处乱跑。来到那座老旧的狩猎小屋边后，大家一致认为那里多半有鬼魂出没。玛丽西娅怕鬼，因此男孩子踹破地窖的门走进去时，她一直躲得远远的。接着，男孩子们尖叫着跑了回来，一个手中挥舞着一把军刀，另一个挥舞着一把大刀，第三个则拿着一对令人印象深刻的鹿角。他们使劲跑回镇里，经过了当时正躲在灌木丛里的玛丽西娅身边。男孩子们后来还会声称，他们在地窖里听到了沙沙的声音，仿佛有人还留在那里似的。

一年后，又来了一群胆大的人。他们是距这里不远的姆尼斯科夫的七个孩子。那时正值春天，不是3月末就是4月初，反正是一年当中刚开始暖和起来的日子。这一天，他们没有坐矿上每天送孩子们去大亚诺维采上学的班车，而是集体逃学了。德国人那座老旧的狩猎小屋就在附近，他们想去探究一番，看里面有些什么。海伦娜·鲁津斯卡那时13岁，她觉得这样做一点儿也不好。尽管如此，她还是跟着去了，因为她不想自己一个人去上学。

他们爬上了那座山，姆尼斯科夫那一侧的山坡更陡，到处都是石头，男孩子们选了一条正好从石头中间穿过去的小路。每当有人滑倒，他们都会哄堂大笑。可一路上，他们全都在潮湿的树叶上滑倒过。最后，他们终于都爬到了山顶。远远地，他们就看到了那座早已门破窗碎的小木屋。他们甚至没有往屋里看，因为大家都知道，在那里是找不到任何贵重之物的。有人说，他们必须去寻宝；还有人说，就算那里有财宝，肯定也是埋在墓穴里。男孩子们开始干活，女孩子们则坐在一边看着，偶尔搭把手。

那座坟墓很大，挖进了石头山腰当中。他们在部分覆盖着青苔的墓碑上还看得见碑文。不过，墓穴里一堵墙壁上的一扇小窗户，却激发了大家的想象力。这扇窗户位于墓穴朝着山区景色最优美的那一侧。他们决定打破窗户，从那里爬进去。男孩子们花了好几个小时，才在墓穴墙壁上挖出一个小洞，取下了洞口周围的几块砖；可洞口仍然太窄，谁也爬不进去。一股恶臭的腐尸味从墓穴中飘出来，但并未对男孩子们造成干扰，他们一直坚持着。他们离实现自己的目标越近，那群紧紧挤在一起的女孩子们站得离坟墓就越远。她们全都清楚，男孩子们正在干坏事，可没人有勇气叫他们停下来。

最后，他们选出身材最为瘦小的一个男孩子，抓住他的双腿，将他从洞里推了进去。那个男孩子一路上爬得并不顺利，但还是设法摸到了棺材。要是墓穴里有财宝的话，那就肯定是放在棺材里。小个子男孩子抓住棺材，把它拉到身前。洞外的男孩子使劲攥着他的腿，他又设法将棺材盖打开了一点儿；接着，棺材盖便哗啦一声掉了下来。他只瞥了一眼躺在棺材里的那具尸首，就被朋友们拉了出来；他们全都尖叫着，朝姆尼斯科夫跑去。那个身材最瘦小，即到过墓穴里的男孩子后来说，墓穴里的那具尸体竟然没有腿。

尽管海伦娜站得远远的，可她的心中仍然涌起了一阵阵良心不安的感觉。更加糟糕的是，父亲发现了他们逃学；当她说出他们去了哪里、干了什么之后，父亲狠狠地揍了她一顿，还命令她去向马特维茨克神父忏悔。不过，两天后他们又去了那里一次。他们避开了那座坟墓，对它只字不提，而是想看一看那幢小屋里有些什么。他们进到了小屋里面。这里笼罩在一种令人觉得舒适的半明半暗之下，因为大多数百叶窗都完好无损地锁着，只有几扇窗户上没有了窗格。房子里相对比较整洁；一堵墙壁边，立着一排绘有野花的巨大衣橱，里面空无一物。海伦娜可以毫不费劲地躲到其中的任何一个衣橱里。他们走上楼去，发现了一堆堆的书籍。又大又厚的书籍塞满了各座书架、堆满了一张小书桌，连地板上也堆着。有些书已经被撕成了碎片，仿佛有人曾在书里找什么东西似的。那些书全都打开着。孩子们想看一看书里写着什么，可大多数书籍都是用老式的字体所写，还有一些德文书。其中几乎没有带图画的书籍，因此这些年轻的来访者很快对它们失去了兴趣。只有海伦娜找到了两本解剖学方面的书籍。其中的每幅图上都绘有一具人体，以及人体的内部器官。所有图片都是彩色的，极其详细。对于描绘心脏的那幅插图，海伦娜的印象最为深刻。她把两本书都放进了自己的书包里。孩子们又在房子周围逗留了一会儿，最后才决定返回姆尼斯科夫。他们后来再也没有进去看过了。海伦娜自豪地随身携带着她的战利品；在接下来的数周里，她将一遍又一遍地翻阅那两本书，差不多把它们都背了下来。然后，她的兴趣慢慢消退，她的姐姐则会把那两本书带到耶莱尼亚古拉的旧书店卖掉，并且用卖掉这两本书的钱买了一件暖和的新羊皮夹克，穿着回到了姆尼斯科夫。

*　*　*

下一个胆大的孩子，就是12岁的德兹西耶克·扬可夫斯基。当时，要么是1969年，要么就是1970年；山上那座狩猎小屋非但已经无迹可寻，而且连废墟也没有留下，因此它必定是被当地的农民拆掉了。这就意味着，对于小屋里绘有图案的衣橱、带有装饰的百叶窗以及曾经堆满了阁楼的那一堆堆书籍，德兹西耶克都一无所知。他感兴趣的，是别的东西。他和朋友们都很喜欢爬进矿井留下的，且仍然能够进出的任何一个洞穴、巷道或者地道。这些活动都严格保密，绝对不会让他父亲知道，因为他的父亲在井下工作，知道下面有多危险：他自己就在井下失去了两条腿。

但是，仅凭威胁说要严厉惩罚他们，并不足以让孩子们就此罢手，因为男孩子们在通往姆尼斯科夫的路上又发现了一个新洞穴，距那位“德国老骑士”的坟墓不远。他们花了好几天的时间，将一条岩缝里的泥土掏出来，最后设法滑进了洞里。起初，他们以为自己只是发现了一个很大的溶洞，可随着他们用一盏电石矿灯照路，往里走得越来越远，却一直看不到这条岩石隧道的尽头。最后，他们终于看到远处出现一丝微弱的亮光，这说明前面有一个出口；可要到达那里，他们必须从冰冷刺骨的水中游过去。他们到达地面时，个个浑身湿透，都快冻僵了。孩子们发现，他们已在地下穿过了整座镇子，因此非常自豪；此时，他们的所站之地到了大山的另一侧，从那里看得见通往切哈诺维采的大路，以及镇长诺沃辛家的房子。

他们总是情不自禁地想到那座坟墓，因此过了几天，他们又去了一次。他们用一柄鹤嘴锄挖穿了一堵墙壁，想要进入墓穴里面。最后，他们终于成功了。不久之后，三个孩子得意扬扬地一路穿过镇上。其中一个孩子戴着一顶普鲁士头盔，顶上竖着一根长长的金属锥；第二个孩子则披着一副锡制胸甲，上面写着德文。德兹西耶克走在最前面，手中挥舞着一把货真价实的军刀。人们都从家里走出来看，哄堂大笑，有几个人甚至向他们敬礼。接着，警察来到现场，他们的游戏便结束了。回家之后，德兹西耶克因为掘墓而受了一顿鞭打。他后来再也没有去过那个墓穴。反正，他们不久后就会搬去亚诺维采，而米兹扬卡也会消失了。

20 世纪 90 年代末，有一辆神秘的汽车来到了米兹扬卡，里面坐着四个人。为了到达目的地，这群奇怪的人选择了通往姆尼斯科夫的那条老路；若非如此，原本是没人会注意到他们的。因为这里的人都很清楚，老路只能通往那座古墓；再往前走，路上就是杂草丛生，只有越野车才能通过了。可这群人驾驶的汽车，却不是越野车。

那辆汽车驶过镇上之后就停了下来，车上的人从后备厢里取出背包，然后就消失在山上。几个小时之后，那个地方就传来了一阵威力强大的爆炸声，空中乱石纷飞。古墓那边的树林里腾起了一阵烟尘。不久之后，那几个人便装好行包，匆匆开车走了。

保罗·诺瓦克是大亚诺维采的一位居民，同时也是一位历史迷，对乌伯舍尔墓已经着迷了一段时间。听说了有汽车前来和发生爆炸的事情之后，他便匆匆赶往现场，心中沉甸甸的，产生出了一种最可怕的恐惧感。近来，有越来越多热衷于寻宝的人来到这里；在报刊上看到那座小镇消失的消息之后，他们都决定要到那里去碰碰运气。有些人是用金属探测器搜寻，还有一些人却会使用炸药。保罗对那座镇子的情况了如指掌，确信没有人会找到财宝。因此，这一次也会如此。那一片到处都散落着碎石，坟墓和那座小木屋曾经所在之地的四周，还可以看到一些匆匆忙忙挖的坑洞。然而，古墓本身完好无损；他们在那里看到的，只有爆炸过后墓穴旁边留下的一个大坑。毫无疑问，没人进过墓穴。

几年之后，一位老人拄着拐杖，缓慢而费力地走向那座孤墓。此人还认得路；他的名字，叫作卡尔·海因茨·弗里贝。没人特别注意到他，毕竟这里也没有什么人了。他走过了那片杂草丛生的公墓，走过了普瓦维克农场留下来的最后几幢房子。山坡上的这条小路，最终会通往那座古墓。他小心翼翼地沿着斜坡往下走，来到了那块加固的混凝土墓碑前面。从这里望去，法尔肯山脉的美景一览无余。尽管在路上他曾向自己保证过不要伤感，可到了这里，站在老乌伯舍尔的墓前，卡尔·海因茨·弗里贝却还是再一次老泪纵横。

第二个墓地

“他们会把您带到一条废弃巷道的尽头，把您绑在用于支撑巷道的柱子上。然后，他们会退出去，再把整条巷道炸毁。他们用那种方式活埋了几十个人。只不过没人会谈到这事，因为即便到了如今，人们还是害怕得很。”

“我们在家里从不谈矿上的事情，因为那是秘密，没人信得过别人。我的母亲下班回家时，身上总是裹着她的矿工外套，脚上还绑着几层裹脚布。可母亲从来没有告诉过我们，她在矿上究竟做的是什么工作。那是因为，如果我们在上学时或者在外面与其他孩子一起玩耍时说漏了嘴，让人知道她是在开采铀矿的话，他们就会在那座矿井里把她杀掉，我们就会失去自己的母亲。”

“我们知道他们在采矿，可没人说破此事。不管怎么说，既然没人告诉我们采矿究竟有多大的危害，那么就算我们知道，又有什么意义呢？他们并没有说铀矿会害得我们丢掉性命；我们到 20 世纪 90 年代才发现了这一点；可其时已经是悔之晚矣，因为我们中的半数人那时都已到了黄泉之下。”

“人们都说，米兹扬卡有两个墓地。一个是山上的那座德国墓地，当时墓地四周已经灌木丛生；另一个，则是埋葬着波兰人的地下墓地。那座矿井里，埋着几十个人；他们都是在一夜之间，就连同所有的家人一起消失了。人们原本只是去那里上班，有人却会失踪。下班之后，您会发现失踪者的家里已经空无一人，或者是某个新来的人已经搬了进去。可没有人提出任何问题，因为矿井里到处都有告密的人。假如有四名矿工休息时站在一起，秘密警察就会盯上他们。若是有五名矿工站在一起，那么您就知道，其中必有一位矿工是秘密警察的眼线，所以大家只会谈论天气。

“当时，告密者的日子也不好过；井下的人都知道谁在告密，因此只要那些告密者在附近，他们就会提高警惕。可那样一来，告密者在报告中就没什么东西可写；于是，告密者只好自己主动提起一些政治话题。然后，其他告密者就会告发他们，让情况变得一团糟。我可以肯定地说，一名眼线有时会在无意当中告发另一名眼线。

“1950 年，我已经当了 6 个月的夜班工长。那时我们只开采铀矿，我的牙齿每天都疼。1951 年 4 月，一位俄罗斯的机器操作员走到我的身边时，我曾悄悄告诉他说，要是开采一整天的铀矿，我的牙齿就会疼。他向我解释说，那是铀矿造成的；而在俄罗斯，开采铀矿的人一开始也会抱怨说牙疼，过后他们就会死去。他叮嘱我千万不要告诉别人，因为上头会因为他说了这些话而把他扔进监狱里。我一直工作到了 1951 年的秋季，然后他们就把我送到了一座疗养院。从疗养院回来之后，我就辞职了，没向任何人透露过此事。”[1]

---

[1] 参见 1971 年 1 月 22 日的信件，见于 *Akta osobowe górników Zakładów R-1 nr 184447*, Państwowa Agencja Atomistyki, Oddziaf w Jeleniej Górze。——作者注

“他们一向都是派士兵站在大门那里，拿着盖格计数器[①]仔细检查，看矿工是否带走矿石。所以，每名工人出大门之前都会把自己的身上彻底掸扫干净，尤其是会掸尽他们的衬衫和裤腿，因为哪怕是一颗微小的石子，也有可能给您带来一大堆麻烦。有时，一名矿工若是不喜欢另一名矿工，就会在后者刚刚把身上掸扫干净，却还没有到达门口的时候，将一小撮放射性粉尘放到后者的口袋里，后者就会因此而陷入麻烦，或者干脆消失。”

“您只有出示了一张特别通行证，才能进入矿上。唯一的问题就在于，检查通行证的士兵并不是个个都识字。因此，如果有人想那么干，并且运气较好的话，他们就可以用别人的通行证进入矿上。不过，或许没人有那么大胆。后来，指挥部发现一些卫兵不识字之后，就总会至少安排一名识字的卫兵去守大门了。

“矿上的高级职业医生命人在矿井诊所旁的院子里搭建了一些兔子窝。我们安排工人在那里兼职照料兔子。它们需要什么就有什么：燕麦、牛奶、胡萝卜。可那里还有别的东西：每只笼子里都有一个盛有铀矿的容器。人们并没有说破，但个个心里都很清楚，因为两个月之后，兔子就全死了。我们就像是那些兔子。只不过，在大多数情况下，我们活得比兔子稍微长久一点罢了。”[②]

“有一个自作聪明的家伙，在我们的洗衣房里上班。有天休

① 盖格计数器，用于测量辐射值的一种仪器。

② 参见 Piotr Dziewit, *Uranowi ludzie*, [w:] “Panorama” nr 14/1991。——作者注

息的时候，他开始朗诵一首小诗：‘斯大林有吃有喝 / 吃的是我们的培根油和肉。/ 纵然如此，愚蠢的我 / 还是要去集体农庄里干活。’我猜他当时是喝醉了才这样。后来，我们就再也没有见过此人了。”

“在井下工作的俄罗斯监工和机器操作员，待遇要比波兰工人好得多。有一次，他们中的一个人偷偷告诉我，既不要坐在矿料罐上，也不要待在盖格计数器会嘀嘀作响的地方。他们还建议我在工间休息时到地面上去，在工间休息之前也不要吃早饭。而且，绝对不要喝矿井里的水。

“铀矿有一种特殊的气味，俄罗斯人和工头都知道如何利用那种气味来找到矿脉。他们会走进一条巷道，关掉矿灯，用鼻子嗅一嗅。铀矿会散发出一股恶臭，就像水里腐烂的东西散发出来的那种味道；而我们找到矿脉时，矿脉散发出来的味道简直就像是一具尸体的腐臭味。

“有的时候，我们若是找不到矿脉，一位机器操作员就会前来寻找。一次又一次，操作员勘查过后就会迅速后退，却对我们说：‘开挖吧，小伙子们。’

“由于矿井里的辐射太厉害，矿工们的手表都停了。可没人敢发牢骚。有个人喝醉酒后说，他知道自己下班后脸总是感到刺痛的原因；接下来，他们就打死了他，把尸体扔进了一条沟里。

“一切都经过了深思熟虑；俄罗斯人赌的是，没人会在矿井的恶劣条件下侥幸逃生，这就解决了他们在米兹扬卡的问题。可他们失算了。假如当时清楚这一点，他们无疑不会留下我们的性命。我们早就被他们留在地下了。”

“这个小矮子会带着秘密警察的函件前来。只要他在矿井里现身，人人都会陷入莫名的恐惧之中。因为不管是谁，只要从他那里接到信件，通常都不会再回到矿上。这位信差每周来两次，每次总是带着一捆那样的信函。人们都不想接他的信件，所以有时他会把信件扔在一名矿工的脚边，然后就走开。”

“首先，他们会用警棍把您打得不省人事。接下来，他们会把您叫醒，再用警棍打您。他们会打您好几次。如果您还是不承认，他们就会把您押到井下，冲您的后脑勺开上一枪，然后把您塞到巷道里。一旦某人消失得无影无踪，也就没有人再想方设法地真正替他们说话了。

“他们用手枪枪柄猛击他的牙齿和头部，毫不留情。揍完之后，他们便把他扔到了要回填的竖井里。”[①]

“米兹扬卡的辐射情况还不是太严重。可在克莱特诺，矿工们根本无法在井下待上多久，就会晕倒。于是，他们会把晕倒的矿工抬出矿井；但我敢肯定地说，有些矿工永远地留在了井下。”

“一些话太多的人，会被带到亚诺维采去见秘密警察。那时，火车站旁还有一个小池塘。秘密警察局从那里撤走时，他们用沙子

---

① 参见 Michał Mońko, *Gułag Miedzianka*, [w:] “Odra” nr 4/1995。——作者注

把池塘填掉，那里便开始长起芦苇和灌木。20 世纪 70 年代末，镇上想把那口池塘挖空，重新注满水，可某个大人物来了，对他们说不准那样干。显然，那口池塘的塘底，躺着许多矿工的尸体。”

“要是如今还有人不想谈到这座矿井，原因多半是他们想要隐瞒些什么。因为我们在那里的人，个个都有要隐瞒的事情，而且没人为这些事付出代价。所以，阻止人们谈论矿井的并不是恐惧，而是知道他们当时竟然是这样的混蛋而带来的羞愧感。”

“有一次，一位内务部官员走过来对我说，不要漏掉一块铀矿，不然的话，我就会见识到他们的手段。几个星期之后我就辞职了，到一家造纸厂去上班了。

“那时我们总是把矿石装到卡车里，之后那些卡车究竟把矿石运往哪里，我可不清楚。人们都说，矿石运到了莱格尼察，然后再运往俄罗斯，可谁知道是不是呢。每辆卡车上，都有一名佩着自动手枪的苏联士兵随行。到了路上的某个地方，他们还会把波兰司机换成俄罗斯人司机，所以连波兰人也不知道那些卡车究竟去了哪里。”

“大门口并没有用什么盖格计数器进行检查，是人们凭空想象出来，捏造了这些听起来更让人感到毛骨悚然的故事。从来就没人检查过我。那里有什么可带走的呢？难道带走一些岩石？通常情况下，有一名士兵站在矿井大门口检查通行证；只不过，由于有些士兵不识字，所以您常常可以用两个月前的通行证蒙混过关，进入矿上。

“人人都知道他们开采的是什么，并且人人都在谈论这个。整个镇里的人都知道井下的情况，因为有些竖井就在私人住宅的隔壁，没用任何东西堵住。只是您必须小心，不能让自家的孩子在那里闲逛。”

“下班之前，他们会给矿工半个小时，让他们把身上的衣服掸扫干净，然后到大门口接受检查。矿上也有洗手间和一间洗衣房，但并非所有矿工都会使用。有些矿工从井下上来之后，会穿着沾满了那种具有放射性尘埃的衣服直接回家。”

“我什么都没问过，也根本不知道他们在那里杀人的情况；您在这里所说的事情，我还是头一次听说。我想工作，想赚点儿钱，想过太平安宁的生活。反正，我是在一无所知的情况下安然度过了在矿井上班的那段时间，因为就算知道些什么，对我又有什么好处呢？”

米科瓦伊奇克万岁！

您可以从人们不停地吐痰的习惯中看出，哪些人是在矿井上班。一名男子正在街上走着，突然两腿一软，痰液就会从他的嘴里飞喷出来。或者，这种人会用舌头在嘴里不停地蠕动，咳嗽起来，然后走到门外去待一会儿。回来时，此人会擦拭嘴巴。有些人试图用喝东西来将痰液漱下去，通常是喝伏特加酒；要是酒吧打烊了的话，他们就会喝私酿酒。喝酒漱痰的方法，只有一点点作用。

“您没法把这种东西咳出来。”他们都说，然后又要了双份的伏特加。他们花起钱来大手大脚，这又是一个明显的标志。一到发薪日，酒吧里就会挤得满满当当，空中烟雾缭绕。在这里，大家谈论的都是天气情况。您可以在井下谈论工作。要是做法正好相反的话，您就会因此而被送进地狱，尽管官方称地狱并不存在。

天　堂

路德维克·卡兹马尔斯基即将明白，地狱是否真的存在。那天是星期日，刚过 11 点钟，他的妻子和女儿们正准备要去教堂做礼拜，他却突然出现在门口。他脸色惨白，手脚并用地在地上爬着；随后，他躺到了床上，叫妻女给他按摩身上，以便缓解那种可怕的痛楚。他的妻子安娜·卡兹马尔斯卡轻轻地帮他解开了衬衫；他们的三个女儿，即玛丽西娅、布诺卡和娜塔尔卡站在母亲身边，身上都穿着做礼拜的盛装。女儿们默默地看着父亲灰白色的皮肤，母亲则在哭泣。他们的第四个女儿就要出生了：此时，安娜·卡兹马尔斯卡已经身怀六甲。

“他们都对你干了什么?”她一边问道，一边抽泣，可路德维克再也不能回应了。昨天他前往亚诺维采，去为一个来自奇钦斯科的矿工米科瓦伊奇克庆祝命名日[①]。没人知道这个米科瓦伊奇克的名字，且很可能后来一直都不知道他叫什么，不知道这个人是否真的存在，不知道是否像事实最终证明的那样，他对矿工来说实在是一个可怕的人物。

据说，当时的情况是这样的：小伙子们喝了几杯酒，鼓起了勇气，开始敬酒。他们敬了格日兹布，敬了卡兹马尔斯基，也敬了米科瓦伊奇克。米科瓦伊奇克接受敬酒的次数最多，最后他买了酒，请所有的人喝了一轮。有人经过了酒吧，有人听到了他们的谈话。或许，连警察局里的秘密警察也听到了，因为警局并不远，距酒吧只有几幢房子。自从副总理史坦尼斯瓦夫·米科瓦伊奇克叛逃到西方[②]之后，“米科瓦伊奇克”就背上了恶名。因此，“米科瓦伊奇克”成了一个最糟糕的名字，是一个根本不应当说出来，只能用绝对厌恶的语气悄悄提起的名字。反复颂扬那个名字成了一种罪行；犯了那样一种罪行之后，您就会明白地狱是否真的存在了。

---

① 命名日，指与一个人同名的圣徒纪念日，一些信奉天主教、东正教等基督教派的文化中有庆祝命名日的传统。在波兰，人们有时会把教会日历上跟自己生日最接近的圣徒纪念日当成命名日。

② 此事发生在 1947 年。1945 年开始担任波兰民族团结政府副总理、全国人民代表会议议员及农业和土地改革部部长的史坦尼斯瓦夫·米科瓦伊奇克，由于在 1947 年的波兰议会选举中失败而叛逃至美国。

秘密警察冲进了酒吧，逮捕了所有能够逮住的人。凡是酒喝得最少，还能稳稳当当地站起身来的人，都翻出窗户，逃进了树林里。那些没有反应过来的人，都留在后面。卡兹马尔斯基就是其中的一个。他们把他带到警察局，拘押了一个晚上。他们很可能并不想置他于死地，因为要是想那样干的话，他们就会随心所欲地痛殴他身上的任何一个部位，可卡兹马尔斯基身上只有脖子以下有瘀伤，并且主要集中在背上和肚子上。他们确实狠揍了他一顿，第二天一早就把他扔到了警局外面。他拖着受伤的身体，一路挣扎着回到了米兹扬卡。他是沿着那条老路往山上爬，或许这就是没有人及早发现他的原因；因为如今大家走的，都是那条铺好的公路了。当时正值秋天，清晨非常凉爽，亚诺维采笼罩在一片雾气当中。到家之时，他已经奄奄一息。20 分钟之后，他就咽气了。

地 狱

23 岁的史坦尼斯瓦夫·格鲁兹卡的嗓子里，总是堵着痰。与其他所有矿工一样，他干的也是计件工作。起初他推了一阵矿车，但很快就去了井下的工作面。不过，在花岗岩上钻孔很费劲，因为岩石坚硬无比，还会大块大块地掉落下来，因此他必须非常小心，才不会被石块砸着。有的时候，就算两名矿工用尽全身的力气顶着钻机，岩石也依然纹丝不动。可有的时候，只要用鹤嘴锄一敲，一大块岩石就会自行掉落下来。井下岩石的性质不可预测，所以所有矿工都很害怕。

采矿的时候，人们首先必须在岩石上钻孔。由于采用的是干法钻孔，所以巷道的空气里始终都飘浮着大量的粉尘，以至于两名头上戴着矿灯、鱼贯而行的矿工都看不见彼此。在某个阶段，矿工们领到了口罩；可戴上几分钟之后，口罩就会堵住，戴着口罩的人就会开始喘不过气来。不戴口罩反而更加轻松一些。矿井管理层引进了湿法钻头，这让粉尘有所减少，但矿工们钻孔时却依然不会加水。干法钻孔速度更快，会让他们提高产量，因而获得的工资也更多。要知道，没人是到井下去享乐的。

钻孔一旦打好，就要进行爆破了。爆炸还没有完全平息下来，他们就会把矿工们送进巷道里。他们不会像其他矿井的做法那样等上几个小时，不会等着粉尘落定或者爆破之后巷道顶上的土石落下来。他们根本就没有时间那样干。

若想提高产量，您就得跟俄国佬交朋友。俄罗斯人都有机器，并且懂得如何对岩石进行分析。他们能够说出工作面以下 20 英尺深的矿脉走向。所以，如果没有与他们中的一位交上朋友，您就有可能累得像一条狗，最终却一无所获；俄国佬指给您的会是一条无用的矿脉，让您白费力气一场。倘若他们指出的是一条优质矿脉，那么您甚至不用努力干活，就会收获颇丰。因此，您在井下必须大力培养俄罗斯人和波兰人之间的友谊才行。

史坦尼斯瓦夫·格鲁兹卡更喜欢俄罗斯主管，而不喜欢波兰主管。您往往能够与一名俄罗斯人搞好关系。比如说，若是有一场大型婚礼要操办，您就可以去找俄罗斯工程师，请他指点，让您多采出一些矿石。然后，您就会获得较多的薪水，可以举办一场最盛大的婚礼了。曾经有一位俄罗斯的机器操作员，还告诉过史坦尼斯瓦夫一件事情，他始终都铭记在心：

“到了上面再吃早饭。不要喝井下的水，因为井下的水有害。”

天　堂

一切都始于1948年。先是来了一些俄罗斯专家，走遍了德国人开掘的矿井，并且进行了测量。在整个下西里西亚地区，他们找到了150座这样的矿场。于是，科瓦雷、克莱特诺及米兹扬卡的第一批矿井开工了。有一天，军队派来了两个连，驻扎在以前的领主宅邸里；大家都看得出，这里一定是出了什么不同寻常的事情。

矿区由“矿石生产设备局”管理（根据其波兰语的首字母，这里略称ZPR-1矿，或者简称R-1矿）。矿山总部设在距卡帕兹不远的科瓦雷，44位苏联工程师及其家属也住在那里。他们监管着ZPR-1矿每个分矿的开采工作。

米兹扬卡有大批大批的求职者。这里的土地并不肥沃；要是从早到晚耕作这种多石的土地，会让人累得腰酸背疼。但有消息说，此地矿上的工资很高，而事实也是如此：矿工们领到第一个月的工资时，个个都不敢相信自己的眼睛。每位矿工领到的工资，都超过了4 000个兹罗提。当时，1升伏特加酒才卖8个兹罗提。当地的那家酒馆马上就会变得拥挤不堪。消息很快传遍了整个地区，说山上米兹扬卡的矿工个个都富得流油。那些必须将工资带回附近村庄的矿工，还会要求荷枪实弹的士兵保护，因为有人会埋伏在森林里等着，急于从他们身上赚点外快。

您只需闭紧嘴巴，不对自己正在干的事情感到大惊小怪就行了。卡罗丽娜·科利斯一直都是埋头干活。她的工作很简单，只不过也很累人。她是从升降机上推下一车车矿石，然后沿着铁轨，将车子推到矿石堆那里。其中最累的部分，就是她必须将矿车翻过去，倒出里面的矿石。然后，她要用鹤嘴锄将矿车清理干净，再推回去。不管刮风下雨，她每天都要工作 8 个小时。冬天的情况最为糟糕，因为矿区发的木屐会被冰雪冻住。每走几步，您就得把木屐上的冰雪敲掉，才不至于脸朝下摔到地上。卡罗丽娜知道矿车里装的是什么，知道那是铀矿。但是，知道这个对她并没有什么好处。她并不清楚铀矿是用来干什么的。何况她也不想知道，因为矿上的人都说，一个人知道得越少越好。因此，卡罗丽娜静静地干着自己的活儿，也不怎么说话。只是有一次，她的确大胆地发言了。在一次推车工人开会时，主管问道：

“现在，女士们，请告诉我，你们希望怎样领工资：是按日结算呢，还是说你们更愿意按比例领取呢？”

只有卡罗丽娜举起了手：

“主管先生，我愿意按比例领取。”

主管回答道：

“科利斯同志，您的个子最小，却想按比例领取工资？难道您打算命都不要地工作？”

“哦，就算推矿车会要了我的命，我也希望累有所值。”

领到工资之后，所有女工都在事后对卡罗丽娜感激不尽。她则向女工们解释说，既然井下的所有矿工都是按比例领取工资，那就说明他们都会全力以赴，好挣到更多的钱。要是矿工们全力以赴，他们就会采出更多的矿石。那样一来，上面的人也必须全力以赴，将矿石运到矿料堆上，才不至于耽搁工作。

芭丝雅·沃西克也在推矿车。他们都叫她“小芭丝雅”；这当然是开玩笑，因为芭丝雅现在根本就不小了。她推起矿车来，简直是无人能比，所以她很快成了领头的女工之一，还可以培训新来的女工去推矿车了。矿车推起来很费劲，要是不知道怎么对付这种可恶的工具，您就有可能陷入严重的麻烦当中。您必须把堆得满满当当的矿车推下去，因此带上一根棍子做刹车，是很有用处的。但您必须知道把棍子塞在哪里，才不致被棍子将牙齿崩掉。要是往下推的时候没有让矿车的速度慢下来，那么最好的情况是矿车会在底部脱轨，而最坏的情况则是矿车会砸到某位女工身上。推上山时，矿车里面是空的，所以矿车会轻一点儿。不过就算是空的，矿车仍然很重。

地　狱

斯塔斯泽克·库普兹尼斯基来到矿上，当了一名矿工。后来，上头让他当上了电工和焊工，但仍然在井下上班。当时，他们马上就雇用了他，可如今他却有点害怕，担心上头的人会发现他在“家乡军”里干过的好事，会因此而解雇他。他亟须获得这笔工资。他的岳父履行了诺言；斯塔斯泽克一到亚诺维采，他们就举办了婚礼。此时，他的孩子快要出生了。

但库普兹尼斯基最担心的，还是人类的愚蠢会让他丧命。井下非常危险，因此无论做什么之前，您都得三思。若非如此，很多事情都有可能出岔子。

斯塔斯泽克有过三次没有细想就行事的经历。第一次是他想不走梯子，而坐矿石升降车上去。他抓住升降车的缆绳，可在上升的过程中，缆绳不停地快速旋转，把他转得头晕眼花。他几乎抓不住缆绳了；要是那样的话，他唯一的结局就是摔下去，在地上留下一片血肉模糊的斑点。从那以后，斯塔斯泽克就老老实实地按照规矩来，用梯子上下井了。

第二次是上头命令他到井下去焊接什么东西。他下到井里，走进巷道，开始焊接。当时已是下班时间，他的思绪早已飞到地面上，竟然忘记井下巷道里的通风设备已经关了。他吸入了大量的锌粉，完全不知道自己究竟是怎么回到地面上的。他摔到一条沟里，失去了意识。直到那天晚上，人们才找到他；当时，他已经奄奄一息了。

第三次，则发生在他操作水泵的时候。水泵都是用一个特殊的开关启动的，电工只有在戴着绝缘手套的情况下，才能开启。斯塔斯泽克却忘记戴手套，光着手就将开关打开了。一股电流从开关上猛地击中了他；从那以后，斯塔斯泽克就吸取了教训，要是没戴手套，他连水泵边上都不会去。

像这样的井下事故，如今却日益常见起来。科瓦雷的矿山医院，每年都要接收 1 000 名伤者。这就说明那座镇子里每 10 名矿工中就有 1 人会发生事故。最常见的事故原因，就是人为的粗心与愚蠢。1949 年 9 月 24 日有两名矿工丧生，原因是其中一名矿工竟然把炸药的导火索和引信挂在脖子上，而他带着的电石矿灯把导火索和引信点燃了。1951 年 8 月，另一名矿工从一台坏了的升降机轿厢中出来后，决定顺着竖井的井壁爬下去。就在他往下爬的时候，升降机猛地下落，直接砸到了他的身上。此人掉到井底，重伤不治。

还有一名矿工，从一个高达45英尺的脚手架上摔了下来；还有一位没有接受过相关培训的矿工，竟然去开一台拔桩机。拔桩机撞到了同事的头部，导致那位同事倒地而亡。仅仅是1950年那一年，R-1矿的各座矿井就死了10名矿工，而事故总数则达到了1 039件。第二年，又发生了757场事故。

斯塔斯泽克在井下目睹过的最严重的一场事故，就是约瑟克·萨鲁尔在岩面上工作时，被岩石砸中了。他永远都不会忘掉当时的那一幕；有的时候，他完全不知道究竟是约瑟克真的那么愚蠢呢，还是说井下的岩石确实有那么不可预测。从那以后，约瑟克就只能在苟延残喘中度过自己的余生了。

天　堂

在回到地面上的过程中，矿工们必须遵守几条规定。他们会在快要下班和回到地面去时，提前半个小时停止工作。在那半个小时里，他们必须把自己身上的衣服掸扫干净。很少有人会把自己的工作服留在井下。他们往往也不喜欢使用矿上的盥洗室。大多数人都住在矿井附近，因而更愿意回家。他们会解开袖口，翻开口袋，脱下靴子，把上面的灰尘掸掉。他们的衬衫褶皱里，哪怕最细小的矿粒也不能有，连一颗卵石、一粒尘埃也不能有。

士兵们站在大门口，用盖格计数器对他们进行检查。如果计数器吱吱作响，他们就会打开那名矿工的袖口，检查矿工的口袋。他们若是找到了什么，那名矿工就会消失。到处都悄悄地流传着一些故事，说的是一些不够仔细、没有将衣服掸扫干净的矿工的遭遇。

没有人再见过他们；他们很可能都死了。事实上，他们的情况各不相同。矿上秘密警察局里的警官会把犯人从大门口带走，然后进行审问。此人要是运气好，就会在受到警告和在档案里记上一笔之后离开。他不用指望自己能够再去开采一条优质矿脉。此人若是运气不好，他们就会命令他打包好自己的行李，当天晚上就离开镇上。此人消失之后，矿工们就会编造出一些离奇的故事，开始交相流传。仅仅是 1949 年那一年，就有多达 55 名矿工被矿上以这种方式开除。

所以，矿上是人人自危，他们在掸扫自己身上的尘埃时，也会格外小心。掸扫是对同志情谊的一种真正考验，因为矿工们会相互检查、相互帮忙，相互查看对方的衣领下面。他们会默不作声、专心致志地掸扫尘埃，会偷偷地朝士兵所在的方向瞥上一眼。掸扫干净之后，他们就会排队往大门口走去。有时，也会出现这样的现象：有名矿工不喜欢另一个人，或者听到镇里的人在说，有个家伙一直在纠缠他的妻子。这些事情，不过都是人之常情罢了。接下来，此人只要在他们掸扫完毕却还没有接受检查的时候，往另一个人的口袋里偷偷地塞块石子就够了。如此一来，他就不用再担心妻子是否忠贞的问题了。这种事情，有时也会在井下发生。

到了地面上之后，矿工们还有一条规定，那就是不要谈论开采的是什么、有多少车矿石送到了绞车上，以及工作的进展情况。最好是什么都不说；别人问到与工作相关的问题时，应当回之以微笑、改变话题，并且抬头看天。最好在家里也不要说。雅西耶克·马伊卡，就是之前跟着妈妈一起徒步上山，来到米兹扬卡的那个孩子，只问过他的妈妈一次，她在矿上干什么。娘家本姓克米耶茨克的芭芭拉·马伊卡上班时，干的是一件无聊透顶的工作，即操作矿石绞车，可她对这个单位非常了解，知道儿子若是信口开河的话，就有可能让她丢掉工作，或者说至少也会让她丢掉工作。

“宝贝，你最好是别知道。在学校里谈论这个，又有什么意义呢？那样做，会给我们都带来麻烦的。”

地　狱

在井下上班的时候，他们也不能放松警惕。矿工们会不断地从一个工组调到另一个工组，不停地变换工作任务、工作地点和同组队员。他们在一个地方的工作时间，从来都不会超过两三个月。这样做，就是为了不让矿工们彼此之间变得太过熟悉。秘密警察在这里安插了眼线；除了跟别人一样工作，眼线还负有监听矿工们休息时都谈论些什么的任务。矿工们非常清楚，谁跟他们站在一边，谁又在出卖他们。但为了防患于未然，他们不会信任任何人，尤其是信不过新来的矿工。他们都说，要是看到有 5 个人站在一起，那么，其中肯定有一个会告密。实际上，对于矿上的每 100 名矿工，秘密警察只能安插 2 名眼线。这 2 名眼线不可能无处不在，不可能什么都听得到，不可能发现米兹扬卡地下那些迷宫一般的巷道里出现的每一句叛逆之语，或者每一种叛逆思想。但那种令人恐惧的气氛却能确保井下没人会提起敏感性的话题。

当然，秘密警察也会试图招募新的告密者，并且他们自有做到这一点的办法。首先可以为他们所用的，就是那些在大门口被逮住夹带了什么东西的人，以及不知何故而没有达到矿上要求的人。这些人会受到犯有叛国罪或者泄露机关秘密罪的指控，并且受到流放东部或者关进监狱里的威胁。有些人会屈服，然后签字画押。他们最终会回到原来的工组里，只不过这样一来，大家都会知道秘密警察要他们干的是什么事情了。于是，矿工们便开始猜忌，人们就会只谈论天气。那些被迫出卖同组工友的人，会很快就不再热衷于此；他们会尽力不再告密，这样就不再有任何用处了。其次就是那些为了钱而告密的人，他们则要有用得多。这种人获得的补偿，并非只有钱；因为他们必须以某种原因被捕，必须签署文件，必须在某个地方获释，必须做些什么。这一切都会让人们打退堂鼓。就矿工和勘测员而言，最好的奖赏就是获得一处优质的岩矿工作面。出于这个原因，井下的人一致认为，倘若某人总是找得到矿脉，那么此人并非因为运气好，而是因为他隐瞒了一些什么；因此，大家对此人都应当敬而远之。

天　堂

11 月 1 日，人们在亚诺维采安葬了路德维克·卡兹马尔斯基，就葬在教堂旁边的墓地里。下葬之前，一些从耶莱尼亚古拉而来的大人物还在以前属于德国人的一座坟墓里，快速地对他进行了尸检。他们告诉安娜·卡兹马尔斯卡，路德维克的死是内脏受伤造成的；他的肾脏、肝脏和肺部都受了伤。他们并没有说出他身上的那些伤是谁造成的。他们盖上棺盖之前，安娜给路德维克拍了一张照片。照片中，路德维克仰面躺在棺材里，身穿白色的衬衫，双手则放在胸前。有人把一顶帽子放在他的脑袋旁边。他们安葬他时，他的脚上没穿鞋子。安娜要求他们在墓碑上写下此人死得悲惨，以及“愿他的灵魂安息”等字样。可那些大人物没有同意。

几个星期之后，人们在同一片墓地里又挖了一个墓穴。他们在那里安葬了一个胎死腹中的女婴。他们给女婴起名“路德维卡”。她将长眠于距父亲不远的地方。

如此一来，卡兹马尔斯卡和女儿们就只能勉强糊口了。她的大女儿娜塔尔卡到矿上工作去了。为了上班，娜塔尔卡还伪造了文件；如若不然，矿上是不会要她的。小芭丝雅对她进行了培训。娜塔尔卡后来说，要不是芭丝雅，她永远都不会掌握推矿车的窍门。听到这种恭维，芭丝雅·沃西克回答说，总得有人来照料像娜塔尔卡这样的弱者，只不过当时刚好是她而已。

扬·米洛斯是米兹扬卡的一位面包师，他也向安娜·卡兹马尔斯卡及其女儿们伸出了援手。他让小姑娘们每天早上都去拿新鲜的面包。每当安娜来到面包店门口，打算付钱的时候，米洛斯都只是挥手把钱推开，然后斜靠在柜台上，悄悄地对她说：

“对于您，这里的一切都免费。”

10多年里，他一直信守着自己的承诺。即便是后来他把面包店搬到了亚诺维采，姑娘们也会到他的店里去买面包，而他也从未收过她们的钱。此外，所有的米兹扬卡人都会去米洛斯的店里买面包，因为别人做的面包都没有他做的好吃。

在亚诺维采，无人会说起卡兹马尔斯基的事情，在米兹扬卡尤其无人会提及。那是一个禁忌话题。尤其是那些参加过那次命名日纪念活动的人，全都闭口不提此事。尽管已经过去了好几个月，可他们还是很害怕，担心卡兹马尔斯基在死前供出了一些人的名字。

在矿上，孤儿雅内克·齐茨克替秘密警察局分发传票。他两个月前才来到镇上找工作。他年纪太小，干不了矿上的活儿，也没有其他单位想要他。他快饿死了，于是秘密警察收留了他，让他在矿上和亚诺维采之间传送信函。每天下午，雅内克都会背着一袋信函前往矿上。到了之后，他会等着矿工们下班。矿工们升到地面上时，他会把信件一一交给他们。有些人不想接；那样的话，他就会把信函丢在那些人面前的地上，然后走开。

有一天，斯塔斯泽克·库普兹尼斯基也接到了一封。传票上说，他必须在某日某时从家里出来，并且细看四周。他会看到远处有一个人，那人会带着他绕道前往一个地方；到了之后，警官们要问他一些问题。斯塔斯泽克非常害怕，因为他知道自己在简历里说了很多的假话；如今，他们很可能要询问他在什丘青的"家乡军"里究竟干过什么事情了。可他绝对不能告诉他们，说自己一直在那里痛击苏联士兵，而且当时他唯一关心的，就是确保自己一定把苏联士兵打得鼻青脸肿。

到了指定的时间，库普兹尼斯基走出了家门，希望什么人都看不见。可他看到远处有一名秘密警察；那人一看到他便转过身，慢慢地往前走去。斯塔斯泽克遵照命令，一路跟着那人。尽管他非常害怕，但那种感觉还是有点儿像演一部谍战电影。或者其实是像一出喜剧，因为这种神神秘秘的做法毫无意义。亚诺维采并不是一个很大的镇子，这里的每个人都相互认识。他们全都清楚，若是有一名表情阴郁的秘密警察走过，后面跟着一个惊慌失措的斯塔斯泽克，那就说明前者正在领着后者前往老皮耶拉家的公寓；在那座公寓里，安全部门设有一间秘密的审讯室。

他们像一对傻瓜一样，绕着镇上转了好几个圈子，最后才真的来到了皮耶拉家的公寓。审讯室里有一张书桌、一盏灯，墙上挂着一幅巨大的斯大林画像。他们给斯塔斯泽克拿了一张纸和一支钢笔，命令他写下自己的简历。写完一张之后，他们命令他再写一张，接着又是一张，还来一张。他写了大约十几份这样的简历；他们将每一份拿出房间去，片刻之后又返回来，命令他再写一份。最后，他们直截了当地问起了什丘青和“家乡军”的情况。斯塔斯泽克一直坚持自己的说法，谈到了那里的煤炭。可秘密警察关心的不是煤炭；此时，他们问起了小克罗赫马尔的情况。

斯塔斯泽克和克罗赫马尔是在游击队里相识的，后来成了朋友。克罗赫马尔在亚诺维采安顿下来之后，斯塔斯泽克便搬到了他的隔壁，所以两人比邻而居。现在秘密警察想知道的是，斯塔斯泽克能否变成克罗赫马尔关系更加亲密的朋友，去监视后者一阵子。那样的话，斯塔斯泽克或许会在井下得到一处更好的采矿工作面，甚至有可能获得提拔：井下有个地方需要一名工头，秘密警察可以让斯塔斯泽克去当那个工头。

“你们的条件实在诱人，同志，可我没法像你们希望的那样，做到与克罗赫马尔关系亲密。问题就是，我们两人的老婆吵过架，我的妻子不准我去克罗赫马尔家，而他们也不允许家人到我们家里来。所以，尽管很想帮助你们，可我爱莫能助啊。”

那些同志都气得满脸通红，便拿出纸和笔来。

“那么，库普兹尼斯基，你将坐在这里写简历，一直写到你那该死的可悲生活到头为止!”

地 狱

所以，矿区的地面上有秘密警察，而井下则有氡气。氡是镭衰变之后的产物，而镭又来自铀。氡气是一种无声的杀手，它是一种具有放射性的气体，会随着岩尘一起进入肺部。所以在各座铀矿中，黑肺病这种采矿业的职业病会造成大量的人员伤亡，因为在整个开采过程中氡都在衰变，导致放射性的黑肺病。这种疾病会导致肿瘤和细胞病变。史坦尼斯瓦夫·格鲁兹卡的朋友中，有越来越多的人都在抱怨说自己的身体变差了。在井下工作了两年之后，他便决定辞职。从俄罗斯人那里，他无意中听到了太多关于他们开采的矿石的真正情况。矿尘刮擦着斯塔斯泽克喉咙后壁的情况也变得日益严重起来。他还注意到，自己会不停地洗手，想要洗掉在井下工作时附着在手上的灰色残留物。即便在手上很干净和洗过了的情况下，他也会揉搓双手。让他做出辞职决定的还有一个原因，那就是最近井下发生的一场事故。当时，他的同组工友像往常一样下井来到巷道里，开动了钻机，可还没等他们走到工作面，一名工友便晕倒在地，紧接着又晕倒了几个。斯塔斯泽克不记得自己是什么时候晕过去的。醒来后，他发现自己和其他晕倒的工友已经出井，躺在地上。井下的空气一直都很稀薄。矿井主管赶来了，紧张得直搓双手；他不准他们去看医生，只是给他们每个人多放了10天的假。然后，大家又回去上班了。

他们能够做的，就是遵守俄罗斯人暗中传授给他们的规矩。到了此时，井下的每位矿工很可能都已经从一位友好的“同志”那里得到了提醒。他们不会在井下喝水，不会在井下吃东西，也不会坐在矿料桶上。但是，上班时同铀矿打交道的并非只有矿工，因为那里还有运送一车车矿料的女工。其中一位就是娘家姓科利斯的卡罗丽娜·布尔扎娃。她最近才结婚，此时正在推着矿车，浑不知道自己已经有了身孕。发现怀孕之后，她便提交了辞职报告。卡罗丽娜很幸运，几个月之后便生下了一个健康的女婴。

茱莉亚·雅罗斯泽夫斯卡就没有那么幸运了。她上班时也是与铀矿打交道，并且也怀了孕。可她没有辞职，而是休了产假。她的孩子刚生下来就病恹恹的，并且体内很快就长了一个肿瘤。她在耶莱尼亚古拉向医生们说明了自己的工作地点之后，医生们都不敢相信自己的耳朵。

矿上从来没有、将来也决不会发布关于井下有辐射的通告。官方的说法是，开采铀矿并不存在额外的风险。但即便是矿工们已经知道开采可能有危险，他们也没法向哪个具体的人物或机构提出他们担忧的问题。矿区内部设有矿业监察处，可这个部门直接对管理层负责，所以尽管有此职权，该部门却不会进行任何检查。1956 年以前，R-1 矿没有一座矿井针对潜在的职业病进行过调查研究。在米兹扬卡的矿井关闭很久之后进行的第一次勘测显示，一些矿井中的氡气浓度高于可接受的标准浓度 600 倍。不过，铀矿开采是绝对保密的，所以任何问题都不能超出这个机构的管辖范围，不能泄露出去。“有色金属矿业联合会董事会”派一位职业监察员来到矿上时，警卫室里的士兵会马上拨打“15 号”电话，也就是矿上秘密警察局的电话。不久之后，监察员就会被关进一间没有窗户的房间；而在接下来的几天里，他们只给了他面包和水。一回到总部，此人便提交了一份报告，结尾是这样说的：“他们命令我转达一条信息，那就是我们不准再派监察员前去。”

天 堂

铀矿开采的那四年，是人们丰衣足食的四年。和战前一样，镇上有一家药店、几家商店、一家面包店、一家肉类加工厂和数座作坊。以前德国人开的那家酒馆所在的地方，如今建起了一个社区中心。每个星期天，那里都会举办舞会；矿工和米兹扬卡人，再加上附近的切哈诺维采、姆尼斯科夫和亚诺维采等地的人，都会来参加。社区中心每个月还会组织放映一场电影，由一支流动放映队负责放映。这支流动放映队由保卫矿区的俄罗斯士兵领来，每次他们都会放映一部不同的影片，歌颂苏联士兵在卫国战争[①]前线作战时的英勇无畏。门票只要几个兹罗提，但当地的孩子自有办法来看免费电影。放映电影的那一天，孩子们会偷偷溜进社区中心，飞快地跑到临时搭建的舞台底下躲起来，电影荧幕就挂在那座舞台上。只要灯光一灭，放映机开始咔嗒咔嗒地响起来，就表明他们可以从藏身之处出来而不被别人发现，安安心心地看电影了。

矿工们都很有钱。只要瞥上一眼，您就看得出哪些人在矿上工作、哪些人不是在矿上工作。有些矿工买了摩托车，还有些矿工则会把房子翻修一新。1949 年 2 月，芭丝雅·沃西克领到了 28 000 个

---

① “卫国战争”指第二次世界大战期间，苏联为抵抗纳粹德国等轴心国的入侵而进行的战争。

兹罗提的薪水，差不多达到了波兰当时月平均工资的50倍。史坦尼斯瓦夫·库普兹尼斯基偶尔还会带着两倍于此的工资回家。埋藏于地下的财富，再次让这座镇子繁荣兴旺起来了。当时，生活充满活力的地方是这里，而不是亚诺维采。越来越多的人源源不断地来到这里，渴望去矿区上班。据当局估计，此地人口数量最多时达到了近3 000人。镇上可从来都没有过那么多的居民。

然而，对于这种成功的原因，人们必须始终闭口不言才行。在官方文件中，米兹扬卡的铀矿被登记为“大亚诺维采造纸厂”。就算是在内部通信中，“铀”一词也像瘟疫一样不会被提及，而是用其他称呼取而代之，比如“硅藻矿”“R-2”或者“P9”。[1]

开采出的矿石经过提纯和去除多余的岩石之后，就会由人工装入一些很重的金属罐里。这些罐子都是在一个特殊的车间里现场制作出来的。因此，外界根本无从得知，那里每天生产出了多少罐子。要是矿上必须从某个地方订购的话，那么必须有人生产、有人计数，最后还须有人将罐子运送到米兹扬卡。这些人当中的每一位，都须受到检查、跟踪，都得接受询问，交代清楚他们的关系人、履历和生活在西方国家的家人等情况。因此，订购矿料罐会带来巨大的工作量。

矿石装罐之后，波兰司机驾驶的卡车就会来到矿上。每辆卡车都会装上几十个矿料罐，车上还有一名带着手枪的俄罗斯士兵。接下来，车队便往北开去。途中，他们会在一个预先定好的地方停

① 参见 Robert Klementowski，*Uranowe mity. Kopalnictwo uranu w Polsce w społecznej świadomości*，见于这位作者提供的手稿。——作者注

下，那里已经有空载的卡车和苏联司机在等着。双方会交换卡车。俄罗斯人会开着他们的卡车前往莱格尼察，而波兰司机则开着空卡车返回矿上。

米兹扬卡开采出来的矿石中，只含有大约 0.2% 的纯铀。之所以需要几十上百吨岩石废料才能获得几吨矿石，而几吨矿石当中又只能提炼出几千克的铀，原因就在于此。矿工的定额任务正在日益增加；采矿作业分成三班倒，有差不多 1 500 人在矿上工作。他们中的大多数人都住在镇上，但也有一些人是坐着运矿的卡车从附近村庄而来，还有一些人则是自己翻山越岭来上班。

此时，整个地区都矿井密布，而每座矿井边都堆着废弃的矿料。这座山里究竟有多少地方在开采铀矿，没人知道。在四年多的时间里，他们掘出了长达 25 英里的巷道。至于采矿点，有人说只有几处，有人说是十多处，还有人说是几十处。不管怎样，只要说 ZPR-1 矿的所有采矿巷道加起来有 100 英里长，而若是把所有竖井接起来的话，可能深达 20 英里，就足够了。

米兹扬卡的铀矿开采巷道中，有一些是由德国人开掘出来的。这些巷道都经过了适当的加固，矿业当局可以查看所有巷道的文档资料。可新掘巷道的情况却完全不同了。在井下，规矩就是跟着矿脉走，而机器设备则会告诉您到哪里去挖掘。几乎没人会考虑，他们上方究竟有些什么。矿工们都会讲述他们在地面下方垂直往上挖掘出一条巷道的经历。假如上方是田土，那还不算太糟糕；只是如此一来，耕作田地的农民某天会发现，地里出现了一个大坑，需要运来好几卡车的沙子填埋，然后才能万事大吉。若是矿工们跟着矿脉一路挖到了镇子下方，那就更加糟糕了，可这种事情也出现过。

接下来，地面下陷就会导致庭院和地窖坍塌，让房屋墙壁上出现裂缝。矿业当局试图解决这个问题，用木梁支撑房屋，并且自掏腰包填平坑洞。可他们所做的努力，却日益变得毫无效果了。

地　狱

除了普通的矿工，士兵们也会到井下工作。他们都是乘坐卡车，从位于切哈诺维采的军营前来。矿工们几乎不会与士兵们打交道，因为士兵们都是自行组队干活，连吃饭也不会与矿工们一起。矿上的人都说，他们只是名义上的士兵，其实都是政治犯。这种说法是很有道理的。

1949 年秋，波兰武装部队的一些单位里，开始实施一项“特别采矿招募计划”。该国经济正在蓄势待发，需要人手工作，所以在找不到乐意去工作的平民百姓的一些地方，当局决定在士兵中招募人手。然而，志愿去开矿的士兵不多，其中的大多数人，又被派往上西里西亚地区的各大煤矿去了。

1951 年 2 月，国防部部长康斯坦丁·罗科夫斯基元帅签署了一项命令，允许各级指挥官指派士兵组成劳动营。从那时起，派去采矿岗位就成了又一种进行政治压迫的工具。您可能会因为唱“家乡军”的歌曲，因为不入党或者拒绝参加军官训练而最终被派去采矿。所有人民的敌人，比如贵族及其儿孙、神职人员家庭、地主和私营企业主、战前警察和富农的子女，也都被送到井下去采矿了。而且，一些即便只是看上去不可靠的群体，也被迫变成了矿工，比如西里西亚人、马佐维亚人、卡舒比人、斯皮什的斯洛伐克人，以及从南斯拉夫归国的人，都是如此。最终，独立侦察组织的成员、“华沙起义”中的老兵、“家乡军”里的士兵、前“农民营”里的成员，以及地下反共组织的成员，全都得到了一把鹤嘴锄，而不是步枪。他们都被直截了当地告知：“你们原来都在森林里学会了如何开枪。”

在整个 R-1 矿区有两个矿兵营，番号分别为第 10 营和第 11 营。这两个营组成了第 10 劳动旅；人数最多的时候，该旅有 2 755 名士兵。其中的第 2 连，驻扎在距米兹扬卡 3 英里远的切哈诺维采。那些采矿兵只能在几幢房子里活动，他们的轮班时间通常从 8 个小时到 18 个小时不等。他们会去挖掘最困难的地段，其中的巷道高度不超过 3 英尺。其他矿工都不敢在那种地方开采，因为一旦发生事故，矿工根本就无路可逃，只能大声呼喊救命，期待着或许有人会听到呼救声。他们几乎每天都要上班，连星期天也不例外。一年当中，这些士兵只有寥寥几天的假期：5 月 1 日、7 月 22 日、10 月 13 日（这天是“波兰建军节”），以及 12 月 4 日的“矿工节”。[①] 通常来说，他们也会挨饿。在兵营里，他们早餐和晚餐吃的都是面包、稀汤和无糖的黑咖啡。午餐唯一的不同之处就在于，他们是在矿井中吃，有时汤中会漂着几片土豆。在监察人员前来视察部队的时候，他们的伙食会好很多。那样，士兵们会吃到荞麦面或者炖牛肉面，早餐还有白软干酪和煮鸡蛋吃。只有到了波兰建军节，他们才能真正吃饱；那一天，他们的午餐会有 2 道菜，且每个旅还有 1 升伏特

---

① 关于采矿兵工作条件的具体情况，引自 Roberta Klementowskiego, *Skazani na uran. Kopalnie rudy uranu we wspomnieniach Żołnierzy Batalionów Pracy*, [w:] “Studia nad faszyzmem i zbrodniami hitlerowskimi”, nr 21/2009。——作者注

加酒。

恶劣的条件和繁重的工作，意味着矿兵营的生产效率会急剧下降。除此以外，他们还会不断地惹出乱子：由于他们不关心收入，所以只要做得到，他们就会怠工。有的时候，他们甚至会跟保卫矿区的内务部安全部队发生冲突。1951 年 11 月，切哈诺维采的采矿兵都不见了，此后再也没有在矿区出现过。

天　堂

镇上不断听到传言，说当局逮捕了一些试图窃取矿上受到严格保护的机密信息的间谍。西方国家的情报部门对这些采矿单位感兴趣是一个不争的事实。当时东西方正在进行军备竞赛，而制造原子弹则是其中的一个绝对关键的因素。西方国家想要知道，斯大林将来可能使用铀矿的所有信息。西方各国的领事馆、大使馆里的雇员之所以经常来这个地区度假，原因就在于此。但矿区总部所在的科瓦里却是一座封闭的小镇。只有获得了适当授权的士兵和平民，才能进出该镇；通往镇上的道路入口也有大门和武装士兵把守。任何一位在这里的火车站下车后却迷了路的游客，都会被立即塞进第一趟离开此地的火车里。

同样，R-1 矿区和米兹扬卡的所有矿井都有类似的限制措施，只是执行得没有那么严厉罢了。不过，这种限制纯属理论上的限制，因为在实践上完全不是那么回事。在他们提交的报告中，秘密警察不断要求上级派遣识字的卫兵前来，要求封锁一些矿井，因为那些矿井都是在紧挨着民居的地方进行开采。

一些在当地人看来始终都显而易见的东西，却绝对不能让游客看到，尤其是不能让西方国家的政府代表看到。与此同时，一些在法国或比（利时）、荷（兰）、卢（森堡）三国生活了数年，决定返回波兰的人，也正在涌入这一地区。许多人甚至在矿区上班；实际上，他们都是优秀的专业人才。他们在西方国家获得了专业知识，如今则可以充分利用这些知识，来为社会主义波兰增光添彩。他们并非个个都能说一口流利的波兰话，所以他们会有自己的工组，这样他们能较为容易地用一种此地无人听得懂的语言进行交流。

秘密警察会密切地监视这些人；由于他们与华沙的法国大使馆和弗罗茨瓦夫的领事馆联系得越来越频繁，所以秘密警察对他们的监视也越发严密了。之所以那样做，是因为回到波兰生活了几年之后，他们对这里的条件感到大失所望，决定返回西方。

20 世纪 40 年代末，有一位从比利时回来的年轻归国者，名叫斯特凡·布热津斯基，他曾受雇于 R-1 矿区的一座矿井。由于他是众多归国者当中的一员，所以没人特别注意到他的波兰语说得实在蹩脚这一点。布热津斯基毫不费力地在一座矿上找到了工作，但在矿区上班其实只是一种伪装。此人真名叫作路易·基夫勒，是土生土长的比利时人，也是西方情报机关的一名谍工。他的任务，就是传递关于这里的具体矿井、开采规模和开采的矿石类型等情报。在几个月的时间里，化名“布热津斯基”的基夫勒天衣无缝地履行了自己的职责。他甚至成功地偷出了一块矿石样品，交给了自己的上司。然后，他很快接到了立即从预先安排好的偷渡渠道撤离的命令。可惜的是，这个年轻的比利时人爱上了一位来自耶莱尼亚古拉的漂亮女士。他拖延了一个多星期，不想丢下她就走，这让他陷入了万劫不复的境地。他被逮捕，并且三次被判处死刑。他被关押在华沙的莫科托夫监狱。此人迅速成了让其他同监囚犯感兴趣并给他们带来好运的人物。他没有与任何人一起服刑。他会与“维尔纽斯家乡军”里的骨干成员一起在监狱里的餐厅里吃午餐，其中包括马切伊·杰伦、罗曼·沃兹尼亚奇和扬·彭特科夫斯基。尽管身处困境，基夫勒的非凡毅力还是给他们留下了深刻的印象。有一次，一名看守人不断刺激他，而基夫勒自豪地回答说，他有权像那位看守人一样捍卫自己的祖国，因为他认为国际共产主义对其祖国的独立构成了威胁。[①]

尽管如此狂妄，可他的刑期还是迅速减到了 15 年，然后被转移到了弗罗茨瓦夫东南 70 英里外的斯切尔采奥波莱的一个监狱。到了那里之后，就再也没有他的记录了。很有可能，他被遣送回西方，用去交换被俘的波兰间谍了。

地　狱

不过，间谍无处不在，连波兰人当中也有。如果您对当局说了假话，当局就会想方设法从您身上挖出真相。他们用了整整一夜来审问年轻的矿工切斯瓦夫·杜尔。矿上雇用此人时，秘密警察曾让他写了 6 份简历。其实，他们的档案中有第 7 份简历，所以秘密警察知道此人向他们隐瞒了有家人住在西方国家的情况。他一整天都

---

① 参见 Mieczysław Chojnacki，*Mokotowskie więzienie. Rozprawa—wyrok—pobyt w ogólnej celi śmierci*, [w:] “Zeszyty WiN-u” R-1/1992。——作者注

被关在秘密警察局里，什么都没有吃；那天晚上，警察局长来了，吩咐说：

“揍他！”

他们先是打他的头，然后将他绑在椅子上，用橡胶警棍抽打他。他被打得不省人事之后，他们又把他弄醒。他们押着他回到家里，命令他用手把门框和地板扒开。他们是在寻找武器。可他们什么都没找到。

他们还在耶莱尼亚古拉火车站逮捕了特雷莎·斯特纳尔斯卡。此人的工作是分拣铀矿，却突然接到命令，要她去凯尔采出差。她刚上火车，两个便衣警察就突然出现在她的身边。他们说，有人告发她，说她偷了矿上的铀矿。她被指控犯了第 7 条“叛国罪”。在审讯期间，秘密警察说他们已经取得了她姐夫的供词，因此连她把铀矿样本藏在哪个口袋里都很清楚。斯特纳尔斯卡要求跟她的姐夫对质。

可他们回答说：“你可无权对我们发号施令，婊子。”

随后的 14 个月里，她一直被关在弗罗茨瓦夫。接下来，她被送到了莫科托夫监狱。她在那里又被关了一年，既没有判决，也没有提出正式的指控。从监狱里放出来之后，她有好几个月都找不到工作。

有些故事惊人相似。1950 年 7 月 27 日，亚诺维采的那家酒馆里，又举办了一场派对。当时，那里挤满了矿工，其中就有博莱斯瓦夫·格日兹布；此人是一名年轻的矿工，是从遥远的斯卡雷谢夫一路来到矿上的。矿上的钢筋工安德烈·帕霍尔斯基也在那里。此人既年轻，相貌也相当英俊。他跟妻子、三个女儿一起住在“五一大街”24号的一幢房子里。他们家距那座酒馆只有一箭之遥。帕霍尔斯基热爱足球，只要有空，就会到球场上跟朋友们一起踢球。可这一次他却来到了酒馆，要为他在矿上的同事米科瓦伊奇克的健康而喝上一杯。

他们喝了一个晚上的酒，一边唱歌，一边敬酒：敬格日兹布，敬帕霍尔斯基，敬米科瓦伊奇克。不久之后，秘密警察便闯入了酒馆。帕霍尔斯基和格日兹布两人反应最慢，没能逃脱。他们被带到了公园里的一所警察局。秘密警察关了他们一个晚上，对他们进行审讯，并且轮流拷打他们。几个小时之后，他们放了格日兹布；后者费了很大的劲才回到家里，然后又过了几个星期，伤势才得以康复。秘密警察开车押着帕霍尔斯基去了耶莱尼亚古拉，在那里又重新审问和拷打了他一次。他们把他打得昏死过去，然后开车将他带到亚诺维采，把他丢在亚诺维采卫生院的旁边。当天晚上，芭丝雅·沃西克正好经过那里，被这个躺在沟里呼哧呼哧地喘着气的醉汉吓了一跳。她赶紧跑了。第二天早上，帕霍尔斯基的邻居发现了他，把他带回了家里。一辆救护车及时赶到，将他送往12英里外的米瓦科夫的那家医院。他死在了医院里。人们把他安葬在亚诺维采，就葬在教堂旁边的那片墓地里。

天　堂

到了1951年，米兹扬卡地下较易开采的铀矿已经枯竭，俄罗斯专家们都清楚得很。矿工们也开始认识到这一点，因为他们的收入尽管仍然很高，却比刚开始采矿时要低得多了。于是，米兹扬卡的矿井开始裁员。有些矿工自动辞了职，其中就包括卡罗丽娜·科利斯和斯塔斯泽克·格鲁兹卡夫妇。如今，她在家里照料孩子，他则在亚诺维采的造纸厂里找了份工作。虽说挣的钱只有过去的零头，但他起码不用担心以前经常让他的嗓子眼发痒的粉尘了。

芭丝雅·沃西克转到了30英里外的拉多尼沃夫，斯塔斯泽克·库普兹尼斯基则到80英里以外的克莱特诺了。娜塔尔卡·卡兹马尔斯卡嫁给了斯塔斯泽克·科沃达，后者是矿上消防队的队长。她不用再去推矿车了。夫妇二人经常去给她的父亲扫墓。矿井即将关闭的消息传来之后，一些矿工都搬到卢宾和莱格尼察的附近地区去了。那里的铀矿开采业刚刚兴起，需要数千名专业人员到井下工作。每个前往那里的人，都会分到一幢新的住房。

矿井于1952年关闭，井下的排水泵也关掉了，所以巷道和竖井里慢慢地积满了水。随着水位上涨，本地人也日益确信，认为当局关闭矿井是为了掩盖某种秘密。关于人们被埋在地下、德国人留下了财宝、神秘的卡车、秘密以及间谍的流言蜚语，也越来越多。矿井里的水越深，流传于米兹扬卡的这些说法也越多。

凡是没有未雨绸缪的矿工，全都失业了。他们整天坐在家门口，一边咳嗽，一边怀念过去花钱如流水、什么东西都买得起的时光。如今，他们几乎没有钱去买任何东西。此外，就算想那样做，他们也没有地方花钱。斗转星移，时光流逝，米兹扬卡在不断地缩小；一幢幢房子里人去楼空，一家家商店和作坊也都不见了。这座小镇很快就会变成一个幽灵，一个在随后的20年里将不断困扰着这个地区的幽灵。

补记

“没有，主任先生，这条猎犬状态不好。今天没有肉！”布朗内克·哈克一边笑着，一边大声对满脸严肃的帕夫洛维奇主任说道。他们那条叫作“杰克”的粗毛波音达犬[①]今天真的生病了；它躺在办公室门前，连头都没有抬起来。这就意味着，从米兹扬卡来的地质学家们没有鸡汤可喝；不过，他们却会度过一个安静的夜晚。通常情况下，杰克嘴中会叼着一只小鸡回来，他们会在午餐时吃——由必不可少的莉娜给他们做好；然后，一位农民就会过来破口大骂，说他家的鸡舍里又丢了鸡。

学生们个个都赌咒发誓，说根本就没人训练过杰克，让它去干偷鸡的勾当。因此您可以说，那条狗就是个天生的偷鸡贼。主任宽容地看着猎狗和学生们的恶作剧。他只发过一次脾气；因为当时学生们在他的房间里挂了一幅巨大的海报，上面写着两行字：

起床徒然无益。

何不饮上一杯？

尽管身为俄国佬，但理查德·帕夫洛维奇上校其实是个好人。他认为苏联的一切都是最好的。他是兹罗提斯托克“有色金属矿业

① 波音达犬，猎犬的一种，原产于17世纪的英国，嗅觉灵敏、奔跑速度快，并以对主人极其忠诚而著称。亦意译为“指示犬”。

联合会”里的一位专家；此前，他曾担任伊维尼的康拉德矿的主管一职，如今他们又把他调到米兹扬卡来了。他会说波兰话，但书面表达不怎么好，因此雇用了莉娜来帮他写东西。她是唯一一个必须早起的人；起床后她会去办公室，坐在打字机前，身上仍然披着睡衣，而主任则在办公室里走来走去，口授公文。

与此同时，其余的人（主要是来自弗罗茨瓦的地质系学生）则会慢悠悠地做好上班前的准备工作。这里是他们的夏季实习地，但帕夫洛维奇付钱雇用他们，要他们在这里待上几个月，到11月份再回学校。他们每天的任务都毫无变化。几个星期以来，他们一直都在绘制这座铀矿里业已关闭的巷道和竖井的图纸。其中的矿井已经关停了一年，如今学生们必须搞清楚，矿井里究竟有什么。俄罗斯人离开时带走了所有的平面图，还放水淹没了一些矿井。井下不管什么地方，哪怕只是淹在最浅的水下，学生们也不被准许进去，因为一些巷道和竖井在地面上完全没有标志，若是贸然进入的话，脚下的土地可能很容易塌陷，你就再也无法游到地面上了。

他们会经由一口排水的竖井进入矿道；那是矿井关闭时，唯一一座没有被毁掉的竖井。一名当地的矿工领着他们，穿过有如迷宫一般的巷道。学生们都叫那名向导“科特先生”；可他们在米兹扬卡工作的那几个月里，却从未想过要问一问此人的名字。科特对矿井的布局了如指掌。他还知道到哪里去寻找铜矿。在这些废弃的巷道里漫步时，布朗内克经常会看到铜矿的地质样本，这些样本完全没有被以前的矿工动过。他知道，当时矿工们只对铀矿感兴趣。但现在，他会把每次发现铜矿的地点标注在图上，因为当局正在进行调查研究，准备重新在这个矿区进行铜矿开采。弗罗茨瓦夫的工程师在这里进行的表层分析，已经得出了大有前景的结论。如今，他们必须在地下巷道里的开采工作开始之前确定，表层分析的结论是否证明了地下也贮有铜矿。这就是布朗内克及其朋友们的工作任务。

不过，并不是非得走进大山内部才能找到铜矿。地面上的废矿料堆里，就含有大量的铜矿。认识到了这一点之后，帕夫洛维奇主任便做出决定，开始开采这座矿山。

一经总部批准，他便雇用了留在镇上的几位矿工，吩咐他们先把碎石清理干净，然后开始爆破作业。矿工们老老实实地清理出了一条矿道；很快，这个地方就被第一波爆破作业炸开了。然而，只有五个人从事爆破作业，他们没办法对废矿进行分拣和处理。不过，其实根本无须去分拣和处理废矿。矿工们无疑都很享受自己的工作；他们需要做的，就是确保米兹扬卡时不时地重现繁荣兴旺的日子。

帕夫洛维奇又雇用了十几个人来处理废矿堆，但这次他雇用的，都是没有接受过采矿培训的人。他们将在这里开采铜矿，然后送往格利维采。矿石都是人工选拣出来的。总部按吨付款，价格上非但考虑到了所采矿石的数量，还考虑到了所有废弃矿料的吨数。因此，帕夫洛维奇总会命人把少量碎石倒进业已装好了纯矿石的卡车里。这样做，既确保了回收的矿料占有适当比例，又意味着他手下的员工会获得一笔额外的工作奖金。

这一过程持续了好几个月，待所有矿道的图纸绘好之后，年轻的布朗内克·哈克和其他学生也一起加入了矿石分拣的行列。有一次，布朗内克还问过主任，他们为什么要作假，要进行这种爆破作业。

“文书工作必须做得有条有理。铜矿是从地下开采出来的，而不是从矿渣堆里分拣出来的。条理是最要紧的问题。”帕夫洛维奇回答道。

不过，等到所有矿渣堆里都没有了铜矿时，帕夫洛维奇便下令，停下了那种毫无意义的爆破作业；如今他们都很清楚，没人愿意再到井下去了。学生们汇编出来的文件清楚地说明，地表调查对米兹扬卡附近地区的铜矿储量做出了错误的估计。

但他们在井下进行的冒险勘测绘图工作，并非只是让布朗内克·哈克确信再去开采这座矿山没有任何意义了。因为科特先生曾经领着他到过一些地方，他看得出，以前开采铀矿时，这一地区过度开采的情况非常严重。布朗内克和朋友们还设法从井下进入了米兹扬卡镇上的几座地窖里，而科特也会不断停下脚步，告诉他们此时正在哪幢房子下方。有一次，科特甚至把通往教堂附近那座领主宅邸地下室的路指给他们看。镇子下方的这些矿道，只是用临时性的柱子支撑着。那些柱子可经不起时间的考验，这座小镇最终会坍塌。布朗内克很清楚，那是米兹扬卡无法再避免的一种宿命。

接下来，大家离开了那里：帕夫洛维奇去了瓦乌布日赫，男孩子们回到弗罗茨瓦夫去完成学业，矿工们则再一次坐在家门口，双手放在腹前。矿山会在他们的眼前消失。最后几口竖井已经被填塞，巷道被掩埋，废料被运走，兵营也被拆除了。再过几年，只有剩下的一堆堆废矿和丛生的杂草，说明这里曾经有人到过地下。

最后之人

最后一些人都住在镇子郊外，他们只住了几幢房子，不太引人注意。没人知道他们究竟是仍然心存希望呢，还是因为不再具有改变的力量才留了下来。

布吕姆克姐妹住在98号的一层楼上。她们都已年迈，总是穿着黑色的衣服，常常还会用黑色的头巾裹住缠得紧紧的发髻。镇上一些人都叫她们“幽灵姐妹”。其中的妹妹在斯皮兹家做帮工，帮他们家带孩子。芭丝雅和斯特凡叫她“布吕姆卡奶奶”。他们都有点儿怕她，因为这位奶奶不会说波兰话（她跟孩子的父母说的是德语），而她对孩子们的态度也很严厉。芭丝雅·斯皮兹只有一次偶然看到布吕姆卡奶奶在镜子前面梳头发。芭丝雅不得不马上跑开，因为那位老太太非常生气，一直追在她后面，用德国话骂她。

在波兰的米兹扬卡生活的12年里，布吕姆克姐妹中的姐姐只出过寥寥几次门。有可能，她会晚上出去；可尽管如此，镇上还是没有几个人知道她的模样。如果去敲布吕姆克家的门，最常见的情况就是大门紧闭。这对姐妹不希望任何人来访。有时，她们家的门会轻轻地开一条缝隙，访客会听到几句含混不清的德国话。然后，门又会关上。

那里还有一位掘墓人，住在98号；此人就是阿尔弗雷德·纽曼。他会给那些仍然住在这里，但生命已经走到尽头的人挖墓，并且挖得比例大小恰到好处。在安葬那些人的时候，他会让逝者的脸朝小镇以外的方向。不过，他的这种活儿并不多。波兰人去世之后，都会安葬在亚诺维采的墓地里。

格莱申斯基一家也住在这里。他们就是如今镇上的人所称的马克西米利安·冯·格莱申斯基及其家人：他的妻子叫洛特，他们还有三个孩子。马克西米利安在21号的家里经营着一家瓶装柠檬汽水厂。他家就在广场附近，离啤酒厂也只有一墙之隔。或许，那就是格莱申斯基一家与斯皮兹一家是好朋友的原因。斯特凡会说一口流利的德语，所以他们交流起来毫无困难。两家的男主人都很喜欢喝冰镇啤酒，而两家的孩子，即斯皮兹家的芭丝雅、斯特凡和哈妮亚，以及格莱申斯基家的皮特、克里斯汀和玛格丽特，则会在啤酒厂后面玩捉迷藏的游戏。

波兰孩子都很尊敬马克西米利安。他没了一条腿，所以只能拖着一条木制的假腿慢慢地走动。他有时会雇用最勇敢的小男孩到他的工厂里干活；他给孩子们安排的任务，就是清洗柠檬汽水的玻璃瓶子。他们每干一个小时的活，就会得到几个兹罗提。他们只能得到现金；只不过，许多小男孩更喜欢马克西米利安用他家生产的柠檬汽水来支付工资。可这位老德国人严格坚持既定的规矩：他只付给孩子们现金，而孩子们拿到现金之后，就须决定好自己如何使用。

根据战后遣返规定，1957年是德国人可以离开波兰的最后一年。为此，他们必须向华沙当局提交适当的书面文件。当时住在这座镇上的德国人，全都是这样做的。有一天，斯特凡·斯皮兹回家后说，很快这里就没有德国人了，因此他们必须帮助德国人安排好离去的事宜，好让后者对米兹扬卡留下最美好的回忆。

最先离开的是布吕姆卡奶奶和她的姐姐。斯皮兹曾尽力安慰她们说，她们想在米兹扬卡待多久就可以待多久。他还承诺照顾她们，直到她们去世。然而，当局已经做出了遣返决定。布吕姆卡奶奶仔仔细细地将公寓打扫干净，然后用挂锁把门锁上，还用一块浸过机油的抹布将锁包起来，以免挂锁生锈。她告别孩子们，坐上卡车走了。斯皮兹家的小芭丝雅和哈妮亚都哭了。

不久之后，格莱申斯基一家也走了。马克西米利安把那家小工厂转给了斯塔斯泽克·普瓦维克。他们用了好几天的时间，把家具和所有财物运送到了亚诺维采火车站。那里已有一节火车车厢在等着，准备把所有的东西运往西方。最后，洛特和孩子们坐上一列客车，向边境进发了。马克西米利安会坐那列装有他们家全部财产的货车前往。他多留了些日子，处理好了一些零碎的事务。1957 年 7 月 9 日，他衷心地跟斯特凡道了别，锁上房子，就沿着大路往亚诺维采而去。他是最后一个离开镇上的德国人。

1957 年 11 月 7 日，马克西米利安·冯·格莱申斯基给他的老朋友克里斯蒂安·弗里德里希·祖·斯托尔贝格–威尼格罗德伯爵写了一封信：

> 约翰内斯多夫的庄园宅邸，如今成了一座疗养院。其中的花园正在进行维修，农场里的房子状况都很好。税收员所住的那座小屋——就是史蒂耶夫一家曾经居住的房子——与佃户家的房子一样，全都倒塌了。罗尔拉赫的那座庄园宅邸，如今则

归政府所有。

库普弗伯格的情况看上去最为糟糕。自1948年以来，这里成了东方最大的一座铀矿。主矿井位于格拉贝尔家的地里。各个农庄都已完全毁掉，取而代之的则是一口口深达1 000英尺的矿井。矿渣堆放在下坡上的农田里。阁下的地产被彻底清算查封，马厩改造成了车间，庭院则变成了一个存放区。两个苏联步兵连驻扎在庄园宅邸里，担任矿上的卫兵。矿井关闭之后，庄园宅邸则成了一个儿童夏令营的营地。库普弗伯格周围总计开掘了34口矿井，堆起了数量相同的废料堆。贝库姆关闭了。涡轮机报废了，只是机器的其余部分还留着。富尔勒镇长带来的那个波兰人仍然住在那里。布布尔河上的木桥彻底毁了，就像泰格先生家的房子一样。距贝库姆不远的地方，有一座为库普弗柏格供水的泵站。给铀矿进行井下通风的空气压缩机需要大量的水来冷却。为此，那里还修建了一座大型水库，就建在从牲畜市场往上走的山坡上。

然而，这种普遍的野蛮状态，正在为恐惧之情所取代。

别动坟墓

“最后葬在那里的，是某个德国人；当时，葬礼是由一位波兰牧师来主持的。那个德国人的个子一定很矮，因为他的棺材很小，这给我留下了深刻的印象。

“有一扇锻铁制造的大门通往墓地，而小径交叉的地方，还立着一座座天使石雕，每个交叉口都有一座。每座石雕高约 6.5 英尺。当然，那时我们还是孩子，所以有可能只是觉得它们有那么高大罢了。那时我们还以为，环绕着墓地的那道墙壁似乎高不可攀；不过，我们还是想方设法翻越过。

“德国富人的坟墓都位于墓地的后面，像耶莱尼亚古拉那座驻军教堂里的坟墓一样大。每座墓穴里的空间，都大得可以放上好几具棺材。有一次，我们偷偷溜出家里，带着一张睡垫进入了一座墓穴。我们整晚都待在里面；墓穴里暖和得很，谁也想不到要去那里找我们。当时，墓穴里并没有留下棺材。我不知道棺材都到哪里去了。”

“他们是开着拖拉机过来的，但没人知道他们是什么人。他们用链条拴住墓碑，然后将整块墓碑拖到大路上。接下来，他们把墓碑装到拖车上，开车走了。留下来的，就成了一座座敞开的墓穴；不久之后，镇上便开始到处有了翻出来的人骨。有一天，孩子们竟然拿着一颗颅骨当足球踢。”

“我们的炉子里烧的都是木柴。您只需进入一个墓穴，将棺材拆开就行了。棺材里面都没有尸骨，因为德国人只是把空棺材放在墓穴里。我们用棺材板来生火之所以完全没问题，原因就在于此。”

“那些前来拖走墓碑的家伙，都来自别尔斯克-比亚瓦。他们开着车，走遍了下西里西亚地区的一个又一个村子，收集德国人的墓碑。然后，他们把墓碑上原有的碑文擦掉，重新给逝世的波兰人用。我曾经为了几个钱，还帮他们把墓碑装上过汽车。我们的墓地里到处都长着灌木丛，谁都不会用了。”

“我们那时都还是小孩子。有一天，我们走到那里，男孩子们进入了其中一座较大的坟墓。我们留在外面，因为我们都很害怕；此外，外面也需要有人盯着，确保没有人到这里来才行。男孩子们把墓穴里的两副棺材都打开了。第一副棺材里面只有一个人，可我猜第二副棺材里的是个女人，因为她的两腿之间还有一个小小的颅骨。似乎她和孩子是在难产时去世的，或者是她刚生完孩子，母子二人就死了。男孩子们用棍尖挑着那颗小小的颅骨，带着它跑过了整个镇子，然后把颅骨扔到了灌木丛里。

“过后，那天晚上我就做了一个噩梦，梦见了那颗小小的颅骨。我尖叫着从梦中惊醒过来，把一切都告诉了妈妈。接下来，我就狠狠地挨了一顿揍。父母吩咐我们去找到那颗颅骨，把它放回原地。然后，妈妈又告诫我，不准再去动墓穴里的任何东西。”

“我亲眼看到了孩子们拿颅骨当足球踢的情景。之所以那样干，是因为孩子们曾经问过大人那座墓穴究竟是谁的（那是一座小小的石墓，其中的一面墙壁都塌了），一位当地人告诉他们说，那是一位德国药剂师的，此人曾经毒杀了许多的波兰人。于是，他们便把那颗颅骨当足球踢，以此来进行报复。”

“墓地是一个可以让我们的社交生活变得丰富多彩并蓬勃发展起来的地方：我们曾去那里喝啤酒、玩牌；要是想藏起来，不让某个姑娘找到的话，我们也会去那里。可没人在墓地干过坏事，根本没有发生过那样的事情。”

“德国人开始再次来到镇上之后，他们会径直到那里去。他们的第一件事情都是前往墓地。他们会到处转转，只是您永远都看不到他们当中有人生气。他们甚至没有问过，为什么会发生这种事情。他们只是前往那里，然后再回来。可以跟您说，他们什么都没问过我们，这才是最糟糕的事情。”

“我不记得墓地的情况了，不过我们是很晚才搬到那个镇上的。人们告诉我说，那里曾经有过坟墓，可当时它们都无迹可寻了。以前我常在基督圣体节[①]前去那里采折枝条，让妈妈和奶奶编织成

① 基督圣体节，天主教的一个节日，亦称“耶稣圣体瞻礼”，始于13世纪比利时的一些教区，后逐渐推行至各地的天主教会。1311年，教皇克雷芒五世（1305—1314年在位）将此节定在“三一主日”（复活节后第50日）后的那个星期四。

花环。”

“母亲常常告诫我们说‘别动坟墓’，可您知道吗，大家都去过那里。我们甚至举行过比赛，看谁能够从棺材上抠下更多的银质小天使呢。有一段时间，那些小天使在学校里甚至有点儿像是钱。我们很容易弄到一些新的天使，因为墓地就在街道对面，因此课间休息时我们都会跑过去，男孩子们会替我们从墓穴里把那些天使掏出来。”

“他们是在夏天把最后一具骸骨拖出来的。当时正是我去上技术学校之前，是小学刚毕业的时候。他们觉得很无聊，便把骸骨从墓穴里拖出来，放在墓穴的墙根下。看上去，就像是骸骨自己从墓穴里走了出来似的。

“他们还把墓穴的墙壁拆掉了，因为那堵墙是用优质的石头砌成的。后来，那里就只剩下了一片草地，几位农民还把自家的奶牛放在那儿吃草。站在公寓的窗前，我就看得到那些奶牛；我还仔细观察过，记下它们都是谁家的。然后，我就会跑到妈妈面前，告诉她不要买那几户农民家里的牛奶，因为他们的奶牛吃的都是墓地上的草。当时，我觉得喝那样的牛奶很恶心。”

“之后墓地怎样了呢？”

“在什么之后？”

“哦，在墓地被洗劫一空之后啊。”

“可是，没人洗劫过那里的任何东西！之后也没有发生过什么事情。”

“但现在墓地不见了。”

“是的，不见了。现在只剩那座纪念碑了。是那个德国人留下来的。我不知道后来这片墓地的遭遇，不知道墓地是不是自行垮塌的。我不知道。”

恐惧如斯

“妈妈经常把我们留在家里，那样的话，我就必须照看妹妹。我们住在山坡上的这幢灰色房子里，就在大路的拐弯处。显然，那里曾经有过一家德国酒馆；可我们住在那里时，酒馆已经踪影全无了。

“有一天，只有我和妹妹两人在家里。当时快到正午时分，我必须出去找什么东西。朝门口走去时，我突然听到楼梯上传来一阵喧闹声，就像一群孩子正从楼梯上跑下来似的。我径直走出去，可外面一个人都没有，楼上的门也是关着的。后来，我一整天都坐在自己的房间里，害怕得浑身发抖。”

“聚会的时候，我的父亲常常会派瓦切克到亚诺维采去买伏特加酒。商店晚上都打烊了，可要是想买伏特加酒的话，大家都知道要到哪里去敲谁家的窗户。为了节省时间，瓦切克通常都会走那条老路下山。有一次他动身去买酒，可不到15分钟就回来了，眼神狂乱。他说，有个黑影在林中挡住了他的去路。他试图从黑影旁边走过去，可他往左，黑影也往左，他往右，黑影也跟着往右。就在黑影准备要给瓦切克脸上来一巴掌的时候，它却突然消失了。当时，他似乎还是能够继续前往亚诺维采买酒的，只是他已经完全没有喝酒的欲望，便赶紧跑回来了。”

“一面骷髅旗曾经在半夜来到一个洗劫过墓地的人家里，对他说：‘你必须把拿走的东西还给我。’那人怕得要命，第二天就赶紧把他拿走的那颗颅骨放回了墓穴里。自此以后，大家便吸取了一个教训，那就是我们不该动坟墓。每个人都心怀这样一种恐惧：德国人为了报复而留下了他们的幽魂，它们一定会找我们的麻烦。”

“通往姆尼斯科夫的那条旧路上，有一座贵族或者骑士的坟墓。每年 11 月 1 日，那里总是会点着一支蜡烛，可没人知道蜡烛是谁点燃的，因为您必须经过普瓦维克家的房子才能走到那里，可普瓦维克一家确定无疑地说，既没有人经过他们家的地里，他们也从未看到有人在诸圣节[①]那天晚上带着蜡烛出门。

“有一次，我们在夜里从那座坟墓旁边经过的时候，看到树林里透出了一片耀眼的光芒，仿佛有人点亮了 1 000 盏电灯似的。后来，我们再也没有去过那里。”

“镇上到处都是幽灵，但只存在于人们的想象当中。奶奶以前常常吓唬我们，说在我们家那个从未养过猪的猪圈里，一到晚上就可以听到被宰杀的小猪在尖叫。所以，我们总是离猪圈远远的。不过，奶奶这样说，其实只是为了让我们不到猪圈里去，因为那里倒塌了，可能会有东西掉下来砸到我们的头上。

“奶奶以前常常还吓唬我们，说我们必须规规矩矩的，因为不守规矩的话，一些显然是被德国人活埋于我们家地板下面的儿童的鬼魂，就会来找我们。让我们最感到害怕的，就是那些被埋的

① 诸圣节，即万圣节，天主教和东正教的节日，为每年的 11 月 1 日。

儿童。”

“有一座竖井曾经闹过鬼。以前我在马尔齐斯佐夫的工厂里上完下午班回家时，经常会经过那里。由于时间往往都到了晚上 10 点以后，因此我总能听到那种隆隆声和尖叫声，令人觉得毛骨悚然。后来，我就走另一条路了，好让自己不再听到那些声音。”

“从镇上前往亚诺维采时必须经过的那片树林里，有一个烟囱清扫工的阴魂在游荡，此人是为了爱情而自杀身亡的。于是，每次我们都是拼命地跑过那片树林，以免看到或听到什么，因为我们都极其害怕那个烟囱清扫工。

“树林边缘有一棵庞然大树，上面有部分树干被烧焦了。我们放学后走路回家的时候，男孩子们经常会裹着床单躲在那棵树里面，吓唬我们。不过，他们才是米兹扬卡到处游荡的唯一一种幽灵。”

德国人来了

1961年8月，当地报纸《耶莱尼亚古拉新闻报》的一位记者曾经如此写道：

> 据说，游荡于尘世间的所有祸患，往往会聚集在某些地方作恶为害。这些发展受阻的城镇和村庄常常是冰雹不断，而受到雷击、引起火灾也是家常便饭，可邻近地区却能幸免于难。至少，迷信的人就是这样说的。
>
> 还有一些主要关心尘世之事的人说，若要取消哪个地方的公交线路，那么这些发展受阻之地往往会首当其冲。
>
> 厄运与失败已经立足于这里，而雪上加霜的是，无情的人们还在努力让这样一个尚未发展起来的地方变得更加不幸。米兹扬卡正在死去，成了一座半死不活的小镇，不太可能恢复昔日的辉煌了。米兹扬卡正在一天天地死去。在40幢废弃的房屋里，有10幢已经坍塌，变成一堆废墟。镇里的整个市集上，受损房屋的屋顶随时都有可能塌下来。每天都有越来越多的门窗、外墙、门槛和地板腐朽掉。接下来，雨水渗漏，一幢幢房屋就会轰然倒塌，宛如一个人被砍掉了双腿。

1

博格丹·斯皮兹对米兹扬卡的最初记忆是：大风刮倒了一个彩

色的盒子，使得里面的玻璃瓶子散落出来，一路叮当作响地朝着下方的亚诺维采滚去。博格丹无助地看着这一切。那一年他才 6 岁，也有可能是 7 岁。当时正值 20 世纪 50 年代中期，广场上的药店刚刚关门歇业。对于一个像他这样的小孩来说，药店里留下的所有东西，都可以说是无价之宝。他尽自己所能地抓住许多东西，正在往家里走；可突然之间，却刮起了大风。他不知道如何是好，不知是要把掉落的东西捡回来呢，还是继续往前走，把自己能够带走的东西带回家。

博格丹对米兹扬卡的最后记忆则是，他的父亲在哭泣。

他们住在镇子地势较低一侧的那座黄色别墅里。啤酒厂距别墅不远，而斯特凡·斯皮兹则是厂里的酿酒师；他的手下有近 12 名工人，因此他会整天整天地待在厂里。他会经常提起一条酿酒人的古老格言：

“啤酒酿造准则有三：第一是秩序，第二是秩序，第三还是秩序。除此之外，别无其他准则。”

啤酒厂的地下室里有一座啤酒花窖，楼上为酿制场所，里面放着很多酒桶。至于其他地方，则立着一块块巨大的冰块，以让整座酒厂变得凉爽无比。酿酒工人对斯皮兹家的孩子都照顾有加，仿佛是他们自家的孩子一样。芭丝雅、哈妮亚和博格丹可以到酒厂旁边的池塘里去滑冰。当然，不管什么时候，只要他们在那里一现身，镇上别的孩子就会全都跑过来；因此，池塘里很快就会人满为患，完全没有地方滑冰了。

厂里的屋顶工还给斯皮兹家的孩子造了一副雪橇，博格丹则在别墅的阁楼上搭了一间鸽舍，以此为乐。他在养鸽子方面一直都没见到什么成效，因为这个地区有一只苍鹰为害，每次鸽群一飞出去，都会以惨遭苍鹰猎杀而告终。酒厂里的司机史坦尼斯瓦夫·查普拉还会允许博格丹坐在他们那辆苏联造大卡车的副驾驶座上；而且只要是做得到，他都会带着博格丹从米兹扬卡出发，给订购了该厂啤酒的餐馆和商店送货。一路上，他们会前往斯克拉斯卡波列巴、卡帕兹、斯维尔扎瓦，甚至会去兹沃托雷亚和格雷富夫希隆斯克。他们还会把一小桶一小桶特制的米兹扬卡金啤送到“瑞士人旅舍”去；米兹扬卡金啤就是库普弗伯格金啤的波兰语新名。在这一趟趟的送货旅程中，最棒的地方就是他不但能够坐在一辆巨型卡车上到处走，而且能够喝到柠檬汽水，因为几乎每座啤酒厂的旁边都另有一家瓶装厂，专门生产这种美味的饮料。米兹扬卡也是如此；要知道，直到最近，老格莱申斯基的那家瓶装饮料厂都是开在斯皮兹家啤酒厂的隔壁。博格丹去过饮料厂里很多次，而马克西米利安也跟他父亲是好朋友。这个小男孩甚至暗暗下定了决心，长大后他也要生产柠檬汽水，因为那样一来，他想喝多少，就可以喝多少了。

2

1959 年，《耶莱尼亚古拉新闻报》曾报道说：“一段时间以来，米兹扬卡啤酒厂里一位名叫皮萨尔奇克先生的工人竟然经常从厂里偷走大量的大麦，却迄今没有受到惩处。此人胆大妄为，有天晚上竟然偷走了差不多 1 000 磅大麦。可这一次，他就没有那么幸运了。夜班警卫发现他背着一袋袋大麦，便提醒了酿酒师，后者向亚诺维采警察局告发了此人。警察局马上下令搜查皮萨尔奇克先生的公寓，并在他家找到了 2 800 磅属于啤酒厂合法拥有的大麦。随后，皮萨尔奇克先生被逮捕归案，关进了监狱。”

隔了几期之后，这家报纸又报道说，耶莱尼亚古拉市政府已经决定，要在莱格尼察大街一处面积达 50 英亩[①]的土地上，兴建一个新的住宅项目。这处综合建筑的特点是，其中不仅有舒适的公寓楼，还会有一家连锁商店、一家电影院、一家餐馆和所有必要的基础服务设施。先期的 25 英亩住宅将于 1965 年完工。这个新项目建成后，总计将有大约 1 500 套住宅。到第二年的 3 月份，这家报纸的编辑曾与市政府常务委员会联起手来，为这个住宅项目举办了一场征名大赛。当地人寄来了几十份参赛作品。评审团考虑过的命名方案当中，有“博尔科格罗德”“和平友好”“团结”“进步”“兹沃尔科和威古拉”（这是为了纪念两位著名的飞行员），以及“福恩”。最终获胜的方案原本是以统治波兰的第一个王朝即皮亚斯特王朝命名，将这个项目称为“皮亚斯托夫斯基”；可人们很快便得知，30 英里外的博莱斯瓦维茨刚刚建成了一个名叫“皮亚斯托夫斯基”的住宅项目。这时，市卫生局的工作人员来解了围。他们认为，这个住宅项目应当命名为“扎布布日兹”，其字面意思就是“布布尔河的另一边”，因为住宅群将建在耶莱尼亚古拉市中心的布布尔河对岸。报上还解释说：“有下述论据支持这一方案：它是用布布尔河现存的、历史极其悠久的斯拉夫语名称来命名的；它是根据波兰的命名传统来命名的；平时说起来朗朗上口。”

① 英亩，英制面积单位，1 英亩约合 4 046.87 平方米。

3

自矿井关闭以来，米兹扬卡的居民一直都在减少。如今镇上的人口，只有 300 人左右。其中的大多数人，都在亚诺维采那家造纸厂和马尔齐斯佐夫的几家纺织厂里上班。有些人甚至跑到耶莱尼亚古拉找工作去了。公共汽车每天会在镇上停靠四次。这里的废弃住宅越来越多；有些完全可以拆除了，还有一些尽管需要翻修，却多半仍然可以住人。镇上只有一家商店以及老齐格蒙特 · 皮库斯的那座屠宰场，仍在开门经营。至于面包，米兹扬卡人都是到大亚诺维采的米洛斯家庭面包店里购买。镇上的社区中心依然开着，“农民夫人协会”每周都会在那里举办舞会；举办舞会的时候，汉娜 · 斯皮兹都会前去帮忙。

镇上当局认识到，人口流失会迅速变成一个问题，因此下定决心要扭转这种局面。20 世纪 50 年代末，瓦乌布日赫的“煤炭工业联合会”里有人想出了一个好主意：将米兹扬卡的一些房屋进行翻修，用于安置退休的矿工。镇上的气候有益于健康，周围的环境也安然而宁静；只要能够恢复小镇自给自足的状态，这里就会成为退休人员的天堂。

第一批翻修工作很快就开始了。一些状况最好的房屋迅速得到了装修。可退休矿工始终都没有前来，因为在施工期间，人们发现绝大多数房屋都坐落在不安全的地面上。工人们发现了坍塌的地下室和开裂的墙壁；同时，滑坡和陷坑也有可能在一夜之间出现。只有能够在这里安置大量的老年人，为瓦乌布日赫的矿工制订的这个计划才行得通。仅仅将少量人口搬到这里，只会让他们在完全难以接受的条件下艰难度日。

尽管如此，他们还是很快替这些翻修过的住房找到了买家，即那些不知道这里受到了采矿损坏的人。于是，最后一批定居者来到了镇上。他们都来自波兰的中部和东部，其中还有一些从乌克兰和白俄罗斯遣返回来的人。

盖布西一家住在34号。他们来自150英里以东的琴斯托霍瓦。他们在那里找不到公寓，因为他们一家子在亚斯纳古拉圣殿外经营着一个售卖宗教用品的摊位，而且还有一个儿子是神职人员。这一切，就足以让当局处处刁难，导致他们生活得很是艰难了。他们租下了以前那家药店所在的房子；不久之前，小博格丹·斯皮兹还从那里拿走了很多的“宝贝”。战争期间，那幢房子属于药剂师库尔特·海伊尼施所有，如今我们依然看得清房子正面墙壁上那些业已褪色的字母；而在海伊尼施之前，则是猎人罗特住在这里。猎人在阁楼上留下了很多的狩猎战利品，其中还包括他多年前猎到的一只硕大无比、有12支分叉的鹿角。如今，小汉娜·盖布西拥有了这只珍贵的鹿角，朋友们还帮她把鹿角做成了胸针和吊坠。

差不多与此同时，克鲁巴一家子也来到了米兹扬卡。他们在亚诺维采火车站下了车，背上背着沉甸甸的大包小袱。芭丝卡·克鲁巴时年5岁，还从来没有见过一座如此陡峭的大山，她很难跟上父母的脚步。弟弟雅内克刚刚3岁，他就更难跟上了。在姐弟俩看来，一切都是庞然大物：一棵棵树木沿着道路生长，一座座大山围绕着镇子。他们到达米兹扬卡的第一排房屋时，当地的孩子们全都跑过来迎接他们，各家各户的主妇则好奇地透过窗户往外窥视。克鲁巴一家子形成了一幅奇特的景象：两个破衣烂衫的孩子，连同他们的父母，每个人身上都背着数不清的袋子。当地人都沉默不语地注视着他们。接下来，芭丝卡清清楚楚地听到身后传来了一句她永远都不会忘记的话：

“德国人来了！”

在接下来的数年里，她和家人都将以这种身份为人们所熟知。

艾琳娜·巴尔维卡是20世纪50年代末来到镇上的人当中的一位。1958年时，她仍跟自己的丈夫住在白俄罗斯的安德烈耶维奇。他们在铁路上工作，住在车站大楼一栋漂亮的公寓里，她还育有一个1岁的女儿，名叫阿丽娜。有一天，她的公公来了，说：

“听着，我们打算去波兰。在这里我们没法生活下去。”

她的公公是波兰人，自从拒绝签字加入苏联的集体农庄之后，他就发现自家在这里务农谋生越来越困难了。波兰此时仍在接收遣返人员，只是一家人不能再耽搁了。艾琳娜和瓦迪克[①]坐在桌边，翻来覆去地考虑这个问题。虽说他们当时过得不错，可要是没有父母支持的话，他们是维持不了生计的。他们决定提出申请，一起去波兰。几天之后，他们收到了一份驳回批复，而瓦迪斯瓦夫·巴尔维克则被传唤到了内务局。

“说说吧，巴尔维克。你是不是不喜欢苏维埃联盟呢？”

瓦迪克心里很清楚，如果回答得不对，他就永远见不到艾琳娜了。于是，他解释说自己出生于波兰，现在他的父母打算回波兰，而他之所以想去，是为了日后不至于见不到他们。只有这一个原

① “瓦迪克”是下文中的“瓦迪斯瓦夫”的昵称。

因。内务局驳回了他的申请，但他们告诉他说，他可以去格罗德诺试一试。到了格罗德诺之后，他刚一开口，那里的人就说：

“同志，您只有10天的时间，不然的话，您就得永远留在这里了。”

他们迅速变卖了小鸡、小猪，打包好自己的行李，坐上了一列火车。在此期间，瓦迪克的父母还寄来了一封信。他们说已经在下西里西亚地区的米兹扬卡安顿下来，得到了一幢两层楼的房屋和一大片田地。信中最后说：“这里可没有铁路的工作，但我们务农也会过得很好的。”

前往波兰的旅程耗费了几个小时；在边境上，苏联签发给他们的所有证件都被没收了，然后他们才获准继续前行。遣返站位于比亚瓦-波德拉斯卡，从布列斯特越过边境，走上30英里就到了。波兰官员询问巴尔维克夫妇知不知道自己要去哪儿，然后建议他们前往波德边境附近的一些城镇，比如绿山城或者戈茹夫。

“我们已经有家人在米兹扬卡了，”他们回答说，“我们要去那里。”艾琳娜买了一张车票，带着阿丽娜坐上本地的火车往西而去。瓦迪克会随后走，跟着一列装有他们全部财物的货车前往。

1959年4月25日晚饭前，艾琳娜·巴尔维卡带着小阿丽娜抵达了亚诺维采火车站。她向那些从教堂做完礼拜回来的人询问去米兹扬卡的路线。他们告诉她说，她得走上那座山，经过啤酒厂之后就到了。母女俩一路走来，阿丽娜摘着野花，艾琳娜则四下打量着这个地区。她们经过了那两个石制十字架，然后又经过了啤酒厂。接下来，艾琳娜突然停下了脚步。这座镇子看上去就像是她们刚刚经过的东部前线。这里的房屋都没有窗户，一扇扇门破旧不堪，到处都散落着垃圾。镇上那两座教堂中，一座完全成了废墟，另一座则大门紧锁。她打听巴尔维卡家在哪里，有人给她指了路。一看到自己即将居住的那座房子，她就流泪哭泣起来。她的小姑子出门向她跑来，然后瓦迪克的父母也出来迎接她们了。艾琳娜忍不住大发脾气：

“你们这是把我们扯到了什么地方啊?！他们本来要把我们送到绿山城或者戈茹夫，让我们住新公寓楼的。哪个地方都会比这里好！连安德烈维奇也要好过这里。”

他们进了屋，可屋里也好不到哪里去。艾琳娜完全控制不住自己的怒气，她还害怕瓦迪克看到他们一家 8 口人如今要挤在这三间摇摇欲坠，又没有暖气的房子里生活后，也会勃然大怒。果然，瓦迪斯瓦夫·巴尔维克刚一走下装有他们家财物的那辆卡车，就只对父亲咬牙切齿地说了一句话：

“您就只能找到这种最糟糕的破地方?”

在接下来的几个星期里，瓦迪克没跟父亲说过一句话。

4

啤酒厂旁边的那座别墅里，设有一个小小的社区中心；米兹扬卡的第一台电视机，就装在那里。从理论上讲，这个中心是酒厂工人的专用场所；可实际上，镇上的每一个人都可以去。博格丹负责操作那台电视机。只有他才知道电视机怎样开关；若是接收器坏了，他也知道怎样修理，因为光是拿拳头砸电视机，是没有用处的。问题就在于，大人只有在必须动一动电视机上的什么东西时，才需要这个小男孩。一旦屏幕上现出了图像，大人就会把这个小男孩撵出去。不过，博格丹也知道如何捍卫自己的权利。一部谋杀剧看到中途，画面突然中断之后，大家就会大声喊他，要他过来。他决定要先下手为强，所以会倔强地磨蹭上15分钟，什么都不干。最终，等他们答应让他留下之后，他才再次开始拧一拧这个按钮、摆弄下那个旋钮。自那天以后，就再也没有人得寸进尺，而这个小男孩也可以稳稳地坐在前排的椅子上看电视了。

芭丝雅·斯皮兹也知道怎样利用镇上唯一一台电视机所提供的潜力。她决定向前来观看晚间儿童节目的每个孩子收取10个兹罗提的门票。有天晚上，她的做法暴露了，因为小朋友们都哭着回了家，而他们的母亲非常生气，纷纷跑到斯皮兹家告状。随后，芭丝雅不得不走遍镇上的各家各户，把她收取的钱退回去，紧接着又挨了父亲的一顿鞭打。这种现象很罕见，因为斯特凡·斯皮兹是一个冷静而稳健的人。事实上，他沉默寡言，是一个性格极其温和的禁欲主义者。镇上的人从未见过这位酿酒师发脾气，甚至没有几个人记得斯皮兹有过大声说话的时候。每当他不得不揍芭丝雅或者博格丹一顿的时候，他都会在那天晚上走到孩子面前，解释说：

“我要是揍了你，那也只是因为你干了坏事。可我爱你，不希望你干坏事。你明白吗？”

可妈妈的性格就完全不同了。员工们甚至开玩笑地说，斯特凡只是酿酒师，海伦娜才是让他们感到畏惧的老板。她是个精力充沛的女人，自信又果断。她能够把您打得头破血流，或者将您放倒在地上拖着走。他们有时会觉得，海伦娜是把斯特凡紧紧地攥在了自己的小手心里；可这一切其实都是表象，而斯特凡自己也没有那么无辜：他嗜好喝酒，所以啤酒厂里甚至有一条座右铭，工人们要践行过后，才会开始一天的工作。酿酒师一到，他们就会大喊一声：“倒啤酒，老板来了！”接下来，差不多所有员工都会一起坐下来喝啤酒；要是院子里太冷，他们还会把新鲜的啤酒装进特制的酒桶里，浸在热水里加热。斯特凡喜欢就着啤酒，吃上两三个生鸡蛋。只有这样吃饱喝足之后，他才会开始工作。一天当中，他会到啤酒厂里去几次。他的朋友、镇上的官吏和警察也经常到啤酒厂里来。他必须跟每个人都喝上一杯。在这里，啤酒就是一种饮料，跟其他任何一种饮料没什么两样。他们会在上午十点左右进行工间休息之前喝上一杯，天热的时候又会喝一杯冰镇啤酒来解渴。在来的熟人太多的日子里，连斯特凡也会喝得有点儿醉醺醺的。要是他喝醉了，海伦娜就会朝他发脾气。孩子们永远都忘不了父母吵架时的情形。通常情况下，他们听到的都是母亲在大喊大叫，父亲则会温柔地安抚她。

父母之间的争吵，很可能也是由当时偶尔在镇上流传的谣言引起的。人们都在讲闲话，说斯特凡·斯皮兹要是打算招一位姑娘到啤酒厂上班的话，条件就是这个姑娘必须长得漂亮；如若不然，她就没有机会获得工作。

芭丝卡·索比耶西长得很漂亮，可她并不是靠美貌才在啤酒厂里找到了工作。她是由职业介绍所推荐过来的，因为她从学校里毕业之后，就在职业介绍所里进行了登记。职介所查知她的户口在米兹扬卡，便把她派到了镇上这家唯一的企业里。她的工作是让啤酒发酵；可她刚一来到啤酒厂，人们就开始窃窃私语起来。之所以如此，或许是因为斯特凡·斯皮兹经常特别热情地表扬她。有一天，瓦乌布日赫的检查人员前来视察工厂，斯皮兹向他们介绍这位负责啤酒发酵工作的姑娘时，曾如此说道：

“这位就是芭丝卡，她是我手下最漂亮的员工！”

凡是不太熟悉这位酿酒师的人可能都会以为，这些称赞之语的背后带有更多不可言喻的意味。这样的流言非但会满天飞，偶尔还会变成一桩丑闻。啤酒厂里还有个美丽的阿德拉，她是从勒武韦克希隆斯克的一家啤酒厂跳槽到米兹扬卡来的，已经上了一段时间的班。她在办公室里工作，因此会经常与斯特凡待在一起。人们不断地说起他们两人，在镇上还会对阿德拉指指点点。最后，阿德拉再也忍受不了这些流言，便哭着辞职了，离开了米兹扬卡。

厂里还有沃尔卡·布提恩斯卡这位女工。人们也在说她的闲话。沃尔卡来自东部，住在亚诺维采，有一个小孩，却没有男人，因为她的男人得知自己要当父亲之后，就逃离了波兰。她被遗弃了，既没有工作，又要养活一个孩子。1965 年圣诞节那天，她甚至想要自杀。她给孩子换尿布的时候，她的叔叔回来了。沃尔卡请他关上门，因为一场暴风雪正在屋外肆虐，小家伙有可能被吹着，患上感冒。

“你已经有一个孩子了，你这个荡妇，”她的叔叔回答道，“所以，就算这个死掉，你也会再生一个出来。”她一把抱起孩子，跑到阁楼上的卧室里。她把孩子放到床上，然后从抽屉里拿出了几颗药丸。她原本打算一把就吞下去，可她实在鼓不起勇气。看着躺在身边的小宝宝，她下定了决心：她的人生不管是个什么样子，都不要在那天结束。

向沃尔卡伸出援助之手，让她到啤酒厂来工作，并且不介意她带着宝宝来上班的，正是斯特凡·斯皮兹。他们在啤酒花窖里铺了几张羊皮褥子；那里既暖和又干燥，并且总是有人进出，因此工人们会时刻注意那个小家伙。待斯瓦维克长大一点儿之后，工人们全都把他当成了福娃，而他也成了所有员工的心头肉。

沃尔卡在啤酒厂里备受喜爱。她一门心思都扑在工作上，能够背起一包重达110磅的大麦，并且自己一个人扛上三楼，令男工们都刮目相看。此外，每当工人们要开车前往亚诺维采，要从货运列车卸下物资的时候，沃尔卡总会跳上卡车，跟着其他工人一起去，完全就像一名男工。不过，让人们印象最为深刻的，还是沃尔卡在地下室里翻铲放在其中干燥的酒糟时，身上除了内衣，什么都不穿的情景。地下室里闷热异常，夏天尤其如此，所以在里面干活时只能半裸着身体。每当沃尔卡要到地下室里去干活的时候，斯特凡·斯皮兹就会让所有的工人出去。好奇心很大的工人们会试图透过地下室的窗户往里偷看，有的时候斯特凡会不声不响地靠拢过去，用棍子抽打他们；在这种场合下，他总会拿着一根棍子。或许，就是这一点助长了镇上的闲话，说沃尔卡和酿酒师之间燃起了火一般的爱情。

所有的闲言碎语都传到了海伦娜·斯皮兹的耳朵里，这意味着，斯特凡下班回家之后，必须承受妻子的咒骂。其中，有一次吵架最终竟然闹到了夫妻暂时分居的地步：斯特凡好几天都有家不能回，同时他也不准海伦娜踏进啤酒厂一步。可最难受的还是工人们，尤其是在不准海伦娜进啤酒厂这个方面；他们是左右为难，既怕得罪酿酒师，又不敢同固执强悍的海伦娜作对。只不过随着时光流逝，每个人的怒气都会平息，生活也会一如往昔。

5

1962年，博格丹·斯皮兹和芭丝雅·斯皮兹都上完了小学；博格丹决定继续追求儿时下定的决心，要开一家柠檬汽水厂。虽说当时没有哪所职业高中传授柠檬汽水的制作方法，但卡托维兹郊外的蒂黑却有一所酿酒学校。芭丝雅比较为难，因为她想法多变，总是拿不定主意。她一时想当老师，一时又想做护士。过了好久，她才开始认真对待这个问题。最后，她决定既不当老师，也不做护士，而是在哥哥的鼓励下，决定跟他一起去蒂黑。父亲在米兹扬卡经营的啤酒厂，属于勒武韦克希隆斯克啤酒厂的一家分厂；那家酒厂承担了兄妹俩的学费和住宿费用。双方之间的协议很简单：勒武韦克希隆斯克啤酒厂出资，供他们接受教育，他们毕业之后，必须到勒武韦克希隆斯克或者米兹扬卡的啤酒厂工作。

那一年的8月份，他们离家而去。自此以后，兄妹俩看到米兹扬卡的次数就很少了，因为每年他们只能在节假日和暑假里回家两次；不过，也只有在别的酒厂里找不到实习岗位的情况下，他们才会回去。反正，斯皮兹一家人每年秋季都会离开镇上几个月。斯特凡还承担着一项任务，那就是负责勒武韦克希隆斯克那家酒厂的生产；他不在米兹扬卡的时候，耶日·斯沃文斯基就会代他担任酿酒师一职。此人所赞同的原则，与斯特凡·斯皮兹的准则完全一样：酿出优质啤酒的秘诀，就是秩序、秩序，再加秩序。至于第二个最重要的因素，就是使用优质泉水；只不过，米兹扬卡开始无水可用了。啤酒厂每年会生产出 25 万加仑[1]以上的啤酒，能够满足该地区那些嗜喝啤酒的居民的五分之一需求；比如说，耶莱尼亚古拉县的每位居民，平均每年都会喝掉多达 12 加仑的琥珀色啤酒。若是不考虑儿童和老年人，那么该县的每一位居民在其壮年时期，每年都会喝掉 53 加仑的啤酒。因此，啤酒酿造业无疑前景光明；可问题在于，米兹扬卡究竟有没有这种前景。这座啤酒厂的进水量已经无法满足整个工厂的需求，而斯沃文斯基也不得不日益求助于镇上的输水渡槽来供水了。或许，那就是他会时不时地说啤酒厂有可能倒闭的原因所在；但是，品尝过米兹扬卡啤酒的人全都没有把这种传言当回事。毕竟，这可是整个地区唯一的一家啤酒厂。米兹扬卡酿造的啤酒，在历届省级啤酒品尝大赛中始终名列前茅；而在比赛期间，人们也会经常问斯特凡·斯皮兹，这种啤酒味道美妙细腻的秘诀是什么。他总是带着顽皮的笑容回答说，成功的诀窍就在于保持合适的温度，在于米兹扬卡酿制啤酒时的用水质量。面对记者或竞争对手时，他可不喜欢提到自己在酿造啤酒时坚持的三条原则。

6

1963 年，查普拉家果园里的那棵樱桃树不见了。时值 7 月，可瓢泼大雨下个不停，就像是到了 10 月份一样。前来度假的人都在亚诺维采漫无目的地乱逛，或者正在收拾自己的行装，匆匆地准备

① 加仑，容量单位，有英制和美制之分。1 英制加仑约合 4.55 升，1 美制加仑约合 3.79 升。英国已于 1995 年完成国际单位制的转换，所以如今官方使用的都是美制加仑。

离去。一条条小溪从山顶奔流而下。有些山溪注入了远处的河里，让河水变成了褐色，混浊不堪；其他溪流则在半路上消失了。人们已经明白这种情况意味着什么，因此注意力一刻也没有离开过脚下的地面；与其他任何一个地方相比，久雨成灾在这里更会给人们带来不祥的预感。地面被雨水浸透，变得厚重起来。

有天清晨，老查普拉来见面容沮丧的耶日·斯沃文斯基。此时，查普拉原本应该运送一车啤酒，前往25英里外的兹沃托雷亚，而啤酒也已装上了卡车。

“我不打算去送了，斯沃文斯基先生，今天我根本就无心来上班。我之所以不想来，是因为我家果园里的那棵樱桃树就在我的眼前消失了。”

他们一起去看了看。以前长在那里的樱桃树，如今不见了。地上只有一个大坑，雨水正在往里灌。用手电筒往坑里照去，他们看得到一棵小树的树梢，上面还留有孩子们摘不到的几颗樱桃。一些孩子也站在坑边，静静地瞪着坑里。查普拉夫人一边用双手抱着头，一边感谢上帝，说幸好这一切没有发生在晚上，因为他们一家人都得经过那棵樱桃树，才能上厕所。

“想一想吧，要是晚上有人出去上厕所，就会被活埋了。”她说。

他们又等了几天，等到坑底的那棵树完全不再下沉；然后，老查普拉从啤酒厂里借了一辆货车，运了些碎石填入坑内，将那棵树埋了。在接下来的一个月里，他一直都在往坑里填碎石，直到再也看不出那个陷坑才作罢。

之后，查普拉夫人只得到处向街坊邻居要一点儿水果来做果脯，她逢人就说：要知道，他们家的樱桃树此时已经深埋于地下了。

7

此时，卡齐米尔兹·米尔库斯泽克成了米兹扬卡那些孩子们的老师。此人来到镇上时，还是20世纪60年代初。他热爱远足，经常开车深入巨人山脉，偶尔也会去鲁达亚诺维采山脉。他是个独来独往的人，大部分时间都是独自一人穿行于山间小径上。刚到米兹扬卡时，他对这座小镇的印象并不好。米尔库斯泽克后来说，镇上弥漫着一股某种东西即将终结的恶臭味道。

在弗罗茨瓦夫完成教师资格培训之后，他决定去耶莱尼亚古拉找份工作。当时，耶莱尼亚古拉没有空余职位，可米兹扬卡那座小小的学校，却迫切需要一名老师。因此，或许是在很不情愿的情况下，卡齐米尔兹·米尔库斯泽克就成了米兹扬卡小学的校长。该校有四个年级，人数多的时候有60个孩子。学生人数在一年一年地减少。然而，也有一些吉卜赛孩子来入学。卡齐米尔兹·米尔库斯泽克为这些学生伤了一阵子脑筋，因为吉卜赛孩子在本该学习或者本该待在教室里的时候，都尤其不喜欢那样做。可他没有惩罚他们，而是决定采用“胡萝卜加大棒”的方法。他购买了各种各样的乐器，从钹、鼓到三角铁和踩镲，应有尽有。他把乐器拿给吉卜赛孩子，后者急不可耐地想要演奏那些乐器。不过，他先跟孩子们约好，他们必须到第三节课和第四节课下课休息时，才能演奏那些声音很响的乐器，并且有一个条件：他们每堂课都须专心致志地坐着听讲。这种方法彻底解决了吉卜赛孩子旷课的问题；当然，这并不意味着米兹扬卡小学彻底消除了旷课的现象。每隔一段时间，山上就会刮起大风，以至于整班整班的学生都没法上学。

吉卜赛人天赋禀异，孩子们的乐器演奏达到了音乐艺术的水准，所以他们很快就用演奏和舞蹈，让学校里甚至是镇上举办的每一次大会都变得光彩夺目，赢得了观众的赞赏和喝彩。可他们从来没有想到，米兹扬卡人会因为一个不同的原因而记住他们。

尽管孩子们可以在米兹扬卡上小学，大一点的孩子和青少年可以到亚诺维采和耶莱尼亚古拉去上学，但对于那些有此需要的人来说，学龄前的入托却是一个问题，因为不论是米兹扬卡还是这个地区的任何一个村镇，都没有幼儿园。所以，一些母亲不得不自己来照料幼儿。对于那些没有工作的母亲来说，照顾幼儿不成问题；可米兹扬卡的大多数女性，都要到马尔齐斯佐夫的纺织厂去上班。于是，她们的孩子要么是独自待在家里，要么就是由邻居或者亲戚代为照看。

这些孩子当中，有一个就是乌索尔卡·维卡。她的母亲海伦娜·维卡在马尔齐斯佐夫上班时是三班倒，所以这个小姑娘是由邻居和姨妈照看着。可 1965 年 10 月 12 日，却没有一个人在家。时年两岁的乌索尔卡爬进了一个小橱柜里，拿出了一瓶汽油。瓶子没有盖紧，因此片刻之后，孩子身上就浇满了气味刺鼻的汽油。她伸手去拿火柴之后，惨剧就发生了。乌索尔卡身上的衣物并没有燃起熊熊大火，而是闷烧了半个小时左右。直到她家的公寓里冒出了青烟，当地的人才意识到发生了什么事情。隔壁家的女人拉响了警报，踹破乌索尔卡家的门，冲了进去。躺在地板上的乌索尔卡被严重烧伤。她身上只有那件高领毛衣没有着火，而火苗也没有伤及她的脸庞。赶到现场的几位医生都不知道该如何处理，才不会加剧孩子的疼痛。乌索尔卡又活了几个小时。几乎全镇的人都去参加了她的葬礼，其中有许多人还带来了一小束一小束的白花，这正是这个小姑娘生前最喜欢在自家房子周围采摘的那种白花。

8

据《耶莱尼亚古拉新闻报》上称，人们打算在米兹扬卡拍摄一部热门电视剧，即以第二次世界大战为主题的《四个坦克兵与狗》。其时正值1968年，艾琳娜·西乌塔刚刚当上亚诺维采的新一任镇长，她是一位受人尊敬的本地医生的妻子。在调到亚诺维采之前，她曾在耶莱尼亚古拉当老师。人们都说她是俄罗斯人。对于一群快活的坦克兵即将来到这里的消息，艾琳娜·西乌塔一无所知，因为她刚到这里，不认识任何人；何况，拍摄电影这样的决定毕竟是由县里，甚至是由省级部门做出的。整个地区多半没有哪个地方像这里一样，到处都是废墟；而整个下西里西亚，很可能也没有哪座城镇会像这里仿佛刚刚遭受了空袭。可实际上，从来就没有一发炮弹落到过这个地方。

这里的废墟还在不断地造成麻烦。一到晚上，有些建筑就会发出令人毛骨悚然的声音，它们在开裂，在嘎吱作响，宛如呻吟一般。如今人们都说，一幢幢房屋开始"唱歌"了。因此，入夜之后，他们都会躺在床上，闭上眼睛，凝神细听。那些无法忍受自家房屋在夜里嘎吱作响的人便去找镇区。他们要求镇区采取措施，因为没人愿意住在一堆废墟里。最终，一个矿损委员会从卡托维兹来到了镇上。他们逐幢走过镇上的房屋，进入地下室，并且查看阁楼上的情况。几乎在每幢房屋里，他们都发现了问题：巴尔维克家的墙壁开裂、马耶克家的窗户变了形，而在祖雷克家里，房顶只是因为某种奇迹才没有砸到人的头上，大家都不知道究竟是什么在支撑着那座房顶。视察人员在几户人家的后院里甚至惊讶地停下脚步，恐惧地看着一个个黑魆魆的坑洞；每次大雨过后，地上就会开裂，出现这些陷坑。

矿损委员会发现，镇子下方的地面和原来的矿井巷道都可以进行加固。实际上，这就意味着他们必须向地下注入数量几乎难以想象的水泥。可这里既没人有时间来实施加固，更别说有那么多的钱了。这将是一项异常艰巨的任务；实事求是地说，它也是一项不可能完成的任务。《耶莱尼亚古拉新闻报》上一篇关于这个问题的报道曾坦率地承认："这样干，成本极其高昂；可用处呢，完全没有。"

还有一个较为简单的解决办法，那就是让家中房屋随时有可能坍塌的人尽快搬迁。可是，该把他们重新安置到哪里呢？那就不是矿损委员会考虑的问题了。只不过，这仍然是一个问题，并且不是一个小问题。

起初，人们开始在小镇内部搬迁住所。十几户人家都接到了命令，要他们立即搬出原来居住的房子。这些人家的房屋闹出的动静一直都最响。他们搬到了矿损较小或者完全没有受到损坏的房子里。镇子的西部，即学校、几幢房屋、斯皮兹家的黄色别墅以及啤酒厂所在的那一片，地基最牢固。但是，米兹扬卡镇上很快就开始没有可用于搬迁的地方了，而人们也不想挤到那些狭小破旧的公寓楼里去。于是，第一批镇民开始到亚诺维采去寻找住处了。他们还是希望留在这个地方。

一些废弃的房屋变得更加破败不堪了。邻近村庄里的人纷纷来到米兹扬卡，拿走免费的砖石和木料，因为这里到处都有。他们要做的，就是走进一幢废弃的房屋里，自己需要什么就拿什么。没人看管那些废墟；因为镇上总共只有两名警察，他们也不愿冒险到米兹扬卡镇上来。人们开始把这座小镇当成“蛮荒西部”，当成窝藏走私犯、无业游民和到处流浪的吉卜赛人的庇护所。《耶莱尼亚古拉新闻报》甚至报道说，当地的年轻人形成了种种怪异的娱乐方式：

“一无是处的商店——致编辑：米兹扬卡有一家杂货店，竟然售酒给小学五年级的孩子喝。那里的店员会怂恿男孩子们买酒，然后拿到附近的废墟中喝；他们会醉醺醺地跟路过的人打招呼，朝路人扔石头。”

“只凭配给卡供酒——致编辑：关于那封批评米兹扬卡的商店向未成年人售酒的来信，我希望解释一下：我只向一个拿着母亲的配给卡、奉母亲吩咐前来买酒的小男孩卖过酒。”

“编辑按语：女士，您卖给那位拿着母亲的配给卡前来的孩子的，最好是面包或者黄油，而不是酒。”

不幸的是，镇上那200位常住居民开始意识到，他们留在米兹扬卡的日子屈指可数了。还有传言说，整个镇上的人家都将搬迁到耶莱尼亚古拉那个叫作扎布布日兹的新住宅小区去。显然，当局已经有了计划，要用两三幢公寓楼把他们全都安置下来。

9

世间有各种各样的泥巴：第一种是含水量很大，像液体一样流淌的泥浆，会让泡在里面的所有东西都盖上一层薄薄的、闪着微光，宛如油漆一样均匀的泥巴。第二种是春泥，厚重而像黏土，会黏在靴子上，导致人们走上几步就得停下来，想办法把泥巴刮掉才能继续往前走。还有一种则是冻泥，它像岩石一样坚硬，是一种会让不专心走路的行人扭到脚踝或者折断鞋后跟的冻泥；之所以如此，是因为他们踩惯了软泥，会任由自己的双脚陷入泥中。最后还有一种泥巴，人们会在这种泥巴边上停下来，瞪着它，心中明白他们必须走另一条路才能到达另一面，即到达“对岸”。在最糟糕的情况下，他们根本就没有办法绕过去。人们在兴建扎布布日兹住宅项目时最常碰到的，正是这种“终极泥巴”。

从一开始起，这个住宅区里的居民就在勇敢地为他们的生存而抗争着。第一批居民早在 1965 年就搬了进去。随后三年间，接着建成的少数几幢楼房里也住满了人家。这个项目的建设过程中盛行超现实主义，这一点与兴建该项目的时代是完全吻合的。例如，1967 年天气开始转冷之后，人们很快就发现，建筑队竟然忘记把几幢楼房接入锅炉房了。如今这些楼房里都住了人家，可还要过好几个星期，建筑队才能将锅炉房与各楼连接起来。

此外，新住宅区里的各家各户都存在供暖方面的问题。10 月至来年的 1 月，他们会挨冻受冷；而到了 5 月份，他们却又抱怨说，锅炉火力全开，在公寓里简直热得受不了。自来水也有问题。通常来说，住的楼层越高，居民的洗澡时间就越晚。住在底下几层的居民，到晚上 8 点左右就可以考虑洗个澡了；住在顶层的住户呢，却要过了午夜才能洗碗和洗漱，因为水管中的压力要到那个时候才会逐渐增大，才能将水送至他们所在的楼层。当然，这种情况下还有一个条件，那就是此时龙头里流出来的不是混浊的臭水；可流出混浊的臭水，在这里却是一种相当常见的现象。

《耶莱尼亚古拉新闻报》的编辑们用更多的版面，持续报道了这个住宅项目的情况。扎布布日兹小区里一些焦虑不安的住户给报社所写的来信，几乎每天都有：

“一年之前，我搬进了齐曼诺夫斯基大街12号的那幢楼里。我发现，厨房里的下水管竟然被灰浆堵住了。我叫来了水管工，他们带了一根老式的管道通索；可在努力将通索伸进管道里去的时候，通索却断了。长达5英尺的通索卡在水管里，水管工却说不会造成任何损坏，因为通索会锈蚀。然而，水池还是堵着，废水开始漫进邻居家的厨房里。我又投诉了一次，收到的回复是，他们预约在3月20日上午8:10来我家解决。可如今都到7月份了，谁也没有过来。”

“齐曼诺夫斯基大街上的一幢公寓楼刚刚完工，地下室就被水淹掉了。事实表明，原因是下水道堵塞，排水沟也坏了。我要求他们仔细检查一番。管理员却告诉我说，得到下雨的时候才能进行检查。可还没有等到下雨，下水道上就堆上了一堆建筑材料。因此，他们是不可能再去检查下水道的了。”

“齐曼诺夫斯基大街上有一家干洗店，可那里没有暖气。这幢楼里之所以很少有人洗衣服，原因就在于此；考虑到楼里还没有水，就尤其如此了。”

“虽然5号楼刚建成6个月，可我们的洗衣房已经出了毛病。我们向管理部门反映这个问题时，他们却告诉我们说，是因为环形燃气炉上的燃烧器缺货。维修人员临走时还建议我们说不要再投诉洗衣房的问题了，说我们可以自行到河里去洗衣服。”

“楼刚刚建好，房间墙壁上就出现了一条条裂缝，从地板弯弯曲曲地延伸到了天花板，宽得足以用手在其中相互传递肥皂和其他物品。”

“我家的公寓里，厨房和客厅之间的一扇窗户完全掉了下来。与此同时，由于拼花地板干透了，因此上面还出现了一条条宽约1英寸多的裂缝；暖气片已经漏了两年的水，每隔三四天，浴室里就会被污水淹掉。我们绝对不可能在这座又冷又臭的公寓里继续生活下去。”

理论上说，扎布布日兹小区是耶莱尼亚古拉市的一部分；可住在这里的居民，必须沿着一条车水马龙的公路路肩走上2英里远的路，才能到达市中心。其间并没有一座跨河大桥将市中心与这个新小区连起来。与此同时，哪怕是最轻微的一点儿小雨，也会使得路上遍地泥泞，因为尽管第一批楼房已经完工，整个工程却仍是一个庞大的建筑工地。事实上，这里除了公寓楼，什么也没有：没有电话亭，没有幼儿园，也没有邮局。这个住宅项目被分配到了该市另一侧的一个邮政区里。居民和邮递员都在骂娘，不知谁想出了那样一个馊主意，因为他们得走上差不多4英里的路，才能取到挂号邮件。他们可以坐出租车，但扎布布日兹小区又没有出租车停靠站。就算最后建成了一个停靠站，出租车司机也不愿在那里等候，因为开到那个小区去，经常会导致汽车的悬梁架损坏或者是其他的破损。难怪居民们会开玩笑地把这个小区称为“扎布沃奇耶”，即“泥泞的另一边”。

购买基本的生活用品也成问题。尽管有数百户人家住在那里，当局还抱有要安置数千户人家的目标，可那里连最小的蔬菜摊子都没有，更别说当局承诺过的购物中心了。居民都是去城里买东西，然后一路拖回来。当扎布布日兹小区里的第一家杂货摊子开张，随后很快又有了商店和零售店之后，一波新的来信又飞向了《耶莱尼亚古拉新闻报》的编辑们。

“顾客们排着长长的队伍，看着扎布布日兹杂货摊子上的两名店员时，感觉就像是在观看一部讲述那些将工作视为人生中最大乐趣的劳动英雄的慢镜头电影。”

“我们都因扎布布日兹小区终于有了一家蔬菜摊子而感到高兴，可售货员的无良却让我们感到悲哀。此人不但用脏兮兮、指甲下面全是泥土的双手将您购买的蔬菜递过来，还直接用手伸到桶里去抓泡菜和腌菜。我们建议卫生检查员解决这个问题。”

“经营着扎布布日兹果蔬摊的那个人，是个真正的骗子。此人一贯拒绝将土豆用顾客携带的尼龙袋子装好再去称重，说袋子‘有自己的重量’。不过，他会把一些贵重物品装进一只肮脏的碗里当砝码，我们都认为，那个才真的‘有自己的重量’呢。”

“4 月 13 日，我为了理个发，竟然在理发店里的女士区等了 6 个小时。发型师利特文太太对许多表面上进行了预约的顾客照顾有加，对我却不闻不问。遗憾的是，她竟然没有及时告诉我，等也没用。”

“8 月 22 日，我想买 2 磅柠檬。女售货员竟然对我说，我必须同时购买一个葡萄柚，才能买到柠檬。”

尽管存在这些恼人的问题，官方却称扎布布日兹小区是一片乐土，说它挽救了耶莱尼亚古拉。自从工业产业兴起以来，这座城市里的人口已经急剧增长，可市中心那些以前属于德国人的公寓楼里，早已是人满为患。附近城镇里的人，也纷纷涌向了耶莱尼亚古拉，因为这里较易找到工作，有更多的学校，还有电影院和一家戏院。不过，对于米兹扬卡人来说，耶莱尼亚古拉的意义却不止于此。这里还是他们实现离开一座幽灵小镇的梦想的地方；在那座小镇上，房屋会嘎吱作响，而每次下过大雨之后，人们在离家之前还得仔细留意，看门外是否有一小块可以踏足的地方（至于晚上出门，则是一种极不明智的做法）。他们已经明白，这座小镇很快就会消失。他们也很清楚，镇上已经设法在扎布布日兹小区买下了两幢整楼，即 9 号楼和 11 号楼。不久之后，镇上还会买下另外几幢楼，即 37 号楼、39 号楼和 45 号楼。购买这些楼房的资金来自矿损赔偿金，是监管米兹扬卡那些废弃矿井的“采矿工业联合会”支付给镇上的。从理论上说，这笔资金原本应当用于挽救小镇，可镇上禁止居民翻修那些业已摇摇欲坠的房屋。几乎没有人认为，这里还有什么东西是可以挽救的。

10

想要留下来的人极少。斯塔斯泽克·普瓦维克说，哪怕只剩下他一个人住在米兹扬卡的废墟当中，他也不会搬迁。他并不知道，即将出现的情形几乎正是如此。此时，他耕种着大片大片的田地，养着满满一厩的奶牛。因此在他看来，为了一幢拥挤不堪的住宅楼里的一套公寓而放弃这一切，是完全不可想象的。于是，普瓦维克一家暂时不停地换房子，相继在 88 号、46 号、75 号和 44 号居住过。可是，他们试图居住的每一幢房屋都到了完全可以拆除的地步，所以他们会接到驱逐通知，然后住到搬往扎布布日兹小区的人家业已废弃了的另一幢房屋里去。

年迈的普瓦卡萨太太住在米兹扬卡小学里，她也不想搬走。学校的最后一任校长卡齐米尔兹·米尔库斯泽克是第一批离开米兹扬卡的人之一。他搬到了 9 号楼里。

斯皮兹一家也没有走。海伦娜和斯特凡如今总是吵架，整个镇上的人都知道；可在这个问题上，夫妻二人的意见却惊人地保持着一致。他们绝对不会从米兹扬卡搬走。他们的处境比别人安全一些，因为啤酒厂和别墅的位置很好，地下几乎没有遭受矿损；这儿没有什么东西坍塌，房屋也没有嘎吱作响，所以他们可以毫不担心地留下来。可他们也很清楚，一旦整个镇子消失，啤酒厂也会不复存在。到了那时，就会没人到厂里来上班；毕竟，把工人送到这个偏僻之地来，对任何人都毫无益处。不管斯特凡愿不愿意，啤酒厂的日子都是屈指可数的了。大多数住在镇上的工人，也很清楚这一点。只有还住在镇上，他们才会到啤酒厂去上班。没人打算在米兹扬卡和耶莱尼亚古拉之间通勤上下班，尤其是如今连接这两座城镇的公交车，每天都只有两趟了。他手下那位“最漂亮的员工”芭丝卡，完全认识到了这种形势。她刚刚嫁给了雅内克·马伊卡，斯特凡还送了一桶最好的啤酒给他们做结婚礼物。现在，马伊卡夫妇快要生孩子了。

这种焦虑的气氛感染了每一个人，甚至感染了此前一直都显得泰然自若的斯特凡。尽管芭丝卡肚子越来越大，可这位酿酒师还是吩咐她去扛一袋袋沉重的大麦。员工们都难以置信地看着，但没有人敢提出反对意见。芭丝卡据理力争也没有用，两人之间的交谈很快就会变成一场争吵。以前，人们从来没有看到酿酒师出现过这种情况。芭丝卡哭着跑出啤酒厂，斯特凡则怒气冲冲，砰的一声关上了门。一会儿之后，芭丝卡的父亲，也就是斯特凡的好朋友约瑟夫·索比耶西便来到了啤酒厂。他把斯特凡叫到厂子外面，冲着他声嘶力竭地吼了一通。

“如果你再叫她去搬麻袋，你这狗娘养的，我就会好好修理你一顿，让你一辈子再也干不了一天的活。”他边往外走边说，而斯特凡则从厚厚的积雪中捡起他的帽子。索比耶斯是个党员，他认识一些人，能够把这种威胁付诸实施。斯特凡也明白自己做得太过分了。两人都意识到这件事情其实缓解了当时的紧张气氛。很快，两人又坐到一起喝啤酒，彼此之间毫无芥蒂了。

1969 年，巴尔维克一家走了。他们只是让矿损委员会的人到家里看了看，就收到了一张迁出令。雅内克的母亲马伊卡夫人的情况也是如此；她是同一年搬走的，如今住在扎布布日兹小区的 11 号楼里。第二年离开的人当中，有 12 年前被人们当成德国人的克鲁巴一家，以及不久前才高高兴兴地在镇上的广场边买了一套新的复式公寓的祖雷克一家。那座复式公寓很快就开始嘎吱作响了。在过去的两年里，雅妮娜·祖雷克一直都睡不安稳，她无法入睡，只是盯着天花板，觉得它随时都有可能掉下来，砸到她身上。对于祖雷克一家、巴尔维克一家以及其他十几户遭遇相同的家庭而言，搬到扎布布日兹去，才是一种真正的救赎与解脱。

11

读完技校并且完成实习之后，博格丹·斯皮兹参了军。他是刚一毕业就应征入伍了，但他用一桶啤酒打通了关系，被安排在耶莱尼亚古拉服役。在部队里，博格丹竟然得了个“米兹扬卡”的绰号。有的时候，列兵米兹扬卡甚至会受命去执行一项相当奇特的任务，那就是骑摩托车到他父亲开的啤酒厂，从中偷出一小桶啤酒，再以风驰电掣般的速度带着啤酒返回部队。他甚至不知道，其实偷啤酒是当地一种由来已久的传统，是由年轻的格奥尔格·弗朗斯基发起的。由于有优质的啤酒让他在部队内部搞好人际关系，所以博格丹服兵役的那段时间过得相当惬意。不过，随着退伍的日子临近，博格丹心中所想的问题，就日益变成了对他父亲经营的啤酒厂进行精简。

回到米兹扬卡且再也不走之后，他终于有了时间，可以好好地看一看这个地方了。他知道这里正在变得人去楼空，而在耶莱尼亚古拉的大街小巷里，他也看到了越来越多熟悉的面孔。然而，一直要到走在镇上破败不堪的巷子里，他才真正意识到，父亲极其痛苦地告诉他的情况究竟有多严重。只有十来幢房屋没有受到损坏的迹象。其余的房屋都没有了门窗和横梁，有的甚至连一面完好的墙壁都没有了。镇上已经命人在一些残垣断壁之上放置了警示标志，称进入那些地方可能会让人有性命之虞。在有些房屋里，您必须穿过破败不堪的一楼才能到达二楼，可二楼上却住着人。窗台上的花盆会告诉您，不要从屋内取走任何一根承重梁。1971 年，米兹扬卡只剩下 100 多人，且其中绝大多数都是吉卜赛人。他们是根据安置吉卜赛人口、禁止吉卜赛人再过游牧生活的规定，从 10 英里外的普瓦兹齐纳搬迁过来的。虽说吉卜赛人住到了那些无人居住的房屋里，可他们信誓旦旦地对别人说，他们并不会久居此地，会很快就搬走。

在1968年至1969年的第一波离镇大潮中，许多人都搬走了。他们留下的房屋一直都无人居住。海伦娜·斯皮兹在不算太久以前举办过一场场热闹的周六派对的那座社区中心，也关闭了。镇上没有了商店；由于无利可图，最后一家商店早已关门大吉。几乎所有人在交谈时，都会涉及“衰落”这个话题。没人会自欺欺人地以为这座镇子可以挽救，而人们在谈到那些决定勇敢面对逆境留下来的人时，都带着一定的崇敬之情。

博格丹就是决定留下来的人之一。芭丝雅·斯皮兹在瓦乌布日赫找了个男朋友和一份工作，不想再回米兹扬卡。博格丹却恰好相反，他看出，在父亲经营的酒厂里自己可以大展宏图，实现所有的梦想。他受过适当的教育，设法在厂里采用了一些新的技术。父亲由着他去干，只是监管着一些最重要的事务，并在必要的时候提出建议。父子之间的这种配合，对博格丹来说是一个绝佳的历练机会，而斯特凡则可以放手，不用去管一些烦人的工作任务了。

然而，这位年轻酿酒师心怀的种种抱负，却与勒武韦克希隆斯克总厂的想法不一致；他们直截了当地通知斯皮兹父子，说镇上无人之后，啤酒厂也无法生存下去。因此，在20世纪70年代初博格丹用没有商标的特制酒瓶将他酿制的啤酒送到慕尼黑啤酒博览会上之后，总厂大感恼火也就不足为奇了。在品评会上，米兹扬卡金啤荣获了第二名。可当人们得知这种啤酒来自铁幕[①]的另一面之后，这

① 铁幕，指第二次世界大战之后将苏联及东欧社会主义国家与西欧分隔开来的边界。

就成了一桩小小的国际丑闻。勒武韦克希隆斯克总厂和米兹扬卡分厂的电话都响个不停，总厂的负责人暴跳如雷，因为斯皮兹家酿制的啤酒获此殊荣，就让他们关闭这家啤酒厂的理由站不住脚了。他们立即下令，要博格丹销毁为那场博览会而特制的所有酒瓶，连同其中所装的啤酒。于是，博格丹只得叫来了朋友，然后三个人坐下来，用了 12 个多小时，才马不停蹄地“处理掉”了那批啤酒。其中一位朋友名叫博格丹·马可夫斯基；此人后来说，他一辈子当中再也没有哪一次像在这座山巅酒厂里“处理”啤酒时那样酩酊大醉过。

他带着调皮的笑容补充说：“处理掉所有的啤酒，实在是弄得我们浑身都不得劲。”

12

1972 年 5 月 13 日，当局签发了最后的命令。弗罗茨瓦夫的省议会决定，撤销米兹扬卡镇。文件中还包括了一份拆迁时间表。啤酒厂应于当年关闭；镇上最后的居民，则应在 1973 年年底之前搬走。此后，这座小镇将分三步来进行拆除：首先是拆除房屋，然后将碎砖碎石连同较大块的地基一起运走，最后将在这里植树造林。

按照规划，最后的几户人家于 1973 年搬离了米兹扬卡。其中包括芭丝卡·马伊卡这位“酒厂里最漂亮的员工”，以及她的丈夫和年幼的儿子。他们在 3 月 19 日她父亲的命名日派对上得知，全家分到了一套公寓。当时他们正坐在亚诺维采的一家酒吧里，镇上一个人突然闯了进来，还带着鲜花。

“约瑟夫，您和您的两个女儿将得到扎布布日兹小区里的三套公寓，就把这个当成今天送给您的命名日礼物吧。”

约瑟夫·索比耶西流下了眼泪，不过，他有可能并不是喜极而泣。世界上没有任何东西会让他想要搬到市里去；要不是担心什么东西随时有可能坍塌下来砸到身上，他在米兹扬卡会生活得很惬意。芭丝卡和雅内克的想法却不同。在他们看来，米兹扬卡是一个真正令人担忧的地方。他们一直都在急切地等待着分配到住房；事实上，他们那时也是居无定所。5月份还没过，他们就租了一辆破旧的大众甲壳虫牌汽车，搬进了位于卡沃维奇街45号的那幢公寓楼。他们的公寓位于五楼上。在接下来的数年里，他们都会把闹钟定在凌晨1点，以便到时爬起来半睡半醒地洗个澡。除了这一点，对于搬到公寓里来的事情，他们从来就没有后悔过。

那一年里，还有几户人家搬出了米兹扬卡，包括胡蒂尔库一家、马德雷克一家和温泽尔一家。连吉卜赛人也不见了：有些吉卜赛人去了邻近的村庄，比如奇钦斯科、亚诺维采和拉多米尔茨；有些人去了科瓦雷；还有一些吉卜赛人则分散到了波兰的其他各地。

现在，镇上就只剩下那些不管当局如何敦促，都下定决心留下来的人了。总计有十几个人，包括斯皮兹一家、普瓦维克一家、普瓦卡萨一家、乌扎克一家，还有通往切哈诺维采那条路边的杜德克一家。他们的房子并未受到矿损的威胁；当局只能苦口婆心地讲清楚，说镇子撤销之后，就只有他们留在那里，留在彻底的荒郊野外，没有生计来源了。然而，这些理由都无法说服他们。

雪上加霜的是，几个世纪之前就立在通往亚诺维采那条路旁边的两个石制十字架，有一个竟然不见了。鬼才知道，窃贼们为什么会偷走其中那个连模糊不清的碑文都没有了的十字架。或许他们是晚上偷走的，没有注意到两个十字架之间有所不同吧。或许他们原本想两个都偷走，但有人把他们赶走了。不管怎么样，如今路边都只剩了一个十字架，上面刻着“铭记”两个字。不久之后，当地一位农民又会把它移到一个全然不同的地方，也就是路对面的一条田埂上去。

1972 年年底，一阵震耳欲聋的响声让镇上最后的居民纷纷从家里跑了出来。一台巨大的挖掘机，正在亚诺维采到米兹扬卡的那条路上慢慢地爬上来，后面跟着满满一卡车的工人。他们在广场上停下来，四下散开，有人检查，有人在墙上敲敲打打，还有人在大力地打着手势。

博格丹·斯皮兹默默地看着他们。不，他不再抱有任何幻想；现在，一切都结束了。他只是不知道，该如何去把这个消息告诉自己的父亲。

谁之过

“凡是应该知道的人都已知道，而且人们都会记得。一切都毁掉了。但事实并非如此，对不对？医生的妻子西乌塔太太，就是那位身材高大的时髦女士，她嗅出了商机，所以我们的镇子就变成了那样。她凭一己之力，利用米兹扬卡的不幸大赚了一笔，您只有羡慕的份儿。人们之所以很不喜欢她，原因就在于此。

“西乌塔是一个来自东部的俄国佬，她突然来到这里，是为了掩盖俄罗斯人留下来的所有痕迹。她把自己装扮成了这样一位时髦的女士，就像她母亲以前的做法一样；实际上，她的母亲压根儿就不是波兰人。

“有两种人相信共产主义分子：一种是因为贫穷而相信，另一种则是因为那样会让他们过得更加舒服而相信。她不知道贫穷为何物，而政府也从来没有做过伤害她的事情。因此，您不妨猜一猜，她为什么会变成这样吧。

“有一段时间，她曾在一所学校上班，用教俄语为掩护；可不久之后，他们就让她当上了镇长。后来，她又去负责管治卡帕兹，当上了省长。人们都很怕她，说她在中央委员会，甚至在莫斯科都有朋友，因为毕竟她是从那里来的。如今她接受了那些人的指示，要把俄罗斯人留在镇上的一切痕迹都清除干净。除了灌木，什么都不能留下；毫无疑问，我们那位医生的妻子留给我们的，就只有灌丛。

“西乌塔太太毁掉了米兹扬卡；要不是她，如今那座镇子应该还在。当时甚至制订了规划，要对那些空置的房屋进行维修，将瓦乌布日赫的退休人员安置于此；既然他们已经制订了规划，就说明这里没有出现什么地面塌陷。损毁只是她派遣拆迁队前来的一个借口而已。

“到 1969 年，拆迁就已开始了。他们拆毁了一幢又一幢房子。米兹扬卡拆下来的砖块，他们非但用于在亚诺维采修建教师住宅，还用于修建华沙的文化宫。运砖的火车就在亚诺维采老镇旁边的侧轨上等候着，他们在那里将卡车上的砖块卸下来。”

“我们都叫她‘我们的西乌塔太太’，尽管她并不是我们当中的一员，并且她自然也不是一位贵妇。只不过她很漂亮，脸上化了妆，做了头发，开着车到处跑。

“她对古董简直是贪得无厌：一旦看中了什么东西，她就有可能走进一个陌生人的家里，把东西拿走。可在那时，您是不敢对当权者说个‘不’字的，因此平民百姓只能乖乖地把东西交出来。她搜罗了价值高达一整幢房子的那种古董，然后到处出售。她把米兹扬卡卖掉，也大赚了一笔。她不可能凭自己在镇上的那点儿工资，在河畔建起一座房子。”

“就个人来说，我对她没有任何怨言，因为她并没有对我干过伤天害理的事情。只是大家都还记得，她一度想把拉多米尔茨的几口大钟当成废品卖掉的事情。当时她亲自开车去那里，要把大钟取下来，只带了一个瘦得像竹竿一般的家伙前往；但那种大钟不是一两个人就取得下来的，因此他们没有得手。那天，整个村镇里的人都出动了。他们大闹了一场。西乌塔太太爬到一架梯子上，人们把她拉了下来。您可不能取下天主教教堂的大钟，尤其是年头已久的大钟；可她并不明白这个道理。直到人们拿着干草叉子驱赶，她才罢手，钻进汽车走了。对于那些大钟的事情，我们永远都不会原谅她。”

“吉卜赛人把米兹扬卡搞得四分五裂，而镇里的领导人西乌塔太太把他们带到这里，就是让他们专门来搞破坏的。当时的情况是，吉卜赛人搬进一幢空置的房子里居住之后，要把里面的所有东西都烧光才会搬走。他们把地板、楼梯、拼花木块和窗框都拆掉，然后全都拿到一楼付之一炬。如果房子里没有留下炉灶，他们就会直接在厨房的地板上点起篝火。房子里若是再也没有留下任何东西，吉卜赛人还会把天花板拆掉，然后再搬到下一幢房子。一幢又一幢房屋，都是如此。

“吉卜赛人洗劫一空过的房屋会由拆迁队来拆除掉。此时，一台巨大的挖掘机就会前来，我们都称之为‘大个子贝尔塔’；它会用铲斗钩住一扇窗户，逐一将所有墙壁拽倒。然后，工人们就会进到屋里，把完好的砖块挑出来。接着，‘大个子贝尔塔’就会把整幢房子夷为平地。”

“米兹扬卡的确在塌陷，但没有哪幢建筑是从下面开始塌陷，全都是从上面开始的。矿山跟这种情况一点儿关系也没有。在数年的时间里，这座小镇都是整个地区获得免费建筑材料的源头。不论是谁，一旦需要用砖，他们就会来米兹扬卡自行取用，想要多少就拿走多少。我就用那里的砖块在自家后面建了一个煤库，一直用到如今，因为那些都是德国人留下来的优质砖块。亚诺维采的许多房子都是用那种砖块建成的。

“说吉卜赛人毁了这座小镇也不是事实。镇上有几十幢房屋，那里又有多少吉卜赛人是不得不自行解决生计问题呢？他们只不过像其他居民一样，对镇子造成了破坏而已。有些人会住在一楼，可天气太冷，所以他们会上楼去拆下一块地板、锯下一根房梁，放到炉子里生火取暖。倘若天降大雨，漏到他们身上，或者墙壁开始出现裂缝，他们就会前往镇区，要求镇上给他们分配一个新的住处。于是，米兹扬卡就成了‘蛮荒西部’，成了一片废墟。”

“吉卜赛人毁掉了整座镇子。是西乌塔太太把他们带来的。多年以来，他们一直在这儿为所欲为。”

“就是他们毁掉了所有的房屋吗？”

“当然是。他们会搬到那些空置的房屋里，一幢接着一幢地进行破坏。”

“那里有多少吉卜赛人呢？”

“开始来了两家人，他们先是住在领主宅邸里，可吉卜赛人迅速增加，因而一年之后，吉卜赛人口就达到了米兹扬卡居民中的一半；这种情况，直到波兰人因为吉卜赛人正在把整座小镇搞得一团糟而开始反击，才有所变化。”

“是不是他们带来了很多的问题？”

“他们竟然在如今已然消失的那座教堂里的圣坛上宰杀马匹！老米尔加会把一匹马牵进去，用一根大棒敲击马儿的头部，割断马儿的喉咙，然后马儿就会流血而死。接下来，他们会把马儿大卸八块，孩子们则会将仍在冒着热气的马肉带回家去。他们是用洗衣房里的煮皂锅烹煮马肉，整个米兹扬卡镇都会弥漫着一股烧焦的马肉味。”

“您亲眼见过吗？”

“没有，但镇上人人都说，米尔加一家是在那座天主教教堂里屠宰马匹。马血会顺着台阶，一直流到街上。”

“人们都是受到了哄骗，才从自家的房子搬了出去。西乌塔太太会到家里来，说房子要进行翻修，所以住户会搬到另一幢房子里去。可一旦住户搬走，推土机就会前来，将整幢房子推倒。

“接下来，等到没有空置房屋让人们搬迁之后，他们就把十几户人家安置到了扎布布日兹小区的公寓楼里。他们曾说，翻修工作只要 1 年的时间就能完成。人们都相信了他们的话，只带了一些生活必需品就搬出了米兹扬卡。可 1 年之后他们回来时，小镇和他们的房屋都不见了踪影，到处都只有高高的野草了。”

“人们都不愿离开镇上，因为那里风景优美，也没有出现什么地面塌陷。可政府已经下定决心，我们无能为力，只能卷起包袱走人。他们把有些人迁到了亚诺维采，但到亚诺维采开始短缺公寓之后，他们便在扎布布日兹小区买了两幢楼房，将我们全都塞到了那里。此后，他们马上将米兹扬卡夷为了平地，因此那里再也没有了矿井的任何痕迹。”

“与其说她是个女人，还不如说她是个冷冰冰的人。人们若是到镇上去解决问题，他们都宁愿去找斯沃文斯卡，而不愿去找西乌塔太太。人们都很怕她；此外，她也不是本地人，谁知道她的背后究竟有什么人在撑腰呢。可她的丈夫却有一副好心肠；此人是医生，并且好多年都骑着自行车，参加‘和平大赛’。大家都感到惊讶，以为她一定是牢牢地掌控着丈夫，才使得丈夫对她不离不弃。西乌塔医生始终都会随叫随到，甚至会在半夜来为您出诊，还不会收取诊金。或许，她其实也没有那么坏；或许，她只不过是遵照县里或者省里的命令行事而已。可就算是她的上司可恶，又与我们有什么关系呢？”

“米兹扬卡究竟是怎么消失的呢？”

“怎么消失的？都怪西乌塔，让她见鬼去吧。”

“您说都怪西乌塔，是什么意思呢？”

“她一来，就把我们赶出了镇子。”

“她亲自把你们赶走的？”

“哦，她有自己的手下，都是小偷，都是像她那样的人。”

“镇子难道没有出现地面塌陷吗？”

“当然有，但不是处处都在塌陷。她将我们全都赶出了镇子，然后下令将整座镇子夷为了平地。您知道吧，其实还有别的办法来解决问题，根本不用把大家全都赶走。”

“有什么别的办法呢？”

“我怎么知道？米兹扬卡现在有没有一个地方塌陷呢？没有，完全没有，所以当时也不可能有什么地面塌陷。”

邪恶的女人

人们说到西乌塔太太时，评价最高的一点就在于，她有一个好丈夫。除此之外，他们说的全都是坏话。

“这可不是为了报复，”他们强调说，“但她不该认为我们什么都不清楚。遗憾的是，她竟然逃脱了惩罚。她赚了一大笔钱，建起了一幢漂亮的房子；谁知道，没准她还建了更多的房屋呢。她就是我们那位医生的妻子。”

可那个邪恶的女人却说：

“请给我几天时间，我得把所有事情都回忆一下才行。我已经年过八旬，知道自己姓甚名谁，还没有打算就此死掉，也不为任何事情感到羞愧。”

* * *

天空中出现飞机时，她刚跟着父母度完暑假回来。一家人匆匆赶往乌克兰境内的波兰人聚居区沃里尼亚，赶往扎哈切和提提可沃斯两座镇子。她的父亲在那里有庄园，他们都想到那里去躲过劫难。但不久之后，那些庄园就只能是他们心中的记忆了。

父亲就像念经一样，反复对艾琳娜说，希特勒随时都有可能对英、法两国宣战，最终一切都会回到正轨（年老之后，他还成了一位佛教徒）。俄罗斯人入侵之后，他就不再那样说了。苏联战士来到了村里，而内务部的秘密警察也随即在卡米恩斯基家的庄园里现身了。他们带走了她的父亲，拘押了两天。艾琳娜吓坏了。整个地区都流言四起，说资产阶级会被流放到西伯利亚或者当场处决。她的父亲就是资产阶级。

可村里的农民都在为卡米恩斯基说好话。他们组成了一个委员会，去见内务部的官员，请求释放卡米恩斯基。农民们都说卡米恩斯基是他们高贵的领主，并不是什么压迫者。他们的陈情发挥了作用，卡米恩斯基恢复了自由之身。就在当天晚上，这些农民来到庄园里，护送一家人出了村子。那些农民已经得知了消息，要是第二天再去救他们，就会为时已晚。

于是他们往西而去，要到河对岸的德国人那里去。那条河就是布格河。可布格河离这里很远，所以他们不得不长途跋涉，花钱找向导，睡在谷仓里，躲避沿途的农民、乌克兰人和俄罗斯人。他们几乎要躲避所有的人。因为他们不知道谁是朋友，谁是敌人。他们是波兰佬，是剥削者；既然他们到处躲藏，那就说明他们必定做过什么良心不安的坏事。这里的人不喜欢波兰佬，至少人们是这样说的。所以，他们必须逃得越远越好，并且只能在晚上走偏僻的小路，或者走乡间小路，穿过森林和田野。要是走不动了，他们就会躺在某个地方等着、躲着，直到能够再次出发。只要是朝着那条河走，朝着西方走就行了。西部比东部更好。

他们这样跋涉了两个月，一路掩饰自己的行踪，等待合适的时机，然后在12月份终于来到了布格河畔。他们租了一条小船，然后又花钱雇了一位向导。艾琳娜和她的妈妈坐船，父亲和向导则是泅过去，拉着小船游到了对岸。他们进入了当时已被纳粹占领的波兰；只不过，一家人无疑还没有彻底脱离危险。

但她的父亲在这里还是有些关系的：他跟莫里奇·史坦尼斯瓦夫·波托基伯爵是朋友，后者是差不多距此100英里的马佐夫吉新庄园郊外的亚布翁纳的领主。就在这一年的年底，他们终于到达了那座庄园。波托基伯爵聘请亚当·卡米恩斯基为抄表员。在这里，他们一家子能够暂时地感到安全了。

与他们留在沃里尼亚的卡米恩斯基庄园相比，亚布翁纳庄园既大得多，也令人愉快得多。然而，庄园宅邸及其四周花园的宏伟壮丽，却与所有住在其中的人发现自己正在经历的严酷现实，形成了强烈的对比。他们在庄园宅邸里又穷又饿，因此刚到亚布翁纳不久，艾琳娜就必须出去工作了。她在一家柠檬汽水厂里找了份工作，每天在那里冲洗瓶子。

当然，亚布翁纳也有其积极的方面：那里仍然是一座土地广袤的庄园，拥有一切配套设施。其中还有马匹。早在沃里尼亚的时候，小艾琳娜就深深地迷恋上了马匹。秋季跟家人一起去旅行时，想念马儿或许就是一个最让她感到心烦意乱的问题。不过，对马儿的这种迷恋，最终却给她带来了麻烦。有一天，一名德国军官来到了波托基家的庄园里。此人骑着马，从附近的莫德林要塞而来。艾琳娜既没有感觉到危险，也没有注意到骑马的是什么人，就径直朝马儿走过去，抚摸着马儿的口套，亲吻着马儿的鼻子。

或许，是因为这位姑娘还不懂将那位德国军官的模样与她曾在公园长椅上看到的下述标志联系起来："狗、犹太人和波兰人禁止入内"（*Eintritt für Hunde, Juden und Polen verbotten*）。或许，是因为她当时只想赌一把，以为热爱马匹的这个共同点会暂时打破阻隔在她和那位德国军官之间的障碍。不管她当时是怎么想的，反正她是犯了一个低级错误。那名德国军官勃然大怒，命令小艾琳娜第二天到要塞去报到。在那里，她将变成那名德国军官的仆人，确保每天早上干的第一件事情就是将早餐和新鲜的咖啡端到他的餐桌上。她的工作还包括给他擦靴子，保持他屋内的整洁。这项工作本身既不会太费力气，也不是太过困难；她需要做的，不过是兢兢业业地干活和始终都低着头而已。可前去工作的路上，情况就完全不同了。艾琳娜最害怕的就是这个方面。要抵达莫德林要塞，她非但必须穿过数座村庄和居民点，还要跨过一座桥，可德国人最喜欢在那里围捕民众。有好几次，她都是靠报出那位“雇主”的名字，才救了自己的性命。

1944 年 8 月，华沙爆发了起义，附近的莱吉奥诺沃成了首都以外唯一也发生过战斗的地方。起义者的任务，是保卫首都不受到来自北方的攻击。虽说德国人很快就镇压了这次起义，可俄罗斯人却从东面发起了攻击。苏军突破防线攻过来，只是一个迟早的问题。亚当·卡米恩斯基很清楚这一点，所以如今他必须再次为自己和家人另找庇护所了。在这紧要关头，他找到了巴博斯沃附近的一个地方。

苏军在 9 月底之前就抵达了亚布翁纳；德军在撤退的时候，又放火将波托基庄园付之一炬。不久后，苏联红军就来到了巴博斯沃。就在那时，亚当·卡米恩斯基竟然犯了一个错误；若非奇迹，那个错误原本是一定会让他丧命的。由于不认得苏军的制服，他竟然朝着一队苏军战士跑了过去，还用德语和他们打招呼。

战争结束了，可卡米恩斯基一家却不希望回到东边去。那台驱逐机器刚刚启动，让成千上万民众被迫离开家园，一路向西迁徙。卡米恩斯基一家不知如何是好。沃里尼亚不再属于波兰，而留在华沙附近也没有了任何意义，因为如今那座首都本身就无异于一堆瓦砾了。战争一结束，艾琳娜父亲的那些老关系又重新登场了。他的老朋友和伙伴切斯瓦夫·森特凯维奇，从诺因加默[①]的一座集中营归来了。艾琳娜仍然记得，战前她曾经听说过此人进行极地探险和其他非凡旅程的故事。如今她又凝神屏息，听到了此人在华沙起义中英勇战斗的故事。很快，森特凯维奇便在"能源合作社"里谋得了一个职位。他将成为下西里西亚地区的技术主管。显然，在这种职位上有很多的机会，而森特凯维奇则想充分利用它们去帮助自己的朋友。因此，他建议卡米恩斯基一家随他前往西部。当时确实没有什么可考虑的，所以他们随之而去了。

从已成废墟的华沙出发，他们来到了已成废墟的弗罗茨瓦夫。从那里，他们又折而南下。1946 年 5 月，他们到达了耶莱尼亚古拉。在最初的几天里，艾琳娜在市里到处乱逛，几乎不敢相信自己看到的一切。这里的房屋都有屋顶和窗户，哪里都没有废墟；德国的家庭主妇们每天早晨都会打扫人行道，每天下午还会用水管进行冲洗。波兰的政府部门都在运转，电车也在开行，这里仿佛从未经历过战争似的。

卡米恩斯基和森特凯维奇两家一起，住在亚历山大·弗雷德罗大街上的一座别墅里。这幢房子虽说算不上很舒适，却具有一大好处：那里是能源合作社的地产，所以有工业警卫保护着。这一点很重要，因为他们不断听到那个地区和耶莱尼亚古拉市里到处都有抢劫犯和普通暴民的消息；后者利用战后的混乱无序，将德国人废

---

① 诺因加默，德国汉堡附近的一个城市。纳粹曾于 1938 年在那里修建集中营，总计关押过十多万囚犯，其中有过半数囚犯死亡。

弃的公寓全都洗劫一空了。耶莱尼亚古拉市里甚至还有一个街头市场，即所谓的“赃物广场”，几乎什么东西都买得到。

她的父亲在能源生产部门找了份工作，艾琳娜则去上学了。就像耶莱尼亚古拉的许多民众一样，他们也尽力忘掉这场战争，开始探究这座城市，开始了解这个地区。在一次周日探险期间，艾琳娜·卡米恩斯卡发现了米兹扬卡，发现了这座高耸于整个地区之上的迷人小镇。她沿着镇上陡峭的小巷前行，在那座三角形的集市广场上停下来，抬头凝望。这里的祥和与宁静令她感到欣喜。她喜欢这里的一切，因而暗暗许下诺言，下一次她还会来到这里。

可人们却会因此而诅咒她。

* * *

“那个邪恶的女人”与“那个善良的男人”一起，住在切普利采的一套公寓里，就在耶莱尼亚古拉通往斯克拉斯卡波列巴的那条公路旁边。波兰的形势发生改变之后，他们便决定隐居于此。他们把亚诺维采的房子交给了儿子。他们并不是想要躲起来，不过是身心俱疲罢了。在切普利采，他们可以安然休息。

这里有点儿像是穷乡僻壤。您必须开车穿过一座温泉小镇，一路往北。开上几英里之后，您就会看到德国人留下来的一幢住有多户人家的公寓式住宅；从外面看去，房子的模样实在是不敢恭维。这里完全没有奢侈之态，只是一个平淡无奇的郊区，正在逐渐变得与乡村无异。公寓式住宅的内部稍好一点儿，墙上挂着她父亲所绘的油画。

“那是扎哈切，那是提提可沃斯。我只回去过一次。除了一棵巨大的橡树，我什么都认不出来了。一切都已消失得不见踪影；我们留下的房产里，连一块石头都没有剩下。”

他们要走的时候，一个女人从附近一幢房屋里跑了出来，胆怯地问道：“您是艾琳娜小姐吧？”

“我不认识她。但我们俩都哭了。”

艾琳娜·卡米恩斯卡-西乌塔的名片上，印有一幅巨人山脉的全景，上面还有一句拉丁语格言：“*Nummis praestat carere quam amicis*”，意思是“宁可无钱，不可无友”。

艾琳娜·卡米恩斯卡-西乌塔多年来最了不起的一位朋友，就是她的丈夫史坦尼斯瓦夫·西乌塔。人们都说此人有一颗“善良的心”，而艾琳娜则让这颗心全都放在了她的身上。

* * *

20 世纪 50 年代中期，艾琳娜刚刚在华沙上完大学归来；她主修的是俄语，此时正在四处找工作。她想当老师。她没有很好的家庭背景，所以最好不要公开谈到家世。在那种时代，“东部地主的女儿”听上去绝对不可能让人觉得悦耳。

早在离开华沙之前，她就入了党。当时她才 17 岁，在“大学工人协会”中的青年团里工作。如今回到家里之后，她有了一点儿空余时间，便成立了“波兰青年工会”耶莱尼亚古拉分会，并担任了第一任会长。是的，艾琳娜·卡米恩斯卡信仰共产主义。除此以外，她还精力充沛，只是运动技能方面稍有欠缺。当然，她在田径场或者球场上也能玩得尽兴，只是在击球的时候，球却永远都不会照她的心意击中目标。有一年冬天，切斯瓦夫·森特凯维奇甚至带着她进行过越野滑雪。他们原本想要滑至比埃卢托维采。一路上，艾琳娜摔了 113 跤，之后她就不再记次数了。可每次摔倒之后，她都爬了起来，继续前进。不过，我们没有必要对这一点做过多的解读。简而言之就是：如果不爬起来，她很可能会被森特凯维奇丢在山里，因为森特凯维奇没有时时去看身后的习惯。

艾琳娜唯一喜欢的运动就是游泳。多年之后，她还会带着一丝自豪之情，如此说道："我的游泳泅水技术，就像度过人生那样游刃有余。"

最后，她在耶莱尼亚古拉高中找到了工作。在那里，她遇到了斯塔斯泽克。此人是一位英俊的体育老师，不久后又成了一名医科学生。她是一位美丽的黑发女性，性格活泼，很有上进心，会把自己的每件事情都做好。她就像水银一样变化莫测。与此同时，斯塔斯泽克则文静、沉着而自持。尽管两人的性格有如不相溶的油和水，他们却相处得很融洽。这种结合令他们相得益彰。两人开始约会，然后就永结同心了。他去上医科学校之后，她便开始拼命工作。她不但要教书，还要为青年团工作。她当上了耶莱尼亚古拉市议会教育委员会的主席，还在竞选县议会议员。她在组织、教育和监管方面都积累了经验。她雄心勃勃，想要朝着高远的目标前进。1965 年接受一家当地报纸的采访时，她的讲话曾深得人心：

"我们提出了众多有益的举措，可如果当地政府和社区合作得更加密切，我们原本是可以做出更大成绩的。首要的问题是，委员会没有举行数量充足的会议，没有与教育工作者、家长甚或学生本身进行探讨。我希望，新一届教育委员会能够解决上一届委员会的这些不足之处。"

斯塔斯泽克·西乌塔念完医科学校回到耶莱尼亚古拉之后，他们很快就结了婚。两人必须赶紧结婚才行，因为斯塔斯泽克就要应征入伍，去履行医生的兵役义务了。然而，他们的第二次分别为时不久，而他还没来得及脱下军装，就被任命去担任大亚诺维采医疗中心的主任一职了。当时，他们其实并不知道大亚诺维采在哪里，还在地图上找过。找到该地之后，他们只是稍微考虑了一下，斯塔斯泽克服完兵役，他们便打包好行装前往了。他成了医疗中心的主任，她则在一所当地学校当老师。当地人都狐疑地看着他们。他们更快地聚集到了斯塔斯泽克的身边，因为他是医生，经常与人们联系，会替他们的孩子看病。她却仍是一个谜。

乡村小学与耶莱尼亚古拉的高中相比，完全不是一回事儿。问题不同，学生不同，条件也全然不同。一到冬天，许多孩子几乎不可能来上学；比如说，姆尼斯科夫没有学校，可从那里前来上学，差不多要走 4 英里远的路。如果道路被积雪盖住，那么孩子们是不可能准时到校的。此外，乡村学校里的老师要求获得中心局提供的教育援助或者额外资金的难度，也要大得多。艾琳娜住在耶莱尼亚古拉的时候，她可以缠住任何一个她需要的人，从而就这些事情做出具体的安排。可到亚诺维采之后，她却几乎不可能再那样干了。

因此，每天下班回家时，她都变得日益沮丧和愤怒。打一场注定要失败的仗，需要耗费大量的精力，而隐瞒她宁愿去教年纪大一点的孩子这个事实，也没有任何意义。学生们都感受到了这一点，对她的态度便开始恶劣起来。她所梦想的这个职业开始变得一无是处，只剩麻烦了。

“只要你愿意，你随时都可以辞职啊。”有一天，斯塔斯泽克对她说。毕竟，钱对他们来说不成问题。他身为医疗中心的主任，工资很高；仅靠他一个人的薪水，夫妻二人就可以在亚诺维采做到衣食无忧。可艾琳娜并不是为了赚钱才去工作；更准确地说，是因为她的精力需要获得某种释放途径，她才去上班。

“要是不去学校的话，我又能干什么呢？”她问道。

*　　*　　*

“我并不知道他们憎恨我，”她惊讶地说道，“我们都尽全力去挽救那些人了。”她缓慢而清晰地说出了“挽救”一词。之后，她实际上还将这个词说了好几遍。“我从来就没有特别觉得，有人会因为发生的事情而讨厌我。”

桌子上摆着蛋糕，还有几只斟满了茶的形状奇特的杯子，窗外传来了孩子们在花园里嬉闹的声音。但在房间里面，一切都那么安静。一只闹钟在嘀嗒作响，一只苍蝇嗡嗡飞过，楼上邻居家的地板则嘎吱地响了一下。“那个邪恶的女人”什么都没说，双眼凝视着一只茶托，将它夹在指间翻过来，然后用光滑的指甲轻轻叩击着。她的脸上连一丝淡淡的笑容也看不出，她的思绪显然完全飘到了别的地方。她并未流露出惊讶之色，而是一副听天由命的模样。“那个善良的男人”则坐在她的旁边，打量着她，仿佛期待着她说点什么。

“他们可以不相信我，可我真的没有别的国籍。我的母亲是俄罗斯人，但我是波兰人。这是一个非常奇怪的国家。我们拥有辉煌的历史、辉煌的文学，却常常也是惊人得粗俗。在梅尔奇奥·旺科维奇[①]的一部作品中，他正在采访的一个人曾经问道，喝伏特加酒是不是波兰人最令人讨厌的一个特点。旺科维奇回答说，问题并不在于喝酒。问题在于无缘无故的嫉妒。”

---

① 梅尔奇奥·旺科维奇（1892—1974），波兰作家、记者。

“他们最嫉妒的又是什么呢？”

“我们获得的比他们多，我又是一名共产党员。这不就够了？”

* * *

时间到了1969年的春季。一场强劲的暴风雨刚刚从隶属于大亚诺维采镇的卡马尔诺席卷而过。在短短大约15分钟的时间里，狂风掀翻了屋顶，大雨则冲毁了那个村子里唯一可以通行的道路。牲畜从被风雨吹开的围场里冲出来，镇上还停了电。人们手忙脚乱，不知道该先抓住什么，又该先救出什么。

镇区领导艾琳娜·卡米恩斯卡-西乌塔开车前往那个村庄。她在一座受损情况最轻微的谷仓里组织召开了一次会议。卡米恩斯卡个子不高，因此站在地上的一堆干草顶上。她安慰大家说，镇上会提供帮助，还问他们最迫切需要的是什么。一位农民问，他们该拿逃跑的种马怎么办。西乌塔的脸涨得通红，因为她能够分辨出，这话其实是一种挑衅。可她深吸了一口气，开始了一场完全属于女教师式的演讲，谈到了如何抚养孩子，以及如何应对年轻流氓侵犯农村姑娘的问题。村民们都站在那里听着，有些边听边挠头。当卡米恩斯卡说到要向镇上提出建议，可以组织年轻人上课，以便让他们从事一些具有建设性的事情（毕竟，如今有很多的事情需要去做）时，有人终于善意地打断了她。

“他指的是我们的公牛；公牛全都跑到森林里去了，现在我们谁都不知道，究竟该怎样把它们抓回来。”

这是因为，尽管艾琳娜·卡米恩斯基-西乌塔此时已经当了一年的镇区领导，可她并不是本地人。有人提出让她去管治全镇时，她正在县议会里担任议员。那还是一年之前她辞掉老师的工作，正在求职时的事情。她一向都认为，组织工作和采取行动很有吸引力。问题在于，乡镇就是农村，可她根本不知道农村地区的情况，并且始终如此。当然，她小时候是在父亲的庄园里度过的，可那时大家都叫她“小姐”，所以她在庄园里时，实际上对农村的情况一无所知。接着，她就到了耶莱尼亚古拉，到了华沙上大学。在这里，人们都认为她是城里人；事实也是这样，因为她就是从城市里来的。她的办公室里，有些人很熟悉农村问题。通常情况下，若是有人到镇区来解决问题，他们往往会去找镇区的秘书艾琳娜·斯沃文斯卡，而不会去找这位镇区领导。

人们都对斯沃文斯卡抱怨说，“西乌塔太太不明白我们说的是什么。”

因此，民众与这位新任镇区领导之间的关系，总是在猜疑和忍耐中摇摆不定。可她并不在意。

她的母亲有一次开玩笑地说：“你应当在办公室里挂块牌子，说你只接受杀掉和拔了毛的家禽。”可实话实说，艾琳娜·西乌塔却极少收到这种表示感谢的礼物。

当然，问题的部分原因也在于，西乌塔太太是一位“同志”。这一点加上她的俄罗斯血统，自然会让人们怀疑她的真实动机，怀疑她的背后可能有什么关系在给她撑腰。乡间流言四起，都说是上面的人派她到这里来，专门清除苏联在米兹扬卡开采铀矿的一切痕迹的。这样的谣言自然不会让很多的人同情她。不管是出于恶意还是出于粗心，有一年的“五一”游行期间，她站在台子上面发表演讲时，台子竟然塌掉了。工人们把台子支在圆桶上，因此西乌塔太太站到麦克风前边之后，整个台子就开始慢慢地倾倒下去。人们哄堂大笑，镇上的官员则赶紧跑过去帮助他们的上司。幸好，他们把整个事件当成一场玩笑，并未加以追究。

很有可能，一直要到拉多米尔茨之后，她才明白人们对她的真实看法。在20世纪70年代初，一位牧师来到了镇长办公室里；那位牧师，来自紧挨着新苏尔并在耶莱尼亚古拉以北约80英里的什克拉里。他准备在自己的镇上新建一座教堂，此时正开着车子在整个下西里西亚到处跑，为教堂收集牧师们不再用于各自教区的教堂用品。县文物保护局的官员批准他将拉多米尔茨旧教堂钟楼上那口已经不用了的大钟取走。一切费用都应当由这位牧师所在的教区负责，镇区领导人只需要签发必要的许可证，让他们将古董从这个地区运走就行了。艾琳娜·卡米恩斯卡-西乌塔并未看出此事有什么问题，因为拉多米尔茨的那座尖塔有垮塌的危险，那里没人在使用那口大钟，而且隔壁就有一座较新的教堂可以做弥撒。所以，她认为这位牧师的做法是个不错的办法，可以解决那座残存的尖塔很快就会危及镇上百姓安全的问题。于是，她签署了所需的文件，并且很快忘掉了此事。

几个星期之后，有一天，她正跟艾琳娜·斯沃文斯卡一起，从耶莱尼亚古拉返回亚诺维采。到了拉多米尔茨之后，她们发现一群人正挤在那座旧钟楼的周围。她们停下车，决定去看一看出了什么事。离那里还很远的时候，她们就听见有人在大喊大叫。那位来自什克拉里教区的牧师，惊恐万状地站在人群中央。当时，他没有佩戴牧师专用的白领结，只穿着工作服，眼睛里全是惊恐之色。与此同时，围着他的镇民一个个都挥舞着拳头，说他是个骗子和侵占者。

镇区领导到了之后，便尽力缓和局面，解释说那口大钟是拆下来放到另一座教堂里去，因为大钟在这里会逐渐锈蚀，对本地人也有可能构成危险。她过了一会儿才意识到，钟楼上的那口大钟已经不见了。

“他们把钟藏起来了，不肯交出来。他们也不相信我的身份。”那位牧师忧心忡忡地说。

“我们可不会把天主教教堂的大钟当成废品交出来！”人群中有人大声喊道。

还有人拿着一把干草叉，朝着他们挥舞着。其余村民则组成了一道人墙，拦在那座空空如也的钟楼前面。人们鼓起勇气，用污言秽语大骂艾琳娜·西乌塔。最后，亚诺维采一名身材魁梧的巡警来到了现场，双方又谈判了一刻钟左右。可无论怎么解释都没有用。最后，镇区领导和那位牧师都不再坚持，各自坐上车子走了。几天之后，那口大钟再次挂到了原来的地方。在接下来的许多年里，当时保护过大钟的人还会在镇上到处宣扬，为获得了这场胜利而感到自豪。

* * *

如今，艾琳娜·斯沃文斯卡居住在大亚诺维采一座小山顶上的小房子里。她的丈夫耶日·斯沃文斯基曾在米兹扬卡担任过差不多一年之久的酿酒师，因而时至今日，他仍然习惯性地把那里叫作“我的小酒厂”。斯沃文斯卡几乎一辈子都是在镇区办公室里工作，到 20 世纪 90 年代末才退休。她也清楚地记得拉多米尔茨当年发生的那些事情，并用一种简单的方式进行了概括。

“当时我很害怕，因为有些村民显得咄咄逼人。艾琳娜却镇定自若。”

她清楚地记得这位前上级的情况，只不过如今她们之间几乎很少联系。波兰形势剧变之后，两人就分道扬镳了。

“她的要求很高、很严厉，您必须不断地努力，才能赢得她的尊重。她几乎从不偏袒任何人。可另一方面，要是手下的员工碰到了问题，她也会不遗余力地去帮助他们。”

当我问艾琳娜·斯沃文斯卡说，为什么如今这个地区没人喜欢西乌塔太太，有些人甚至瞧不起她时，房间里顿时静寂了下来。

“她可不是一个招人喜欢的人。她跟这里的人完全不同：她接受的教育比我们当中的任何人都好，她既有抱负又有城里人的举止；她长得很漂亮，穿着时髦，还总是画着眼影。她开着自家的汽车，丈夫是位医生，她还收集古董。丈夫赚了很多的钱，所以她是出于热情才去工作，而不是为了赚钱养家。哦，或许还有点儿是为了荣誉才工作，因为她很喜欢人们说她的好话。可谁又不是这样呢？再说，在镇里或者县里工作，又有什么荣誉可言呢？”

* * *

20 世纪 60 年代初，米兹扬卡的人首次开始向镇上提出投诉。1966 年，雅妮娜·卡尔瓦卡还在负责领导着当地政府，她神奇地为 33 户人家找到了临时安置房，这些家庭在米兹扬卡的住房最近都开始坍塌了。他们最终都被安置到了亚诺维采和耶莱尼亚古拉。可房屋坍塌的问题却变得越来越严重。艾琳娜·卡米恩斯卡–西乌塔于 1968 年担任镇区领导之后，办公桌上堆起了厚厚一摞关于镇里地面塌陷情况的文件。从理论上来说，矿损赔偿金应当要交给镇区财政部门，专门用于房屋翻修。在这位新领导的头一年任期里，赔偿金总计达到了20多万兹罗提；尽管不是一笔小数目，可在整座镇子都深陷困境之时，这笔钱只能说是杯水车薪。镇上没有把这笔赔偿金直接花在翻修废墟上，而是决定延请卡托维兹的专家来现场查看一番，评估在米兹扬卡建造或者翻修房屋是否还有意义。然而这样做之前，镇上必须获得县里的批准才行。县里有点儿不愿接手这样一个复杂的问题。他们发现，说这个问题会自行解决更加容易；或者，准确地说，他们更愿意让这座小镇消失在地上的一个大坑之中。双方之间的游说和谈判，持续进行了好几个星期。

最终，卡托维兹的专家们到达了现场。他们把汽车停在广场中央，这位镇区领导人跟他们一起（过后人们却会说，她是提前一天坐一辆黑色的伏尔加牌汽车，跟着一帮人一起来的；她把整个镇子都卖给了那些人）。几个小时的勘查与分析之后，工程师们的心中便不再存有丝毫疑虑了：这个镇子迟早会塌陷，只有西边一小块地方没有受到威胁。可即便是在那里，最好也不要进行任何大规模的施工。不管怎么说，住在广场上以及附近街道的人家必须马上搬迁，必须停止所有的翻修工作，因为那样做是不会成功的。

对于如何解决这个问题，人们想出了一些主意。他们可以利用矿损赔偿金，到安全的地方去修建新的房子；这笔赔偿金也可以直接支付给个人，由他们自行处理。不过，第一种办法很可能超出了镇区的组织和财政职权，第二种办法则有很大的风险，因为并非每个人都会负责任地去使用这笔发放到他们手中的资金。无疑，在过去的数年里，米兹扬卡已经变成了一座滋生社会弊病的温床；由于醉酒斗殴或者人们在洗劫废弃房屋时发生事故，亚诺维采的警局也须日益频繁地前往那里出警了。当然，那里也生活着一些遵纪守法的公民；他们只是出于各种各样的原因而被困在镇上，或者是出于感情，不愿弃这座镇子而去。他们甚至很有可能占到了镇上居民中的绝大多数，只是这座镇子近来实际上是恶名多、美名少罢了。不过，还有第三个解决办法：耶莱尼亚古拉正在兴建一个新的住宅项目，矿损赔偿金刚好足够买下几十套公寓，将米兹扬卡的居民安置下来。对艾琳娜·卡米恩斯卡-西乌塔来说，这个解决办法似乎最为合理。不久之后，镇上的居民便开始接收在卡沃维奇大街的公寓楼分配给他们的公寓了。

* * *

1972 年，镇区开始收到耶莱尼亚古拉租户协会的来信，投诉从米兹扬卡搬过去的居民。邻居们都指控说，那些居民竟然在阳台上养鸡、养小宠物；而且，有人指出这里不该饲养动物时，他们的回应还显得盛气凌人。与此同时，《耶莱尼亚古拉新闻报》上也刊登了一些气愤的读者所写的来信；写信者都不想看到这个新的住宅区里出现兔舍和在草坪上晾晒衣物的行为。于是，卡米恩斯卡便动身前往扎布布日兹小区，要亲自看一看镇上的人在新环境下的生活状况。她希望确定租户协会的投诉是否具有正当的理由。有时，艾琳娜·斯沃文斯卡会陪着她一起去。可两人到那里去了十多次，却从未见到有什么小鸡。她们跟一些人谈话、做工作，因为后者抱怨说公寓楼里的空间没有以前德国人的公寓式住宅那么大，说窗外的景色与米兹扬卡不一样。可那里紧挨着学校，能够轻而易举地找到工作，还不用再走很远的路去买东西。就连米洛斯一家，在找到了米兹扬卡人如今所住的地方之后，也开始把他们家的面包送往扎布布日兹小区了。

“在那些谈话中，我从未得出过人们对我们有任何不满的印象，或者这次搬迁之后他们的生活更加困苦了的印象，”艾琳娜·斯沃文斯卡回忆道，“当然，他们都很想念米兹扬卡；毕竟，那是一个美丽的地方，人们很难做到不想念。可他们在扎布布日兹小区的生活却更加舒适。每个人在对待我们时，态度要么是亲切友好，要么是保持着最起码的礼貌性冷淡。但是，并非人人都必须爱我们，对不对？”

* * *

1981 年，耶莱尼亚古拉的一份报纸上，刊登了一篇关于艾琳娜·卡米恩斯卡-西乌塔的文章，称她是“巨人山脉中的吸血鬼”。当时，“团结工会”的狂欢进行得如火如荼，经历了一年多的限量自由之后，最终将以宣布戒严令而告结束。在耶莱尼亚古拉杰西亚那公司的厂部展厅里，工会积极分子与当地政府的代表举行了会谈。他们的目标是让该省的掌权者对自己的行为负责。这些会谈在 1981 年 1 月底至 2 月初杰西亚那公司所进行的罢工运动中达到了高潮；最终，双方签署了一份协议，条款总计 11 条。协议的第十条规定，三个人应当辞去他们此前一直担任的职位，其中就包括任耶莱尼亚古拉省副省长一职的艾琳娜·卡米恩斯卡-西乌塔。

到了 1972 年，卡米恩斯卡已经告别了亚诺维采的镇区办公室，升迁为卡帕兹市市长。之所以能够做到这一点，多亏了她的果断和自信。当时省里正需要精力充沛的官员；尤其是在一些具有挑战性的领域，比如这里就是整个地区最重要的旅游目的地之一。在一次党代会上，邻镇的一位官员曾经开玩笑说，要是她在亚诺维采沿着“波兰武装部队大街”成功地建成了她一心要建的那个教师住宅区，他就能空手长出仙人掌来。一年之后，卡米恩斯卡便对此人说了这样的话：

“同志，给我看看您的仙人掌吧。我们的住宅区已经建成，教师们也住进去了。”

几十年后，艾琳娜·卡米恩斯卡–西乌塔还微笑着补充说，那个住宅区是她最自豪的成就，所以她很不理解，亚诺维采的那条街道为何没有以她的名字命名。

在亚诺维采任职期间，卡米恩斯卡还让自己主政的镇子两次赢得了“下西里西亚模范旅游小镇”的称号。如今，她将在卡帕兹这座更大的城市里再次获得同样的成就。

她在卡帕兹干得非常顺利，在4年的时间里，她一路擢升，从市长升到了副省长一职。当时，该省还是由史坦尼斯瓦夫·齐奥塞克领导；此人后来担任过工业关系、就业、薪资与社会事务部部长，而1989年之后，他又担任了波兰共和国驻苏联和俄罗斯大使一职。可惜的是，在艾琳娜·卡米恩斯卡–西乌塔分管的职责中，还包括贸易，甚至是农业。她对上述两个领域都不是特别熟悉。

团结工会在1980年取得合法地位之后，耶莱尼亚古拉就到了清算旧账的时候。有人还记着，卡米恩斯卡在卡帕兹任职期间，曾经允许某人在未履行必要手续的情况下，将一条缆车线路下面五分之一英亩的树林砍伐掉。由于地处一座国家公园的土地上，因此其实应当已经得到林业部的批准，那片树林才被砍伐掉。公诉人办公室已经对这一案件进行过调查，并且因为“该行为造成的社会危害有限”而撤销了案件。然而，在这次清算大潮当中，有人又旧事重提，所以该省当局明知这种罪行根本无须惩处，却还是决定杀鸡儆猴，把这位前女市长当成反面典型。不过，法庭并没有就她受到的指控做出任何判决，而是利用了刚刚宣布的大赦，草草收场。

“我被免除了一项从未宣布的判决。”最后一场聆讯之后，她告诉丈夫说。只不过，此事并没有完，如今各大报纸上，连那些忠于当局的人都在不遗余力地撰文攻击卡米恩斯卡。也正是在这个时候，她被人们称为“吸血鬼”，所以将她解职就成了杰西亚那公司罢工者的一项要求。

* * *

“我可以站在镜子前面，毫无愧疚地直视自己的双眼，”“那个邪恶的女人”说，“我都 80 岁了，我知道自己姓甚名谁，我不为任何事情感到羞愧。我没法控制他们怎么说我。实话说，我根本不会为此感到不安。”她自信地说。不过，此事其实显然让她感到不安。

时至今日，扎布布日兹小区仍有人在说，她几乎是强迫镇上的居民离开了他们的家园（“并不是我们，但我们的邻居是这样说的”），说没人愿意搬离那里，说他们的房子根本就没有塌陷。他们说，她一定是从中捞到了什么好处。显然，她是接到了从莫斯科下达的命令。据说她是深谙内幕的苏联女人，到这里来是为了清除那座秘密铀矿的所有痕迹。只不过，到了 20 世纪 70 年代，这座小镇的历史便不再是秘密了。事实上，早在 20 年之前布罗尼斯瓦夫·哈克与其他的地质系学生在那座矿山的巷道里到处跑动的时候，开采铀矿一事就不是什么秘密了。

“我们都知道那里是一座什么矿山，知道他们开采了多少铀矿，并且知道后来的情况，”接替卡米恩斯卡担任镇区领导一职的兹比格涅夫·帕韦斯卡说，“当然，官方什么都没有说过，因为那样的话，我们就不得不说，是苏联朋友的过度开采导致整座镇子出现了塌陷。可这根本就不是什么秘密；如今人们都是无中生有，只想找出点儿具有轰动效应的东西。”

不过，人们仍然搞不清，卡米恩斯卡-西乌塔究竟是凭借什么样的奇迹，才爬到了如此高位。而且，为什么她在团结工会采取行动之前，没被赶下台去呢？20世纪80年代初，安德烈·皮西亚克就在耶莱尼亚古拉成立了一些自由工会。此人是团结工会中的一员，在签署《格但斯克协议》[①]之后也参加了清算运动，接下来又参与了杰西亚那公司的罢工谈判。当局执行戒严令后，他还在卡缅纳古拉蹲了一阵子监狱。波兰自由之后，他曾担任过三届参议院议员。他清楚地记得卡米恩斯卡-西乌塔这个人。

“那个时代并不复杂；要是有人在政府中任职，那么他们就是邪恶之徒。原因很简单：您在那里任职，您是红色分子，您就是敌人。我是直到现在才开始思索和看出，当时并没有什么灰色地带。那时我们无法想象，他们当中会有什么正派之士。多年以后我才意识到，其中有些人是与众不同的，他们并不像其他人那样罪孽深重；可您知道，这种情况在当时的我们看来，并没有什么差别。那样去想，只会带来伤害。”

---

① 《格但斯克协议》，波兰政府与“格但斯克厂际罢工委员会”为解决1980年夏季工潮而达成的复工协议。1980年7月波兰出现工潮，随后规模迅速扩大。到了8月下旬，波兰政府被迫与厂际罢工委员会进行谈判。经过紧张激烈的谈判，8月31日双方在格但斯克的“列宁造船厂”里签署了一份协议，也就是著名的《格但斯克协议》。

教堂

教堂的消失历时最久。在唯一幸存下来的那幅彩色照片当中，您可以看到，教堂高高耸立于该地区，它正面的外墙呈黄色，高大的窗户上镶嵌着彩色玻璃。入口是两扇巨大的木门，教堂门前面还种有两排整齐的野果花楸树。这两排树如今依然长在那里，只是不再通往什么地方了。

自战争结束以来，米兹扬卡的信徒以及负责亚诺维采堂区的司铎马特维茨克神父使用的，一直都是位于广场上较低一侧的那座天主教教堂。他们会在那里做弥撒，还会根据悠久的传统，在每年复活节后的第三个星期六举行教堂义卖活动。战争结束之后，镇上的路德教堂就没人使用了。这座教堂的最后一任看管者约翰尼斯·菲德勒牧师走的时候，用一把挂锁和一根巨大的门闩将教堂锁上了；或许，他是希望有朝一日这座教堂仍然可以为某人所用吧。他的希望最终成了泡影，而事实证明，他的安全保护措施对那些想要进去的人也没有构成障碍；想到这座教堂里去的人，还真不少。

首先，教堂里面最贵重的东西都不见了。其中，凡是值点儿钱的东西，最终都到了耶莱尼亚古拉的“赃物广场”上，或者径直被扔进了垃圾堆里。教堂里那架古香古色的管风琴，结局也是如此，被人大卸八块了；当地的人会一直讲述那时镇上举办过的一场场特别的音乐会的故事。每场音乐会上都有两位乐师；第一位乐师肩上扛着一根从风琴里伸出来的管子，第二位乐师则跟在后面，竭尽全力地吹着管子的一端，发出各种嘎吱嘎吱的声音。他们会信步穿过镇上，可用不了多久，教堂里连最后一根琴管也不见了。只过了短短几个月的时间，教堂里面差不多就被洗劫一空了。如今剩下的就只有教徒们曾经坐过的大长凳，以及挂在天花板上的一盏令人印象深刻的水晶吊灯了。长凳又笨又重，谁拿走都没有用处；至于吊灯，其实是因为没人知道如何在不意外折断自己脖子的情况下将它取下来。吊灯挂在圣殿的正中央，离四面墙壁都很远，并且挂得相当高。在接下来的数年里，任何一个想要进去瞅一瞅的人看到的，就是这些空无一物的墙壁、空空如也的长凳，以及完好无损的吊灯。与此同时，光线从镶有彩色玻璃的窗户透进来，变得五彩斑斓，与四周弥漫着的寂静结合起来，既显得有点儿不真实，又令人感到沮丧。

但是，这种状况不会永远保持下去。孩子们想出了一个摘下水晶吊灯的办法。那时很可能是在20世纪50年代中期，他们在教堂里面搭起了一座古怪的架子。教堂里的所有长凳和那一片掉落的所有木料，都被他们用去搭建那个架子了。架子摇摇晃晃，看上去很危险，可孩子们还是爬到了顶上。等着他们的战利品就是水晶珠子；男孩子们会从吊灯上一串一串地把珠子扯下来。而在架子下面，小姑娘们已在等着，要用珠子给自己制成项链，然后打扮一番，到镇上四处炫耀。其中一位小姑娘就是玛丽西娅·卡兹马尔斯卡，即被秘密警察杀害的那位矿工的女儿，也是不久之前看到了乌伯舍尔墓穴之后吓得尖叫着跑了的那个小姑娘。她看不出他们在教堂里的所作所为有什么不对，因为母亲唯一严格禁止她去做的事情，就是爬到钟楼上去。家里没人知道她要上去干什么。

不过，那座钟楼相当坚固，是年纪稍大的孩子进行幽会的最佳地点。芭丝雅·斯皮兹曾在1972年上去过一次。此时她小学刚毕业，差不多已经成年。爬到钟楼上去并不难，因为有架螺旋形的楼梯一路往上，只是底部稍有破损。过了破损的地方之后，爬上去就是一件简单容易的事情了。就是在钟楼顶上，芭丝雅·斯皮兹吸了平生中的第一支香烟。那里也是她在学校里的许多朋友和关系好的女孩子首次开始吸烟的地方。

在此期间，镇上已经开始出现第一批严重的矿损现象。教堂里的墙壁也开裂了，但这一点并未让人望而却步，并未阻止他们进去寻找免费的柴火。有人还散布谣言，说德国人在教堂的实木地板下埋藏了贵重物品。于是，人们马上将地板拆掉了；可所有的调查者都失望地发现，地板下只藏有寥寥几枚德国硬币，很有可能是多年之前从地板的缝隙里掉进去，拿不出来的。地板拆完之后，接着就轮到了大门口通往上方阳台的那段楼梯。20世纪60年代中期过后，人们就只有站到支撑阳台的雕花扶壁上才能上楼了。爬到钟楼上去，也变得更难了，因为随着多年过去，那段螺旋形楼梯的台阶在不断地消失，所以不久之后，一个人就须有猴子那样敏捷，才能爬到钟楼顶上。有些人还试图将这座破败的教堂里的木料卖掉。警方尽了最大的努力来打击这种行径，一些镇民还不得不仔仔细细地说明自家屋后那些木头的来源。只不过，这种措施无法阻止任何人；此外，人们对待镇里的废弃房屋时也是这样。

教堂里唯一剩下来的似乎还稍有价值的东西，就是那些四下散落的成了整座教堂遗迹一部分的雕像。它们装点在楼梯扶手上、祭坛周围，一度还立在路边，迎接过走进来的教徒。在教堂年复一年损毁的过程中，它们却奇迹般地幸存了下来，如今散落在破败不堪的教堂里面。洗劫者很可能是不敢把它们拿走，或者是不知道拿这些雕像去干什么。毕竟，按照官方的说法，波兰人民共和国没人会去装修新的教堂。至少表面上如此，只不过事实终将表明，情况并非如此。

时值20世纪70年代初的一年冬天，圣诞节和喧闹的新年刚刚过去。亚诺维采的堂区司铎像往年一样，正在对教徒进行家访。他来到了艾琳娜·温泽尔家里。艾琳娜和她的丈夫，还有她的弟弟瓦迪克就住在广场附近，从窗户里就看得见那座破败的教堂；有的时候，他们甚至担心，教堂摇摇欲坠的墙壁有朝一日会带来一场悲剧。他们所住的房子在发出异响，这说明教堂下方的地面很可能也不安全。一来二去，这位堂区司铎便想请温泽尔帮个忙，说教堂里还有一些漂亮的木制雕像，完全可以放到亚诺维采的教堂里去做装饰。只不过，一位天主教神职人员拿走一座路德教堂里的东西并不合适，因此，不知道他们可不可以……出现了一阵令人尴尬的沉默。温泽尔夫妇不知说什么为好，不久前，他们刚把一群朝着教堂镶有彩色玻璃的窗户扔石头的孩子赶走。最后，艾琳娜·温泽尔怯怯地说道：

“神父，我觉得您只能叫别人来帮忙。”

家访就此结束，堂区司铎走了。很快，教堂里的那些木制雕像也不见了，只是它们始终都没有出现在亚诺维采的教堂里。

早在镇上的最后一批居民搬走之前，住在米兹扬卡，但在亚诺维采一家采石场上班的约瑟夫·克鲁巴曾在喝醉酒之后打赢了一场赌，他爬到了教堂钟楼顶上的十字架上。芭丝卡·克鲁巴一见父亲爬到了那么高的地方，就赶紧跑去找母亲，大声喊道：

“妈妈，妈妈，爸爸在十字架上！”可等到人们开始讲述此事的时候，他们一家子已经搬到扎布布日兹小区去了。

不久过后，教堂里的一面墙壁倒塌了。有天晚上，地面开裂，教堂的一部分沉入了地下。到了早上，剩下的几位镇民都惊讶地发现，如今他们不用再透过那些破损的、镶有彩色玻璃的窗户，就能看到教堂里面破败不堪的情形。没人敢再到里面去了。1974 年，几十名士兵来到了米兹扬卡。他们在教堂周围设立了一道牢固的警戒线，然后在教堂底下埋好了炸药。不久之后，就传来了一声震耳欲聋的爆炸声。站在安全距离之外围观这次爆破作业的人后来都说，整座教堂在空中悬停了片刻，然后迅速变成了一堆瓦砾。史坦尼斯瓦夫·伊兹比基就是旁观者中的一员。米兹扬卡的矿山还在开采时，他曾担任矿上党委第一书记一职，如今则住在亚诺维采。伊兹比基带着肃穆之情，沉默不语地看着教堂的拆毁过程。20 世纪 90 年代，他向当地一家报纸的记者讲述整件事情的经过时，一度热泪盈眶。

还有一位旁观者，就是当时才十几岁的德兹西耶克·扬可夫斯基，也就是几年之前闯入乌伯舍尔墓、拔出一把军刀并带着军刀在镇上炫耀的那个孩子。他不久前还曾独自走进教堂，将最后几块木地板拆了下来，然后带给了他的历史老师，因为后者答应作为回报会让他升一个年级。此时，德兹西耶克跟父母一起住在亚诺维采；他的父亲失去了双腿，可他家在扎布布日兹小区却分到了一套既位于顶层，又没有电梯的公寓。于是，他们与亚诺维采的一户人家交换了公寓，所以如今所住的地方离米兹扬卡只有 1 英里多一点儿。消息传得很快，当德兹西耶克听说一个陆军连正在往米兹扬卡而去之后，他便放下手头的一切事情，跑过去看。

爆炸扬起的尘埃刚刚落定，德兹西耶克便走到教堂的废墟上，第一个将钟楼顶上的那个金属球扒了出来。他很清楚，在金属球里可以找到当初建造教堂的人放置的纪念物。他和朋友们带着找到的这件宝贝，跑进了树林里。打开金属球后，他们发现其中有数枚硬币，还有一些用哥特体[①]德文所写的文件。他们甚至还没来得及细看所有的东西，两名警察就不知从什么地方冒了出来。非但他们的宝贝被没收了，这些男孩子最终还被带到了亚诺维采的警察局，不得不使劲为自己的行为进行辩解。几天之后，最新一期的报纸上，就刊登出了描述米兹扬卡的小流氓德兹西耶克·扬可夫斯基的文章。

拆除教堂的那一天，克里斯蒂娜·杜德克跟每天一样，筋疲力尽地下班回家。她住在米兹扬卡镇的边缘，那里从来没有受到过矿损。尽管邻居们都搬走了，她的父亲却毫不费力地说服了当局，说他无须搬走。此时，他们一家子都住在这里；只不过仅仅几个月之后，这一片就会变得空无一人，只剩下阴郁荒凉了。克里斯蒂娜又一次没赶上公交车，她只好坐火车，然后从亚诺维采火车站一路走着回家。在路上，她碰到了一群正在闲逛的士兵；那些士兵都很年轻，身上穿着脏兮兮的工作服，抽着香烟，在空空荡荡的马路上嬉戏打闹，就像小男孩一样。看到克里斯蒂娜正在往山上的镇子走，一位士兵朝着她大喊了一声：

“今天您可错过了米兹扬卡的一件大事！”

然后，士兵们便继续赶路去了。

---

① 哥特体，一种印刷或者手写的花体字形，德文书籍中使用得尤多。

庄园宅邸

接下来出现了塌陷的是那座庄园宅邸。庄园宅邸里的墙壁首次出现裂缝、窗户首次出现变形，还是在1953年。矿井关闭之后，驻军也离开了领主庄园。这幢房子空置了一段时间，接着由国家消防局接管，在那里为该局员工的子女举办夏令营。一放暑假，庄园和周围的公园里就会再一次充满勃勃的生机。在好几年里，情况都是如此。

到了20世纪50年代末，有一年，庄园右侧的一间食品储藏室突然塌陷，沉入了地下。当天晚上谁也没有察觉，到第二天早上厨师们来取食材时，他们站在地上的一个巨坑边，全都惊得目瞪口呆。那天，他们肯定是没有早餐可吃了。

在此种情况下，当局就不可能再用这里来举办夏令营了。于是，人们封锁了庄园里塌陷的那一侧，关闭了夏令营，只是没人想过要把这幢房子拆除。庄园的开放区里还住着几户人家，他们在这儿住了好几年，然后就搬到耶莱尼亚古拉去了。这幢房子再次空置下来，只有镇上和附近地区的孩子会时不时地到里面去玩耍。跟这儿的所有人一样，孩子们也在想方设法地到处寻宝。尽管没人找到什么宝贝，可他们还是要把一个地方搞得混乱不堪、破坏殆尽才会离去。他们并不知道，数年之后，还会有新来的人住进这座庄园宅邸。

这个新来者，就是本姓格日兹布的伊丽莎白·雅奇莫夫斯卡和她的几个孩子。尽管我们还会忍不住要加上“及其丈夫”几个字，可亨里克却再一次开始酗酒，伊丽莎白甚至不想知道他到底去了哪里。当时已经到了1974年或者1975年，米兹扬卡几乎无人留下了；广场上到处都是已成废墟的房屋，附近村庄的人都在大肆取走其中的砖石，去给自己盖房子。因此，这幢庄园宅邸的状况似乎保持得相当不错；而若是与镇上的其他房屋比起来，还尤其如此。伊丽莎白决定带着孩子们搬进去；或许，亨里克就找不到他们了。另外，此前她一直都是带着孩子们挤在父母家里生活。要不是父亲经常骚扰她的话，那样其实也还不算太糟。她想方设法地应付过来了，从小时候起，她就一直跟父亲对着干。可到了如今，她必须替自己的孩子担心了，因为她不想孩子们遭遇她那样的命运。于是，米兹扬卡的这幢庄园宅邸，就成了她跟孩子们的一处安全港湾。

可结果表明，这座港湾里又冷又不舒服。穿堂风从空空荡荡的房间里掠过，其中的窗户全都破了，因此全家人只好用他们能够找到的任何东西盖在身上：毯子、旧棉被，还有报纸。除了伊丽莎白跟孩子们，哈丽娜·扎格罗德纳和一家吉卜赛人也住在这幢宅子里。吉卜赛人住在庄园宅邸的一楼，他们在这里进行一项古怪的活动，竟然建起了一个马匹屠宰场。他们会把农民们从亚诺维采、切哈诺维采和姆尼斯科夫牵来的马匹宰杀掉。时不时地，被宰马儿的嘶鸣声会把伊丽莎白·雅奇莫夫斯卡和孩子们惊醒过来，吓得他们毛骨悚然。尽管如此，他们还是设法熬过了那一年的夏天。可如今一入秋，庄园宅邸里就变得越发寒冷起来。伊丽莎白去找哈丽娜·扎格罗德纳，劝说后者跟她一起去镇上，要求镇区给她们分配一个新的住处。

当时的镇区领导是兹比格涅夫·帕韦斯卡，而镇区的党委书记则是西蒙·莫德钦斯基。他们虽然认真听取了那两个女人提出的要求，却爱莫能助，因为镇区已经没有公寓可供分配了。

“米兹扬卡有一半的房子都空置在那里，你们怎么能说无房可分呢?”雅奇莫夫斯卡大声说道。

“我们不能让任何人住在米兹扬卡，您一直住在那座庄园宅邸里的做法，其实也是不合法的。”帕韦斯卡回答道。

她们没有就此放弃，而是决定前往耶莱尼亚古拉，向那里的党委反映情况。到了那里之后，由于没有预约，所以没人愿意让她们进去。她们坐在大厅里垫得又软又厚的沙发上，称除非有人来接待，否则她们就不走了。她们的不屈不挠最终获得了胜利。终于有人接待了她们，听取了那幢刮着穿堂风和没有窗户的房子的情况，然后拿起电话，打给了镇上。她们带着胜利的喜悦之情回去了。几天之后，一辆拖拉机停到了米兹扬卡的庄园宅邸前，后面还挂着一节拖斗。他们先是安置了扎格罗德纳，让她搬进了亚诺维采“海滨街”上一幢漂亮的小屋里。然后，拖拉机又返回来，帮雅奇莫夫斯卡一家子搬家。他们坐车来到了 5 英里之外的拉多米尔茨，在那里开始了全新的生活。

不久之后，米尔加一家子也搬出了庄园宅邸，而那幢房子最终也完全倒塌了。在 20 世纪 70 年代中期镇上进行的最后一次拆除中，庄园残留下来的部分被彻底夷为了平地。2009 年一些考古学家来到这里时，他们看到的只有灌木丛、树林，以及到处杂乱地散落着的一些石头了。从中，他们还成功地在迪珀德·冯·伯格豪斯于 16 世纪亲自修建的这座庄园宅邸的一个地方，找到了文艺复兴时期一扇大门的残片。他们将残片运到了附近的谢德伦琴，以免引起业余寻宝者的注意。在他们的现场报告中，考古学家们如此写道：

“路线：从大亚诺维采到切哈诺维采和马尔齐斯佐夫的公路，穿过以前这个居民点的中央。方位点是以前的堂区教堂（那里可以停车）。在教堂往东50米处，可以看到庄园大门的遗迹、凌乱不堪地生长着的树木，以及庄园宅邸的废墟，上面长满了灌木，形成了一个高于地面约0.5米至1.0米的土丘。通往地下室的台阶位于碎石堆的北侧，部分为瓦砾所覆盖，难以通行，但进入时必须特别小心（泥土和瓦砾都会掉下来！）。”

啤酒厂

这一切很快就发生在了啤酒厂的身上。1973 年，斯特凡 · 斯皮兹来到了镇区领导兹比格涅夫 · 帕韦斯卡的办公室里。他事先没有打电话，几乎就像是偶然路过，临时决定进去坐一坐似的。但这是一件奇怪的事情，因为尽管这两位绅士自然是相识的，但他们之间的关系却从来都不是特别亲近。进去之后，斯皮兹甚至没有脱下外套，他在椅子上坐下来，沉默了片刻。最后，他说：

“请您帮我个忙，把啤酒厂变成一家私营企业吧。”

兹比格涅夫 · 帕韦斯卡惊讶得瞪大了眼睛。斯特凡 · 斯皮兹的要求非但超出了一座小镇的镇长手中最卑微的权力范围，也超出了社会主义常识的一切范畴。由私人来生产啤酒！哪怕只是说一说，这种话本身听上去也是不切实际的。帕韦斯卡试图向斯皮兹解释这一点，可他给出的什么理由，这位年迈的酿酒师都听不进去。

“不试一试的话，我们永远都不知道能不能做到。我的一辈子都是这样。”

帕韦斯卡心软了。明天他本来就要去县政府，因此他答应问一问，看有没有可能这样做。在前往县里的一路上，他还把自己要提出的那些问题大声练习了几遍。

县里的人给了他一个简短却又全面的回答：“听着，不要再到其他部门去提出这个问题，因为他们会觉得您疯了，而您也会因此而丢掉工作。”回来的路上，他在米兹扬卡停了一下。斯特凡 · 斯皮兹出来见他。

“他们嘲笑了我，斯皮兹。那是不可能的。”

斯皮兹摇了摇头。

“这不是您的错，帕韦斯卡先生。”

几个月之后，他们就开始关闭啤酒厂了。据官方的说法，啤酒厂是由于受到了矿损才关闭的；可就当时的情况来看，这种说法只是一个借口。啤酒厂的地基，甚至是啤酒厂四周的地面，始终都没有塌陷，而厂里的砖墙也已牢固地屹立了100多年，很可能还能持续屹立200年之久。尽管如此，啤酒厂还是停产了；厂里余下的啤酒，则送到了这一地区的各个酒吧、餐馆和商店里。当局把厂里的员工都安排到了别的啤酒厂去上班，可斯特凡手下的大多数工人都不想长距离通勤上下班，所以他们都转了行，在亚诺维采的造纸厂或者马尔齐斯佐夫的纺织厂里找到了工作。沃尔卡·布提恩斯卡则到亚诺维采的学校里教书去了。

“沃尔卡，留下来吧，他们或许不会关闭厂子的。”有一天，斯皮兹对她说，仿佛全然没有察觉到身边发生的事情似的。

博格丹·斯皮兹成了切哈诺维采附近一家麦芽酒厂的酿酒师，然后找机会把父亲请过去，做了厂里的总工长。这种安排非常理想，因为博格丹可以负责经营工厂，而他的父亲则会确保厂里所有的技术工艺顺利实施。毫无疑问，整个地区没有哪位专业人士会比斯特凡·斯皮兹更加优秀。

1974年，一群工人来到了米兹扬卡啤酒厂。他们拆除了厂里的20个铜制酒桶，将它们一路往下滚动，送到了亚诺维采。那是一个值得铭记的时刻：在这里，经历了126年之后，米兹扬卡的啤酒酿制历史即将终结。金属酒桶在湿润的沥青路面上滚动时，发出隆隆的声音，宣告一切都结束了。那些酒桶滚动起来并不容易，因为下坡非常陡峭，每一个酒桶都重达500多磅，工人们很容易控制不住。在山顶上时，工人们都信心满满，誓将酒桶完好无损地送到勒武韦克希隆斯克的啤酒厂；可到达山脚之后，酒桶却全都变得伤痕累累，只能当废品了。斯特凡·斯皮兹默默地看着这一切，一言不发。他尽量显得乐呵呵的。或者，至少是尽可能地保持着乐观。人们看得出他有些闷闷不乐，可他一直都不是一个会勃然大怒的人。那些不太熟悉他的人甚至有可能以为，看着酒桶一路朝亚诺维采滚去，对这位老酿酒师根本就没有造成影响。可一回到家里，斯特凡便彻底崩溃了。多年之后芭丝雅还会回忆说，她从未见过父亲有哪一次那样震惊不安，那样泪如雨下。

啤酒厂里，人去楼空了。有好几年，镇上都是用这里来存放蔬菜和干草的。接着，啤酒厂的大部分地方都被拆掉，留下来的房屋则被牢牢地锁上了。一度有冰可采、用于冰镇啤酒的那口池塘干涸了，其中长满了杂草。很快，当地人开始往池塘里倾倒垃圾。

20世纪80年代中期，沃尔卡·布提恩斯卡曾在亚诺维采碰到过斯特凡·斯皮兹。两人热情地相互打招呼，可交谈起来却很尴尬。临走的时候，斯特凡脸上显过一丝具有魅力，尽管岁月流逝却并未失去的微笑，开玩笑地说：

“好吧，沃尔卡，明天下午轮到您去麦芽酒厂值班了。”

“遵命，斯皮兹先生！”沃尔卡笑着回答道。对于酿酒师斯皮兹，她可永远都说不出个“不”字。

一封来信

“1986—1993 年间，我曾在卢班（我住在那里）郊区的申基那奇玄武岩采石场里担任开采作业主管一职。

“碰巧的是，那时我与大亚诺维采的 J 神父十分相熟，此人是申基那奇堂区的时任堂区司铎。J 神父正在修建一幢神父宅邸。您很可能还记得，由于那个时期建筑材料是出了名地稀缺（其他东西也奇缺！），因此建房子的时候，人们会从业已拆除的场地拿走建筑材料，以作补充。

“1987 年或者 1988 年，J 神父通过自己的一些人际关系，得知了米兹扬卡有很多废弃房屋的消息。他甚至还获得了正式的批复，可以拆除一幢废弃的建筑物。他告诉我说，那幢建筑就是以前德国人在当地开办的啤酒厂遗留下来的。由于使用传统方法拆除时没有收到预期的效果（一辆推土机试图拉倒一面墙壁，最终推土机却被拉散了架），因此神父想出了用炸药炸掉那幢建筑的主意。他跟我来商量这个问题，因为我在采石场的职责中包括了监管爆炸作业。我毫不费力地获得了主管的批准，去执行这一任务（因为在某种程度上来说，这个问题的一部分涉及要使用我们采石场里储存的炸药）。

“神父和我一起前去查看了一番。那幢建筑，位于一个巨大的广场中央。整栋楼呈 U 形分布，大门在较窄的一侧。墙壁是用坚固的面砖加上坚固的水泥砂浆砌成的。每堵墙壁宽约 20 英寸（或者按照通常的说法，是‘两个砖宽’）。楼顶由一块巨大的强化混凝土屋顶连接在一起（这幢建筑之所以异常坚固，原因就在于此）。这幢建筑，似乎就是啤酒厂留下的最后残迹了。

“我对那幢建筑进行了精准的勘察。根据专为这类任务设计出来的公式，我计算出了所需的钻孔数量、分布情况和深度。我把数据交给了神父的弟弟，他住在亚诺维采。此人将负责钻孔。

“回到卢班后，我便着手编制所谓的爆破规程；必须有这种规程，我们才能从瓦乌布日赫的地区矿业办公室以及耶莱尼亚古拉的省级警察厅获得所需的许可证。这件事情进展得非常顺利。

“接到亚诺维采传来说爆破孔钻好了的消息之后，我便签了字，从仓库里领出了适量的炸药和电雷管。我们把东西装到了神父的汽车上（当然是分开装的，炸药放在尾厢，雷管则放在前面的乘坐厢里），然后带着两个爆破工，前往米兹扬卡。在耶莱尼亚古拉的绕城公路上，一位警察曾把我们拦下（自然是因为超速，当时是神父在开车）。我们告诉他说车上带的是什么东西之后，那位警察脸上的表情非常有趣。他很难相信省厅颁发给我们的书面文件。可他无疑并不想去查看汽车的尾厢。他把罚单撕了。途中，我们还在亚诺维采警察局停下来，安排两名警官前往米兹扬卡，以确保爆破之前那一片的安全。

“到了现场之后我们才得知，由于墙壁太过结实，神父的弟弟按照我的规程去打爆破孔时，费了很大的劲儿。他之前并没有告诉我们，爆破孔的间隔太远，而且钻得太浅。看到他的杰作之后我就知道，这样来进行爆破，是绝对没有任何意义的。

“然而，神父坚持要我们试一试，我只好勉强同意了。

“我们放好了炸药，装好了雷管，然后将它们连接起来。爆破孔钻在那幢建筑物的内墙上，目的是将碎砖头乱飞的危险降至最低程度。尽管如此，我们还是（按照常规的爆破方法）用在附近找到的树枝以及一段段金属网，把爆破孔盖上了。最近的几幢房屋距爆破中心约有200英尺至250英尺远。我们告诉那几户居民，要他们在接下来的一个小时里把窗户打开（这样做会降低爆炸冲击波的影响）。我们还要求他们把汽车挪走，而他们自己则应在听到警报之后，躲到地下室里去。我们将刚刚抵达的警察、村长和几个当地人部署在四周，守住了爆破区域。

“确保这一片安全之后，我们便把引信连接到了爆破机上。手摇警报器发出了第一次警报。发出第二次警报之后，我便转动爆破机上的曲柄，按下了按钮。随后，便是一声震耳欲聋的爆炸声。一团尘土从房屋的开阔处喷涌而出。几块砖头呼啸着从我们的头上飞过。可那幢建筑呢？**依然屹立在那里**！（对于一个实施受控爆破拆除作业的人来说，我认为这是一种莫大的耻辱！尽管我在前面说过，爆破孔钻得实在是不尽如人意，这也是一种莫大的耻辱。）

“拉响标志着爆破作业结束的警报之后，我们便进入了那幢楼内。炸药沿着墙壁，一路炸出了一条宽槽，深度约为4英寸至6英寸，依所钻爆破孔的深度而定。可墙上连一条裂缝也没有！由于爆破孔打得太浅，结果使用的炸药量太少，而墙壁又被强化混凝土屋顶牵系，所以那幢建筑依旧稳如泰山。

“检查过后，我们又查明，外面没人受伤，附近房屋也没有因此而受损。我们对‘警卫们’的帮助表示了感谢。我们还能怎么办呢？我灰溜溜地夹着尾巴，回到了卢班！

“几个星期之后，J神父告诉我说，他找了几个有推土机的朋友来帮忙，他们开始拆除那幢建筑了。显然，我们的爆破作业终究在某种程度上使得那幢建筑不再牢固无比了，因为尽管费劲并付出了巨大的努力，他们还是成功拆除了以前那座啤酒厂残存下来的建筑。不过，由此获得的整砖并不多。德国人的砂浆真的很结实！

“对于您的《消失的小镇》一书，本人能提供的情况就是这些了。”

兹齐斯瓦夫·比可夫斯基

照片（2）

走过那口业已干涸、里面堆满了残枝枯叶和垃圾的池塘，便来到了啤酒厂的遗址之上：那是一座只有一层楼的废墟，窗户都破了。往屋内看去时，我的视线过了片刻才适应里面的昏暗，最后才辨认出第一批东西的形状：破碎的鱼缸、桌子、椅子、油桶，以及四下散落的干草。一位妇女从那座黄色的别墅里走出来，她说自己对这座小镇一无所知，甚至不知道曾经有过这座镇子。她也不知道以前矿上的竖井和巷道位于何处。

“您是在寻找那个吗？”

我很想走进别墅里，看一看乔治·弗朗斯基曾经吃饭的地方，看一看斯特凡·斯皮兹曾经跟海伦娜吵架的地方。可那个女人站在那里，堵住了门口。她脸上的善意一下子消失了。

“我觉得您最好还是走吧。我真的什么都不知道。”

我只好走了。

普瓦卡萨太太躺在床上，眼里满含泪水。我理应听一听她为何如此，所以尽量做到仔细聆听。不过，我还是一边听着，一边打量着她的房间，捕捉每一个细节，以便我能够根据老太太这间凌乱而寒冷的公寓，在心中重现出那座学校的内部面貌。比如说，黑板在哪里，座位在哪里，又是谁曾坐在那些座位上。比如说，他们都到哪里去了，是否剐蹭到了地板上的椅子。雅德维加·普瓦卡萨仍在絮絮叨叨地诉说着，我也真的在尽力倾听着；她的儿子走进房间里，又点上了一支香烟。我还不知道怎样才能离开她家，因为她家的狗似乎挣脱了链子；那头可怕的野兽此时正在院子里乱跑，所以我还是小心提防为妙。

“您有照片吗？”我问道。

“我们需要照片干什么呢？”

“人们总会保存各种各样的东西呀。”

她沉默了片刻。

“我们什么也没有。”

照片。都是快照，不过手掌那么大，边缘都卷起来了。汉娜·盖布西告诉我说，每一幅照片，哪怕其中只有米兹扬卡的一丁点儿模样，我都可以拿走。她并没有把照片分类存放：去年命名日派对上所拍的照片，跟她小时候的照片，全都混在一起。我无助地在盒子里翻找，可我又怎么知道，我在照片上看到的背景就是那座镇子呢？我从来没有去过那里，我从来没有见过那里，我什么都不了解。我觉得自己并不想拿走那些照片。当然，这并不是因为我不想要；相反，我很想要那些照片。可那样一来，她就什么都没有了。

“我会死去，有人会把它们扔掉。您拿走的话，还能派上一点儿用场。”

我总共挑出了11张照片，其中10幅照片里都有她。她非常漂亮，所以，她一定很招人喜欢。在其中的一幅照片里，她正跟一位小伙子走在通往亚诺维采的那条大路上。两人都姿势优雅，小伙子搂着她，把自己的脸紧紧地贴在她的脸上。他们都在欢笑。她正直视着镜头。当时似乎是初春时节，树上还没有萌叶，阳光灿烂，天气肯定相当暖和，因为他们都只穿着薄薄的外套。在另一张照片的背面，她写了这样一句话："我的哥哥斯特凡，退役归来，米兹扬卡——1965 年。斯特凡。"她把哥哥的名字写了两遍。真是奇怪。拍摄这张照片的时间，似乎是 9 月份，或者是一个较为凉爽的 8 月。阳光让她的脸曝光过度，所以我们只能看到她牵着哥哥的手，兄妹俩相互对视，还是走在通往亚诺维采的那条路上。还有一张她在花园里的照片，其中的她，坐在用一整块木头和某种柱子制成的一张小桌子旁边。或许，她曾经把长凳放在这里，或许她刚刚站在长凳上面，眺望过斯涅日卡山。

很难找到波兰人拍摄于 20 世纪 60 年代中期，且里面看得见米兹扬卡镇上房屋的照片。其中最为罕见的，就是当地人以废墟为背景拍摄的照片了。在汉娜·盖布西给我的照片中，只有两张照片上面看得见镇上广场的一部分。

扬·马伊卡[①] 给我看过另一张照片，那幅照片上，他跟朋友马利安·斯塔马在一起，两人正在进行摔跤比赛，争夺他们刚刚从一幢房子的阁楼里找到的一把刺刀。马利安抓着雅内克的手腕，朝镜头微笑着。他们都穿着毛衣和带有浅色衣领的衬衫。照片中可以看到房屋的背面，以及杂乱无章的乡间庭院、低矮篱笆、棚屋，以及一排排晾晒着的衣服。它们就是小镇消失之前的一切，就是人们每天过着的平凡生活。

不过，当时的日常生活究竟是个什么样子呢？我很想知道，并

① 即前文中的雅内克·马伊卡。"扬"是"雅内克"的昵称。

且要亲眼见到才会相信。卡尔·海因茨·弗里贝帮了我的大忙。1967年，有人从德国前来观光，曾在广场上拍摄了一些照片。竟然还是彩色照片！卡尔·海因茨将它们冲洗了出来，小心翼翼地保存在一本相册里。我看着照片上那些稍微褪了色的外墙，看着一个个空空荡荡、有如洞穴般的窗子，看着从门里一直散落到街上的碎玻璃。您一眼就能看出，这些照片并非当地人拍摄的；镇上的人这样做很可能会有点儿感到羞愧，抑或他们只是认为，拍摄废墟没有任何意义吧。这些彩色照片，必定是一个前来看看镇子是否还存在、看看镇上情况如何的人拍摄的。照片当中，只有寥寥数人，他们坐在一幢废弃房屋前的长凳上，还有几个小孩。这就证明，当时仍然有人住在这里。废墟、尘土和正午的阳光，过度曝光了照片颜色较浅的部分。其中一幢垮塌的房屋外墙上，还钉着一个邮箱。是的，仍然有人住在这里。

我还找到了那座啤酒厂的照片，是斯沃文斯基一家给我的。它们都是纯粹的设备照片；其中的绝大多数设备，我甚至都不知道名称。这些照片，都是耶日·斯沃文斯基经营那座啤酒厂数月之后拍摄的。所以，其中既有酒厂厂房及其周围环境的不清晰照片，也有啤酒罐和其他一些设施的照片。照片里，有胡乱堆放在一起的管子、罐子和刻度盘。这无异于一项简单的设备调查。不过，其中还有一张照片，拍摄的是酿酒工人。他们刚从厂里出来片刻，地上还有积雪，所以天气一定相当寒冷。我马上就认出了照片中的沃尔卡·布提恩斯卡：她站在前面，头上裹着一块白色的头巾，神情既带着几分傲气，又有几分粗暴。至于照片中的其他人，我就只能猜测他们的身份，或者干脆凭空去想象了。大家全都看着镜头，只有酿酒师除外，因为他正面带微笑地看着其他人。有些人在大笑。照片背景中，屹立着那座两层楼的啤酒厂。这也是一张设备照。图注可以这样说：啤酒厂南侧，早班，工人们正在准备吃早餐，1963年——非当前照。

米兹扬卡之宝

“情况通常都是这样的：这些德国人会来到一家农庄，把一两瓶酒放到桌子上。他们会给孩子们一些糖果，然后开怀畅饮。他们的酒量都很大，只是他们会假装自己喝不了多少酒。接下来，大家便会上床睡觉。可第二天早上农夫们醒来后，德国人就会不见了，连屋里的隔墙和烟囱也不见了。屋里只会留下一个大洞和一团糟。德国人就是这样把财宝拿回去的。”

“我们搬进27号时，屋里的地板和木制隔板全都不见了，而阁楼里的天花板上，所有木板都被拆掉，只剩下屋顶的瓦片，所有窗户也都破败不堪。看到这一切，我们马上就知道，寻宝者在我们到来之前已经光顾过那里，所以我们是找不到德国人留下的任何贵重物品的。”

“战争刚刚结束，就有一些人来到镇上定居下来；他们住上一段时间，然后就突然离去了。不久后人们便明白，如果有人离开，那是因为他们住的是德国人留下了财宝的房屋，而且他们已经找到了财宝。为了不让别人嫉妒，那些家庭就会立即搬走。”

“战争期间，德国人将他们在各条战线上掠夺得来的艺术品都保存在卡普尼基堡里。据说其中价值最高的珍宝都存放在那里，无人能够靠近那座城堡，因为德国士兵一看到人，就会开枪打死。苏军跨过奥得河之后，那座城堡和所有的珍宝都被撤往了德国；只不过，德国佬还送了几卡车珍宝到米兹扬卡。他们把珍宝都藏在这儿的矿井里，因为只有他们才知道井下巷道准确的分布情况。

“接着，待俄罗斯人来到这里开采铀矿之后，他们便逐渐在巷道里找到了这批珍宝，连同矿石一起，运回了国内。很显然，矿工们都不敢进入以前德国人挖掘的那些旧矿道，因为那里正是俄罗斯人挖掘财宝的地方。除此之外，俄罗斯人还杀掉了所有的目击者，因此没有哪位见过财宝的矿工如今依然活着。

“由于财宝太多，俄罗斯人无法全都运出那里，所以当铀矿枯竭之后，他们便关闭了矿井。关闭矿井的时候，他们还关闭了所有的水泵，让每条巷道都被水淹没了。”

“在我家屋外厕所下面塌陷形成的那个坑里，我们发现了满满一浴缸的瓷制餐具。有些餐具在地下的时候就已破损，但其中的许多餐具依然完好无损，我们后来还使用了多年。我的姐姐住在隔壁，她的运气可没有那么好，因为她只找到了一只银制的糖罐。因为我们不想把瓷制餐具分给她一部分，她甚至有点儿生我的气。”

“米兹扬卡所有人家的地下室里都铺了砖，这样水分就不会渗透到房子下面了。如果在战后到那些地下室里去看一看，您就会发现，其中没有哪间地下室里的砖没有被人撬掉、地面没有被人挖开过。后来，人们又试图重新铺砖，可由于那些地下室的地面都变了形，因此水汽会渗入进来，他们的土豆都会发霉烂掉。我可从来没有听到过有人在地下室里找到了什么财宝。但我敢肯定，就算有人找到了什么，他们也不会承认的。”

“德国人藏在地下的一些东西，偶尔会重见天日，但那些东西都不是特别贵重，后来才被收藏家们搜集收藏起来。这里没有人找到过黄金或者珠宝。”

“米兹扬卡有几户人家突如其来地发了大财。起初，人们都不知道他们的钱究竟是从哪里赚来的，因为他们没人曾经在矿上工作过；可后来大家便猜出，他们肯定是挖到了德国人的财宝。此外，那些人家的孩子有时会吹牛，所以要是有人找到了什么东西的话，消息很快就会传遍整个镇子。”

“我们认为，战前住在我们家这幢房子里的是一位啤酒标签收藏家，因为阁楼上全都是那种东西。标签一小捆一小捆地扎着，用橡皮筋绑在一起。我的父亲有时会用它们生火，因为它们放在阁楼上，已经干透了。后来，安特克·斯马齐亚日来到镇里，用收废纸的价格向我们收购那些标签；于是，我们把标签全都卖掉，父亲则开始用旧报纸来生炉子了。”

“他们拆除庄园宅邸的时候，不准任何人靠近，由国内安全部队的士兵控制着现场局面。有一次，我和几个小男孩想方设法闯了进去。德国人肯定在那座宅子里藏匿了很多的财宝，因为我们进去后看到，凡是能够藏匿东西的地方都被清理过了。在拆除房子之前，工人们先是掀掉了地板、砸破了墙壁，好将里面的贵重物品掏出来。我们找到的，全都是空空如也的藏物之处；我们自己在那里可没有发现任何财宝。”

“查普拉夫妇找到了满满一罐子美元，然后，全家就用那笔钱搬到澳大利亚去了。”

“一些德国人前来，问他们能不能在一棵树下搭个帐篷，露营几天。我们并不介意，因此允许他们露营。他们有时会来讨水喝，但大多数时候只是坐在帐篷里。待他们走后，我们到那里去看才发现，他们搭帐篷的地方出现了一个巨大的坑洞。”

“米兹扬卡有一幢房子，俄罗斯人一来就接管了那里。他们用木板将所有的门窗都封住，禁止任何人进去。镇里的人全都清楚，俄罗斯人是把他们从德国人身上搜刮来的财宝都存放在那里。只不过，有些人也说，俄国佬之所以把那座房子封了，是因为房子里到处是裂缝，随时都有坍塌的危险。”

“人们过后都会笑起来，因为一辆挂着德国牌照、拖车上载着一台小型挖掘机的汽车来到这个地方之后，我们马上就知道他们是干什么来了。他们会把车子开到一块地里或者一棵树下，挖上一阵子，然后才离去。没人特别在意，因为他们找的毕竟是自己的东西，也只有他们才知道埋藏财宝的准确地点。我们一辈子都在寻找，可除了垃圾，什么都没找到。”

小镇消失

昔有家园，宾朋来往
今已房空，无人再识我们的模样
园门之外，毒芹当道
门旁野草，已有膝高
放眼四望，却一无所见
垃圾和尘土，早将一切深深埋藏
墙间缝隙里，掠过暗影
乌鸦在疲惫地拍打着双翅
在那废弃之地上
无人知我究竟是谁

——鲁思·施托姆[①]

站在一片到处散落着牛粪堆的牧场中央，卡尔·海因茨·弗里贝若是放声大哭的话，多半会有点儿过于夸张了，尽管那里曾经是他深爱的小镇上的集市广场所在地。但他本就该感到愤怒、失望和伤心，他的心中可能充满了恨意。这些情绪都是可以理解的。可这些情形全都没有出现。卡尔·海因茨只是站在一片荨麻当中，平静地用自己所带的雨伞，指着一个个地方说：

---

① 此诗引自 Dory Puschmann 的 *Kronik über Jannouitz*。——作者注

"布劳尔家的餐馆在那里，海伊尼施的药房在那里。我们现在所站的这个地方，曾经是我奶奶的客厅，她会从这里走到门口，然后继续往外走，从一棵美丽的苹果树下走过。以前，库普弗伯格既美丽，又遍地绿意。"

如今，这里却只有一片绿色了。

米兹扬卡

早在铁幕落下和卡尔·海因茨·弗里贝能够毫无困难地来到波兰之前，有一个人就掉进过地下。此人名叫兹比格涅夫·安东尼·席尔罗恩，是一名电工。当时，正是20世纪80年代初的一年深秋。山顶上的那座小镇已经踪迹全无，只剩寥寥几位意志最为坚定的居民，住在散布于那一片的几幢房子里了。但在通往亚诺维采那条路上的一栋铁皮建筑里，耶莱尼亚古拉的西梅特公司却开了一座机械厂。厂里有十几名工人，有专门的公共汽车将他们从耶莱尼亚古拉接去上班。有天晚上，兹比格涅夫·安东尼·席尔罗恩动身前往亚诺维采，去帮瓦迪克·特瑞帕家修理电视机。特瑞帕是一名老矿工，后来又在啤酒厂里上过班。席尔罗恩往回走的时候，已经到了深更半夜。他有点儿匆忙，便抄了一条近路。可是，他并没有顺利地回到机械厂里。

入夜之后，厂里有人注意到席尔罗恩不见了。他们便动身去找他。当时漆黑一片，山上浓雾弥漫，每年秋季都是如此。最后，他们终于找到了他。席尔罗恩躺在一个陷坑底下大声呼救，身边还散落着几片栅栏。那个陷坑，就在通往机械厂的那条路边。他们试图将他拉上来，可附近哪里也找不到一架长度足以伸到陷坑底部的梯子。于是，他们将几根绳索连在一起，然后放下去。席尔罗恩身上伤痕累累，吓得要命，但还算是安然无恙。他们费了九牛二虎之力，才将他拉到地面上。回去之后，他激动不已，逢人便说，大地准备把他生吞了。过后很长的一段时间里，人们都开玩笑地说，他多半是活该掉下去。

不，米兹扬卡脚下的土地并不会任由人们遗忘。几乎每一场大雨过后，这儿的田地里都会出现陷坑和凹洞，农民们得花上好几个星期，才能用土重新填满。自20世纪80年代开始，井下巷道坍塌的频率就越来越高了。没有哪个脑子正常的人会再到巷道里去，只不过，这一片仍然有一些人知道某些具体矿道的位置以及进去的办法。博格丹·马可夫斯基就是其中一个了解内情的人。他是博格丹·斯皮兹的好朋友，20世纪80年代还在亚诺维采的奶制品厂里当过工人。当时，他曾决定利用米兹扬卡地下那些有如迷宫一般的矿道来储存乳清，因为那家奶制品厂经常没有办法处理乳清。于是，马可夫斯基跟几位员工一起，开车运着一个牛奶罐，一路来到了姆尼斯科夫的郊外。他在那里找到了一个通往地下矿井的入口。他们甚至没有往里看一看，只是把乳清倒进大山里面，就得意扬扬地走了。可几天之后，由于布布尔河的河水变白并且开始发出刺鼻的臭味，他们的做法就引起了公愤。

“正是那个时候，我突然想到了那座山下真正隐藏着的东西。”马可夫斯基回忆道。

若是翻阅20世纪70年代至80年代的当地报纸，人们就会得知，米兹扬卡没有过什么铀矿。“实际上，从1948年到1952年，当局曾经试图重启采矿活动，并且确定采矿的赢利情况；可在卢宾发现矿石之后，当局便认为，这里必须彻底停止采矿活动了。”《山巅报》曾如此报道说。

不过，其他一些报纸也不甘示弱。《巨山报》曾补充报道说，米兹扬卡早在1945年就开始塌陷，而《耶莱尼亚古拉新闻报》则称，自从战争爆发以来，这里的地下什么都没有开采出来，因此采矿业是自然消亡的。从那以后，米兹扬卡便逐渐淡出了人们的视野，而记者们也不再对这里有什么兴趣了。

边境开放之后，越来越多的德国人开始来到这个地方，想要看一看他们是否还认得出以前的家乡。有一天，一位年迈而带有贵族气派的绅士来到了大亚诺维采卫生院的主任办公室里。他自称埃伯哈德·祖·斯托尔贝格·威尼格罗德，是最后一任库普弗伯格、扬诺维茨和罗尔拉赫伯爵克里斯蒂安·斯托尔贝格的后人。亚诺维采卫生院目前所在的那座宅邸，曾经也是斯托尔贝格庄园里的一部分。那位主任很是怀疑，因为已经有几个德国人来过，他们都声称自己是斯托尔贝格家的人，却没有一个人的说法具有充足的说服力，因而他一个都没有允许那些人进来。

于是，他问道：“先生，我怎么知道您就是您自称的那个人呢？”

“我亲爱的朋友，”老人回答说，“那是因为，若不是您换掉了办公室的门锁，我的手里就仍有那把锁的钥匙！”斯托尔贝格随后便证明，事实果真如此。

见证了这一幕的，就是艾琳娜·卡米恩斯卡-西乌塔。她当时已经永远不再从事政治活动，转而致力于为来到这一地区观光的德国游客提供导游服务了。

“跟波兰人打交道时，斯托尔贝格态度倨傲，有时甚至是冷冰冰的。尽管保持着礼貌与良好的举止，他却没有表露出任何情感，”这位医生的妻子回忆说，“他去看了看米兹扬卡的废墟，尤其是以前他家那座宅邸所在的地方，那里如今荡然无存，笼罩在一片静寂之中。我们返回耶莱尼亚古拉的路上，一句话都没有说。从那以后，他就跟我们断绝了联系。”

卡尔·海因茨·弗里贝在 1989 年回到过米兹扬卡。看到残留下来的一切后，他几乎伤心欲绝。他下定决心，再也不回去了。可一年之后，他又带着妻子回去了一趟。而且，直到如今，他都经常回去。刚开始的时候，他会把汽车停在离他家原先那幢房子不远的地方，在那里过夜。然后，他会开车到以前经常去的地方，像一个无家可归的人一样，在如今不再存在的家园中生活。有一天，他看到一些小朋友正在沿着通往亚诺维采的那条路上行走。

“战后我离开这里时，其实还是个孩子，但我觉得，这一直都是一场误会，需要解释清楚才行。多年来，我一直坚信这一点，想要扭转一切，从头来过。可当我看到那些孩子之后，我就明白了：现在是这个样子，将来也永远是这个样子。”

1999 年，弗里贝决定修建一座小小的纪念碑，来纪念那座曾经屹立于此的小镇。让他确信应该这么做的是分散在德国各地的库普弗伯格人。他们组织了一场募捐，选定了一个地点。石碑原本是要立在那座迄今依然完好无损的天主教教堂旁边的。然而，亚诺维采堂区的司铎不肯答应。卡尔·海因茨·弗里贝从来没有问过他为什么不答应。

“我不想知道答案。再说，他也没有义务把原因告诉我。”

于是，他便把纪念碑立在了墓地里；建在那里，堂区司铎没有什么权力反对，因为按照官方的说法，那片墓地并不存在。1999 年 7 月 11 日，他们举行了一场简朴的纪念碑揭幕仪式。他们在纪念碑上的题词，是用两种文字写成的：

RUHET IN FRIEDEN
IHR SEID UNVERGESSEN

SPOCZYWAJCIE W POKOJU
JESTEŚCIE NIEZAPOMNIANI

前者是德语，后者是波兰语，意思都是：安息吧，你们不会被遗忘。

参加揭幕仪式的，有镇区领导、几位德国人，以及米兹扬卡的波兰居民。还有一位来自切普利采的牧师。在布道中，他说大家应当在波兰人与德国人的墓前手牵着手。在后来发表于《西里西亚山地救援》杂志上的报道这件事情的一篇短文中，卡尔·海因茨·弗里贝曾如此写道：“我觉得，仿佛圣诞节与复活节在同一天、同一个时刻到来了。”

但是，回到米兹扬卡的并非只有德国人。偶尔，战后在这里生活过的一些人也会前来。汉娜·盖布西如今住在琴斯托霍瓦附近的布拉霍夫尼亚。她在那里有三幢房子，她跟丈夫住一幢，另外两幢留给了两个女儿。只不过，两个女儿都选择了移民，而她们目前也没有回国的打算。

“每幢房子底下，都垫了一块从米兹扬卡带来的石头。”她神神秘秘地低声说道。在米兹扬卡时，他们住的是原先海伊尼施药店所在的那幢房子。她就是把老瑞特先生猎得并放在阁楼上的鹿角拿走的人。她在 20 世纪 90 年代初回来过一次，几乎找不到她家那幢房子的所在之处了。

“实际上，多亏了长在后院里的两棵橡树，我才找到了那里。以前我们会在两棵树之间放上一条小长凳；要是站在凳子上，您就能看到斯涅日卡山。”

那幢房子已然无迹可寻，只有两棵橡树上，还有凳子留下的模糊印迹。就算只是回去了一趟，对于汉娜·盖布西来说，也已太多。后来，她再也没有回去过了。虽然她与以前的邻居保持着联系，但当邻居们想带着她一起前往米兹扬卡时，她总是尽量礼貌而又坚决地加以拒绝。

瓦乌布日赫–弗罗茨瓦夫–卡托维兹

“少年时代的梦想，仅此而已，”博格丹·斯皮兹指着他那台放在一间阴暗房间里的老式汽水饮料机，谦逊地说道，“有朝一日，若是有时间，我就会修好它，再次用它来制作柠檬汽水。”

那台落满灰尘的汽水饮料机所在的房间位于卡托维兹，是一座大型舞蹈俱乐部里的一部分。在这个俱乐部里，顾客可以点饮在他们眼前酿制出来的啤酒。这里是整个西里西亚地区最时髦的地方之一。俱乐部的老板，就是博格丹·斯皮兹。他最小的妹妹哈妮亚，有时也会过来帮着他经营。

在弗罗茨瓦夫的集市广场上，博格丹还有一家餐馆。那家餐馆，是由他的另一个妹妹，即芭芭拉经营着。在这里，顾客也可以坐下来，点上一杯现酿的啤酒；服务员会径直把啤酒从一个大酒桶里倒入啤酒杯中，然后端上桌去。对于许多来到弗罗茨瓦夫观光的游客而言，斯皮兹家的餐馆是一个必去之所。他们走出餐馆时，常常都会带上好几个在啤酒酿制区旁边售卖的啤酒杯。每个酒杯上都印有一个风格独特的标志，中央有“斯皮兹”几个字。此外，博格丹在耶莱尼亚古拉南边的米瓦科夫还拥有一座大厦，其中有可以容纳 180 人就座的宴会厅和一家餐厅。博格丹·斯皮兹会在这里尽量放松下来，可他往往做不到这一点，因为总是有什么事情要处理。

博格丹·斯皮兹已经功成名就了。到 1991 年时，他已经位列《直言》杂志发布的前 100 位波兰富豪榜单之中，而两年过后，他的排名又跃升到了榜中的第 13 位。他是从 20 世纪 80 年代在莱格尼察经营一个冷饮柜台和一家小小的柠檬汽水厂之后，开始发家的。此前，他曾担任过切哈诺维采那家麦芽酒厂的主管，在莱格尼察当过酿酒师。可一直以来，他都想要开创一番属于自己的事业。波兰采用资本主义制度之后，博格丹便决定追随自己的梦想，变成企业界里的一条鲨鱼。不过，他的样子完全不像一条凶猛的鲨鱼；相反，他沉着而冷静，人们说他连一只苍蝇都不会去伤害。他会给手下的员工烘制名为“天使之翼”的甜点。不过，我请他回忆回忆米兹扬卡的情况时，他却似乎陷入了沉思之中。

等他自己的境况开始好转之后，他曾想过，要给父母在莱格尼察附近的威尔科夫买一幢房子。他不希望父母再留在业已变成偏僻之地的米兹扬卡，不想父母再住在那幢黄色的别墅里。博格丹付了房子的首付款，然后去把这个好消息告诉母亲。可海伦娜不愿听他的，只是不停地说，她永远都不会离开米兹扬卡，也绝对不会搬到威尔科夫去。她甚至没有到威尔科夫来看一眼那幢房子。

“跟我的母亲争论，简直没有任何意义。”博格丹笑着说。因此，老斯皮兹夫妇一直住在米兹扬卡，直到过世。他们到那座镇子不再存在之后才相继去世。斯特凡殁于1995年。临终之前，他的脑子开始糊涂了；有好几次，海伦娜都发现他穿着睡衣，在啤酒厂的废墟里乱走。她只得牵着他的手，把他领回家里。然后，他就会说：

“别担心，海伦娜，我只是吃个面包，马上就回去睡觉。”

斯皮兹家的朋友博格丹·马可夫斯基还记得，年迈之后，斯特凡·斯皮兹只会翻来覆去地看一本书，就是斯特凡·热罗姆斯基所著的小说《无家可归的人》。

“看完最后一页之后，他会把书合上片刻，然后再次打开，从头开始看起。”

海伦娜·斯皮兹殁于2000年。据说，直到去世她都没有改掉吸烟的习惯，而她自制的利口酒，也是方圆数英里之内最好的。斯皮兹夫妇分别安葬在亚诺维采两个不同的墓地里。人们都说，如此一来，他们两口子就不会再吵架了。

芭芭拉嫁给丈夫穆德利之后，便经常往返于瓦乌布日赫到弗罗茨瓦夫的路上。她住在瓦乌布日赫，但经营着博格丹开在弗罗茨瓦夫广场上的那家餐馆。问到米兹扬卡的往事时，她用双手抱住了自己的脑袋。

“要想算得上别墅，一幢房子里得有一座喷泉才行。我们家的花园里有过一座喷泉，就在米兹扬卡。可接下来，一切都不复存在了！”

直到20世纪90年代初，她才真正理解了父亲的痛苦。当时她住在瓦乌布日赫，紧挨着维多利亚矿。由于整个地区的采矿业近来都在衰退，因此一座又一座矿井都关闭了。她的丈夫是维多利亚矿上的一名矿工，她的公公则是整座矿井的主管。他们这座矿井也将关停的消息传来之后，两个男人都像孩子一样，放声大哭起来。在废弃的矿区里遛狗时，芭芭拉·穆德利感受到的痛苦，必定与她父亲的一样。

“我丈夫的整个家族都与维多利亚矿休戚相关，那就意味着我也并不例外。它就在窗外，您可以听到它，可以感受到它，它让我们得以生活下去。正是由于这一切，我才对它产生了好感。他们关闭矿井之后，我产生了一种巨大的失落感。在米兹扬卡，我的父亲也经历了相同的感受，可我当时太小，还不理解他；那个时候，对我而言未来最重要。到我终于理解的时候，我离开那里却有点儿太久了。”

耶莱尼亚古拉

1966年，《耶莱尼亚古拉新闻报》举办了一场征文比赛，主题为“千禧年的梦想”。在几周的时间里，编辑们收到了该市一些最年轻的市民寄来的数十份投稿。

“美丽的扎布布日兹住宅项目完工了，它矗立于一个巨大的穹顶之下，雨雪无忧。一条长达数英里远的地铁已经建成，将耶莱尼亚古拉市中心与扎布布日兹这个中枢连接起来。通往有如童话仙境一般的小区的路上，有一座巨型雕塑，是一头小鹿屹立在一道瀑布之上。”

——瓦尔德克·鲁特科夫斯基

“我们的公寓里将有彩电，并且总是有自来水。人们将变得更加规矩，不会再有流氓无赖。”

——芭丝雅·维尔斯卡

“大楼里将装有特殊的机器，只需按一下按钮，就会分发美味的糖果和其他物品。电话亭里的电话机上，将安有小型屏幕。我们用这种电话机给别人打电话时，可以在屏幕上看到对方的脸。”

——玛尔塔·萨瓦塔

“商店里的商品会琳琅满目，会有各种尺寸的衣服、床上用品和各种尺码的鞋子出售。”

——克里西娅·加瓦赫

“一套供四个人居住的公寓里，会有三间卧室、一间漂亮的大厨房，以及一间铺有瓷砖的浴室。电梯会到达每一层，我们还会有宽敞的阳台。”

——伊娃·赛玛拉

差不多半个世纪之前这些孩子心中所怀的梦想，并不是全都已经实现了。尽管他们的确有了自动售货机和带有屏幕的电话，可既没有玻璃穹顶遮盖在扎布布日兹小区上面，也无地铁将它与市中心相连，而且一到上下班高峰，那条跨过铁路的桥上总是堵车。《耶莱尼亚古拉新闻报》如今仍在印行，2010 年年初还把扎布布日兹小区称为一个“令人恐惧的街区”，因为年轻的流氓会抢走老太太的钱包，会闯入别人家的公寓。其实，《耶莱尼亚古拉新闻报》的编辑言过其实了，因为扎布布日兹小区实际上相当冷清，是一个主要为退休人员而建的住宅区。这里的犯罪问题既不比其他地方轻微，也不比其他地方严重。

“如今，米兹扬卡就是扎布布日兹了。”芭芭拉·马伊卡笑着说，她曾经是米兹扬卡啤酒厂里最漂亮的员工。

她只要在自家那套两居公寓的任何一面墙上敲一敲，就会有一个从米兹扬卡来的邻居做出回应。马伊卡一家住在卡沃维奇街 45 号公寓楼，那栋楼里，不是从米兹扬卡镇搬来的居民屈指可数。其余居民之间都是老朋友了，其中有祖雷克一家，当时他们家的阁楼发出的异响最大。有艾琳娜·温泽尔，她曾经不想把教堂废墟里的圣像拿走。其中还有艾琳娜·巴尔维卡，她第一次看到米兹扬卡时，曾经绝望地大哭起来。最后搬出镇上的雅德维加·胡蒂尔库，则住在 43 号楼。她甚至还因为此事上过电视；记者们都来问她，她怎么能够住在那里，却毫不担心天花板随时有可能砸到头上。她说自己在那里过得很好。下一栋楼里住着的，有西姆奇克一家和马德雷克一家，还有切斯瓦夫·普莱西亚克；问到米兹扬卡的往事时，切斯瓦夫站在房间中央，一言不发，只是无可奈何地摇了摇头。最后，就是卡齐米尔兹·米尔库斯泽克了，他是米兹扬卡小学的最后一任校长，住在11号楼。他只回去看过米兹扬卡一次，是跟妻子一起去的，却找不到以前所住的房子，便兴致全无了。雅内克·克鲁巴住在同一单元的楼上，他却几乎每个星期都去米兹扬卡。

“我非常怀念那里。”他腼腆地承认说。

他们都把彼此的电话号码记在老式的笔记本上（“您知道吗，用手机的话，我很难再找到号码？”），散步时会礼貌地相互打招呼，有时还会一起坐在长凳上，交谈片刻。他们对彼此的情况都了如指掌：谁去世了，谁生病了，谁很快要当祖父了。他们还相互要求，不能把这些情况透露给任何人。只有寥寥几人会提及米兹扬卡，然后就极少提起那里了。

“随着岁月流逝，我们对镇上的记忆也变得越来越美好了。”他们都笑着说。因为人类的记忆就是如此：我们会过滤掉一些不好的记忆，只留下美好的印象。

这个方面，他们没有选择的余地：如今，米兹扬卡就在扎布布日兹小区，挤进了卡沃维奇街上的那四幢公寓楼，以及帕德列夫斯基、埃尔斯纳和罗日奇几条街上的其他几幢公寓楼里。这是一个建在坚实的地面之上，有混凝土楼板的米兹扬卡；是一个再次遍地绿色、四周树木成荫、孩子们的喊叫声从背景中传来的米兹扬卡。这一切，距那座正在塌陷、上面长满灌木和野草的大山有 10 英里远。在曾经屹立着整座小镇的那个地方，唯一能够证明小镇存在过的迹象，就只有一座不自然地矗立于荒野之中的教堂、几幢摇摇欲坠的废弃房屋，以及您穿过草地时可能踩到的砖块了。

住在扎布布日兹小区里，人们很容易遗忘掉这一切。能够唤起这种回忆的，就是每个周一、周三或者周五，他们在杂货店里排队结账的时候，此时，店员会问："买哪种面包？"他们则会一如既往地回答说：

"请给我一个米洛斯面包。"

大亚诺维采

还是有一些人留在米兹扬卡的附近。他们几乎都住在山脚下，但差不多再也不会上山。他们都不想上去，因为那里并不顺路。此外，他们还有点儿担心，怕自己会被一种业已蛰伏多年，却突然涌上心头的回忆刺痛。

有过六次死里逃生经历的芭芭拉·沃西克如今依旧健在，与她的第二任丈夫一起住在亚诺维采的郊区；在那里，大路从德国人修建的老桥下面穿过，然后沿着布布尔河岸边一路蜿蜒，通往奇钦斯科。它是整个这一片风景最优美的一条路。他们是村里的最后一户人家，房子坐落在一个低矮的土丘之上，四周则是菜园和蜂房。

安葬自己的第一任丈夫之前，她曾把他揍得鼻青脸肿；那样做可不是为了报复（尽管丈夫经常打她），而是为了不让他死掉。当时他患上了白血病，而他去世的时候，夫妻二人正在参加一场婚礼。突然之间，他便瘫倒在地上。片刻过后，芭芭拉·沃西克便来到了他的身边，狠狠地抽他的耳光。

“我并不是软弱，”她谦逊地说道，“我的妈妈曾经告诉我说，一个人濒临死亡时，您唯一能做的事情就是打他。在我看来，他是个真正的混蛋；可您不会任由一个人那样死去的，因此我别无选择。他在医院里住了几个月之后才去世。”

如今，沃西克与约瑟克·切辛斯基一起住在土丘之上的那幢房子里。他有好几次想约她出去，可她一直都对他不感兴趣。他毫不气馁地坚持了很久，所以她最终还是接受了他。

“我一直都在缠着她，”切辛斯基坦承道，“我经常认为，一个女人的体重若是超过了 200 磅，我就会爱上她。”

约瑟夫·切辛斯基是约瑟夫·奥斯特洛夫斯基的继子，后者就是 1945 年为了维持亚诺维采的秩序而来到这里的那位警察。

“爸爸和我会骑着他的摩托车到处兜风，所以我看到了后来报纸上最终报道的一切。”

若是有人请他讲个故事，切辛斯基常常会如此开头：

“世间有一条真理，并且只有一条真理……”

史坦尼斯瓦夫·库普兹尼斯基住在亚诺维采距米兹扬卡最近的地方，那里就是所谓的“老亚诺维采”；他曾经痛击过共产党人，可后来却没有承认。住在此地的，还有斯塔斯泽克·格鲁斯卡，他既不喝伏特加酒，在矿上也只工作过两年，所以仍然在世。在扎姆科瓦街上，还住着卡罗丽娜·布尔扎娃，她的娘家姓科利斯。她不愿谈起矿上的往事。这几个人，再加上芭丝雅·沃西克，差不多就是如今住在这一片的曾在米兹扬卡的铀矿里工作过的矿工。更多的矿工，已长眠于亚诺维采的两座公墓里，其他的逝者，还在不断地加入其中。许多人都死于癌症，比如弗拉内克·克鲁帕，此人年老后还摘除了喉头。他活着的时候，一直都在关注着矿损问题。他曾经当过矿工，之后，则负责确保地上塌出的坑洞都会迅速填上。莱格尼察那座铜矿当局把这一任务交给了他，而以前的米兹扬卡矿区正式隶属于那座铜矿了。克鲁帕曾尽力把工作干好，他没有怨言，因为对于那座千疮百孔的大山，他也怀有一种依恋之情。他从来都不愿谈起矿上的事情。摘除喉头之后，就算是想，他也没法谈论了。他只会把自己想说的话，写在小纸片上。他的妻子则会将他所写的话大声念出来。在弗拉内克·克鲁帕最后的日子里，人们只能用这种方式跟他交流。此人殁于2010年。

矿工们当中癌症高发与他们所处的工作环境之间的联系，一直都没有得到证实。提出这种警告的，是亚诺维采医疗中心的主任史坦尼斯瓦夫·西乌塔，他说，这里可能一直都在出现某种严重的问题。

“当时的整个地区，尤其是亚诺维采和米兹扬卡两地，癌症的发病率比别的地方都高，并且患者主要是年纪相对较小的人。我甚至请了专家来研究这些病例，但我们无法建立一种更加广泛的模型。”

如今我们知道，黑肺病是一种可让所有矿工全都染上的职业病，在各座铀矿中造成的死亡率要高得多，因为在铀矿里它是放射性黑肺病；至少，在矿工吸入的粉尘中的放射性元素处于衰变期间，这是一种放射性黑肺症。虽说我们很难确定放射性元素的衰变期究竟有多久，但对一些人来说，这段时间完全足以增加他们对癌症的易感性。社会主义在波兰垮台之后，身为团结工会成员的参议员安德烈·皮西亚克开始关注起 R-1 矿矿工的命运；其中，自然也包括了米兹扬卡的矿工。正是此人在议会里成立了一个委员会，以确定因为替苏联开采铀矿，波兰究竟蒙受了哪些损失。在此过程中，议员们还对 R-1 矿矿工后来的情况进行了调查。曾经当过矿工的人，络绎不绝地来到皮西亚克参议员设在耶莱尼亚古拉的办公室，谈起他们以前的工作条件。这些证词都成了他们后来索取赔偿和抚恤金的证据。但很少有人收到赔偿，因为 R-1 矿的大部分医疗档案都已遗失；由于没有那些档案，所以矿工们很难证明，他们年老后所患的疾病是在铀矿山上班直接导致的。

德兹西耶克·扬可夫斯基也住在亚诺维采。如今他已是一位年近 60 岁的老先生，身上还文着监狱里的刺青。可在当时，他却是本地的一个小流氓，曾经从乌伯舍尔墓里掏出了那把军刀，从镇上的路德教教堂里偷走了那个被炸上天的球。当我询问德兹西耶克·扬可夫斯基，要他说一说米兹扬卡的情况后，他走进自己的公寓里不见了一会儿，然后手里拿着学校的一张照片回来了。

“这个是我，那个是我们的老师米尔库斯泽克先生。看吧，当时我还没有开始惹上麻烦呢。”

沃尔卡·布提恩斯卡住在他家的隔壁。如今，若是碰上了意外的事情，她仍然喜欢破口大骂。直到近来，她才把烟戒掉。她喜欢拄着拐杖，在原来的克鲁格尔旅馆后面那套干净敞亮的公寓四周闲逛。一提到斯特凡·斯皮兹，她就笑得合不拢嘴：

“他有一颗金子一般的心。”

沃尔卡没有埋怨，因为她的晚年过得很舒适，还育有两个儿子和一个女儿。她曾经带到啤酒厂去上班的放在羊皮上躺着的那个儿子，如今经营着一家建筑公司。说到这个儿子，沃尔卡便忍不住老泪纵横。

“我们母子俩原本都差一点儿熬不过去了。我的儿子长大后，壮得就像一棵橡树。他要是没有活下来的话，该有多么可惜啊。”

米兹扬卡

有好几次，保罗·诺瓦克都发现自己站在草地中央，想象着以前的公寓楼、陡峭的道路、两座教堂的钟楼、酒馆窗户里传来的喧闹之声、孩子们冲出校门时的喊叫，或者采石场里采石工人快乐地发出的叫声，想象着他们都说着德语时的情境。然而睁开眼睛之后，除了一丛丛绿色的植物和路边的垃圾，如今他却什么都看不到了。因为米兹扬卡已彻底消失。几十幢房屋、一座庄园宅邸、老格莱申斯基家的瓶装汽水厂、有着黄色外墙的教堂，全都消失了，被人们毁掉、掠夺并夷为平地，被人们用卡车运走、犁入地里、塌入地下了。

有的时候，保罗·诺瓦克会看到教堂旁边停着一辆挂有德国牌照的汽车。他甚至想要走上前去，告诉他们不要把车停在那里，因为就在几年之前，公路与教堂之间的那片地面陷落了约50英尺，陷坑深得光是往里瞧上一眼，也会让人觉得胆战心惊。教堂幸免于难，简直就是一桩奇迹。不过，对于那座教堂的未来，保罗却有自己的看法。自从这条路上开始有卡车装着卡普尼基采石场里采出的长石经过，教堂的日子似乎就屈指可数了：

“汽车把什么东西都震得摇摇晃晃。我们的教堂倒塌时，您就会在电视上再次看到我们的米兹扬卡了。”

尽管自己如今住在亚诺维采，可保罗说的还是“我们的米兹扬卡”。有一次，祖父给他看了几张明信片，上面就是这座已经消失了的小镇。他很喜欢那些明信片，于是开始翻阅一些书籍和旧文件。某一天，在耶莱尼亚古拉档案馆里，有人在保罗的肩上拍了拍，说道：

“您对库普弗伯格感兴趣？那您得去见见她才是。”

这个“她”，就是朵拉·普施曼。

朵拉·普施曼来自扬诺维茨，1945 年，她曾在库普弗伯格幼儿园里当老师。苏军突破了通往布雷斯劳的路上的那道战线之后，她就跟着孩子们第一批撤出了那里。过了差不多 40 年后，她才回来。受所见所闻的激励，她开始为亚诺维采撰写编年史，接下来又编写了米兹扬卡的编年史。她在这两座小镇度过了自己的青春年华，却没法长眠于此地。她所撰的米兹扬卡编年史中，第一句话就是“*Kupferberg ist verschwunden*”，即“米兹扬卡消失了”。

朵拉·普施曼撰写的两部编年史，曾发表于 20 世纪 80 年代的《西里西亚山地救援》杂志上，内容是集中描写出生于这些地方并在第二次世界大战后流离失所的人。它可不是那种要让敌我双方化干戈为玉帛的阅读资料。其中充满了痛苦与悲伤之情，有时甚至流露出了对往事的愤怒之情。朵拉·普施曼曾如此写道：“只有德国的犁铧，才配得上这片土地。”她认为德国人在战后经历的所有不幸，实际上都是由“醉醺醺的波兰人”导致的。她还认为，纳粹分子只是偶尔会露露面；这座小镇似乎完全与世隔绝，非但远离战争的喧嚣动荡，也完全没有受到引发这场动荡的意识形态的影响。有的时候，她还会把她所认为的事实糅进这一切之中：比如在她看来，博尔科公爵就是冯·博尔茨；而原本应说是波尔佐夫堡的地方，她却写成了波尔泽恩斯坦。她还经常使用“我们的祖国”这一说法。

“1987 年 5 月，我站在克罗伊茨贝格山上那个高耸的十字架下，眺望巨人山脉以及遥远的西里西亚乡村。我曾梦到过费施巴赫、新费施巴赫和沃尔特斯多夫的房屋，它们散落在鲜花盛开的草地和树木当中，仿佛什么都不曾发生，仿佛人类根本不曾发展似的。（……）那座十字架是 156 年之前安放的，目的是保卫法尔肯山脉；这里的山谷虽说未遭战争蹂躏，可驱逐却对许多人产生了严重的影响。告别我们的祖国这个奇妙而可爱的一角，是一件很难的事情。”

保罗·诺瓦克从未与朵拉·普施曼见过面，但两人之间进行过好几年的通信往来，她还给他寄了几十张照片、明信片，以及与米兹扬卡和亚诺维采两地有关的档案文件。认识朵拉·普施曼的人都说，她不愿与波兰人见面，因为她的心中对波兰人怀有深深的怨意。可尽管如此，她还是与保罗保持着通信往来。

“我不知道这是为什么，或许是因为她觉得我对任何事情都没有责任，只是想尽可能多地了解情况吧。”保罗说。朵拉·普施曼去世后，保罗决定将她撰写的编年史翻译出来，发布到网上。时至今日，他仍会收到人们因此而咒骂他的电子邮件。

米兹扬卡有一棵古树，保罗只让不多的几个人看过。您可以走过那座啤酒厂，然后就在走到大路的拐弯处之后，从公路转到一条通往一座农庄的土路上，再在一棵长得并不起眼却郁郁葱葱的李树旁停下来。

“我希望这棵树能够平平安安地生长。”保罗说。仔细看一看李树的树干，您肯定会发现一块锡制的牌子，其所放的位置很隐秘，从路上看不到。您必须走到荨麻丛中才能看到。在这块不到一盒香烟大的锡牌上，有人写了这样一句话：

ERINNER DIE LEUTE VON KUPFERBERG

“这句话的意思，就是‘铭记库普弗伯格的人们’，”保罗说，“我是这么想的：他们曾经来到这里，环顾四周，却只认得出这棵树。想象一下吧，在这里曾经有过的一切当中，在房屋、教堂、餐馆当中，他们却只认得出一棵树。别的什么也没有。于是，他们把那块锡牌放置于此，然后离去了。”

保罗不会经常谈到这个，但跟着他到米兹扬卡转一转，我们就能看出，有个问题一直在折磨着他：假如形势以不同的方式发展下去，假如德国人留在这里，那么，米兹扬卡会不会依然存在呢？当然，这样一个问题有可能唤醒过去的魔鬼。此外，既无人愿意听到那样一个问题，也没人希望那个问题的答案是否定的。不过，第一个问题随即就会带来另一个同样重要、同样令人痛心的问题：为了让米兹扬卡免于消失而要付出的代价，会不会太过高昂呢？住在扎布布日兹小区的退休人员并不会向自己提出这样的问题。相反，只有一个初为人父的人，只有一个永远都在超负荷工作、年纪才30

岁、开着一辆结实且有铝合金轮毂的银色欧宝牌提格拉跑车的人，才会想到这些问题。这种人不会把汽车停在教堂旁边，因为那样的话，他的提格拉跑车有朝一日就会陷入地底下。

希尔德斯海姆

1999 年，卡尔·海因茨·弗里贝在报纸上看到了一则新闻，说有一位年迈的老师正在希尔德斯海姆附近一个地方，教授土耳其儿童德语。那位老师，就是吉塞拉·弗朗斯基。即便是到了如今，只要一提到吉塞拉，他仍然会激动得瞪大双眼，而妻子则会站在他的身边，尴尬地微笑着。

“别担心，亲爱的，吉塞拉是我的初恋，但你是我的第二位，也是最后一位恋人。”卡尔·海因茨会一边安慰她，一边抚摸着她的手。

第二年春天，他在吉塞拉家里和她见了一面。她做了一顿美味的西里西亚大餐。他们不知道从何说起，于是卡尔·海因茨坦承了自己年少时对她的感情。然后，两人相互讲了一些关于他们那座消失的小镇的故事。吉塞拉哭了。

耶莱尼亚古拉–波兹南，2010 年

后记

若非得到了数位人士的诸多大力帮助，我原本可能只会在米兹扬卡的遗址四周漫无目的地徘徊，甚至不知道那里隐藏着一段什么样的历史。若是没有大亚诺维采的保罗·诺瓦克这位了不起的历史爱好者和旧明信片收藏家，本书就不会顺利完成。若非有此人的切实帮助，若是没有他对一些问题的冷静观点，以及他坚持让我接触更多人士的毅力，我是一个字也写不出来的。我还要感谢博格丹·斯皮兹和芭芭拉·穆德利，两人为我付出了宝贵的时间；感谢史坦尼斯瓦夫·塔德拉克，他为我翻译了一些德语资料，为我提供了可贵的帮助。

自《消失的小镇》一书首次出版以来，人们已经问过我几十次，为什么要撰写这样一部作品。我会告诉自己和那些提出上述问题的人，之所以撰写，是为了让我自己站在那片草地之上时，能够感受到一些东西。因为第一次前往那里时，什么感受都没有。要不是之前已经看到了美丽的库普弗伯格的存档照片，我很可能与那个地方擦肩而过，完全不会注意到。我还认为，对整座镇子的消失一无所知，并不是一件好事。

2013 年年中，也就是《消失的小镇》第一版在波兰出版的两年之后，我曾去过那里一次，看这部作品是否真的达到了目的。过了斯切戈姆之后，全球定位系统导航便指示我们在一个地方离开了主路。起初，一切都很顺利。可接下来，路上的坑洞却越来越多了。我们经过一座废弃的军用哨所时，天色开始暗下来。此时，我们根本不知道自己身在何处。我放眼望去，想要在地平线上寻找一些熟悉的东西，可我充其量也只能在脑海中想象它们的模样。我完全辨认不出那里的一切了。

接下来，凉爽的夜幕降临，我们也终于抵达了亚诺维采。我看到了那片墓地、那座桥、那家商店，以及沃尔卡·布提恩斯卡居住过的克鲁格尔老旅馆。经过铁道之后，我们便向左拐。待到我们在教堂旁边的路上停下来，我的双膝早已酸软无力。我们穿行于一片曾经是镇中广场的草地上，夜风强劲；而我的心中，则是忽而兴奋，忽而惶恐。

第二天，我们又去了那里一次。我们去看了乌伯舍尔墓，以及老李树上的那块锡牌。李树上的树皮很多地方都腐烂了，那块牌子只有几缕树皮挂着。不久之后，锡牌就掉下来，被人捡走了。

本书出版之后，已被人们遗弃的米兹扬卡呈现出了自身的生机。当地的协会与镇上合作，竖起了许多指示牌，因此，如今任何一个人都看得出这座小镇存世时的模样了。位于耶莱尼亚古拉的BWA 艺术画廊还组织了一场展览，展出了波兰和德国艺术家的作品。他们通过一些令人心碎的油画和照片，阐述了这一主题。与此同时，位于莱格尼察的铜矿博物馆还在 2014 年出版了一部精彩的历史专著，题为《米兹扬卡：一座矿业小镇的 700 年历史》，作者是马尔辛·马库奇和托马斯·斯托拉尔奇克。这部专著，对我的作品进行了出色的补充。

这座小镇，也开始在舞台上展现出自己的风采。自 2013 年以来，耶莱尼亚古拉的塞浦路斯卡米尔·诺威德剧院把《消失的小镇》当成保留剧目，一直都在上演。乌卡斯·赛姆尔曼将本书改编成了舞台剧，由乌卡斯·菲亚瓦担任导演。

酿酒业也将回到米兹扬卡。一些私营投资者已经决定在那里建一座小型啤酒厂，恢复当地的啤酒酿制传统。事实终将证明，曾经看似绝对的一种结束，不过是一场暂时性的停顿而已。

如今，我无须再去旧地重游了。米兹扬卡虽已消失，却依然存在。

参考文选

Benz Wolfgang, *Die Vertreibung der Deutschen aus dem Osten: Ursachen, Ereignisse, Folgen*, Frankfurt am Mein 1995.

Bochnak Władysław, *Ks. Jan Marcin Stulpe (1686–1753) i początki kultu Najświętszego Serca Pana Jezusa w diecezji wrocławskiej*, „Wrocławskie Wiadomości Kościelne" 1983, nr 7–9.

Boćkowski Daniel [red.], *Niemcy w Polsce 1945–1950. Wybór dokumentów*, t. 4, Warszawa 2001.

Chądzyński Wojciech, *Wędrówki po Dolnym Śląsku i jego stolicy*, Wrocław 2006.

Chojnacki Mieczysław, *Mokotowskie więzienie – rozprawa – wyrok – pobyt w ogólnej celi śmierci*, „Zeszyty WIN-u" 1992, rocznik 1.

Chorowska Małgorzata i in., *Zamki i dwory obronne w Sudetach. Tom II. Księstwo jaworskie*, Wrocław 2009.

Czerner Olgierd, Herzig Arno [red.], *Dolina Zamków i Ogrodów. Kotlina Jeleniogórska – wspólne dziedzictwo*, przeł. Mariusz Bednarski i in., Jelenia Góra 2003.

Czerwiński Janusz, Mazurski Krzysztof R., *Sudety. Sudety Zachodnie. Góry i Przedgórze Izerskie – Rudawy Janowickie*, Wrocław 1983.

Davies Norman, Moorhouse Roger, *Mikrokosmos*, Kraków 2007.

Dobkiewiczowa Kornelia, *Róże w błękitnym polu. Podania i opowieści o zamkach Dolnego Śląska*, Wrocław 1982.

Dokąd wywożono polski uran? Ludzie odchodzą z poczuciem krzywdy, „Życie Warszawy" 7.06.1991, nr 132, niepodpisana notka prasowa.

Dokumentation der Vertreibung der Deutschen Ost-Mitteleuropa. Gesamtausgabe: Das Schicksal der Deutschen in Ungarn: Dokumentation der Vertreibung der Deutschen aus Ost-Mitteleuropa, Bundesministerium Für Vertriebene, München 2004.

Dolata Bolesław, *Wyzwolenie Dolnego Śląska w 1945 roku*, Wrocław 1985.

Dziekoński Tadeusz, *Wydobywanie i metalurgia kruszców na Dolnym Śląsku od XIII do połowy XX wieku*, Wrocław 1972.

Dziewit Piotr, *Uranowi ludzie*, „Panorama" 1991, nr 14.

Franzky Georg, *Erinnerungen an Kupferberg*, niepublikowany maszynopis.

„Gazeta Robotnicza", rocznik 1969.

Geiger trzeszczał, „Życie Warszawy" 5–7.06.1991, nr 133, niepodpisana notka prasowa.

Gołębiowski Bronisław [wybór i oprac.], *Tu jest nasza ojczyzna. Z pamiętników mieszkańców Ziem Zachodnich i Północnych*, Poznań 1981.

Hirsch Helga, *Zemsta ofiar. Niemcy w obozach w Polsce 1944–1950*, przeł. Maria Przybyłowska, Warszawa 1999.

Janczak Julian, *Spotkania z Duchem Gór. Sudeckie szkice historyczne*, Wrocław 1991.

—, *Z tamtej strony historii, czyli wrocławskie i dolnośląskie legendy, podania, baśnie i niesamowite wydarzenia*, Wrocław 1993.

Januszewski Józef, Koszarski Włodzimierz, Miśkiewicz Jerzy, *Skarby Ziemi Dolnośląskiej*, Wrocław 1979.

Jastrzębski Włodzimierz [red.], *Ludność niemiecka na ziemiach polskich w 1939–1945 i jej powojenne losy. Materiały z konferencji*, Bydgoszcz 1995.

Jonca Karol, *Francuscy i belgijscy więźniowie w akcji „Noc i mgła" na Dolnym Śląsku*, „Studia nad Faszyzmem i Zbrodniami Hitlerowskimi" 1975, t. 2.

Kapałczyński Wojciech, Napierała Piotr, *Zamki, pałace i dwory Kotliny Jeleniogórskiej*, Wrocław 2005.

Kersten Krystyna, Szarota Tomasz [red.], *Wieś polska 1939–1948. Materiały konkursowe*, Warszawa 1967.

Klementowski Robert, *Wydział IX Departamentu IV MBP. Wydział IX „K" WUBP we Wrocławiu z siedzibą w Kowarach. Struktura, działalność, obsada personalna*, „Aparat represji w Polsce Ludowej" 2006, nr 4.

—, *Skazani na uran. Kopalnie rudy uranu we wspomnieniach Żołnierzy Batalionów Pracy*, „Studia nad Faszyzmem i Zbrodniami Hitlerowskimi" 2009, nr 21.

—, *Uranowe mity. Kopalnictwo uranu w Polsce w społecznej świadomości*, [w:] Głowiński Tomasz, Kościk Elżbieta [red.], *Gospodarka i społeczeństwo w czasach PRL-u (1944–1989)*, Wrocław 2009.

Konieczny Alfred, *Ewakuacja obozu koncentracyjnego Gross Rosen w 1945*, „Studia nad Faszyzmem i Zbrodniami Hitlerowskimi" 1975, nr 2.

Kwaśniewski Krzysztof, *Legendy i podania dolnośląskie*, Poznań 2006.

Lippóczy Piotr, Walichnowski Tadeusz, *Przesiedlenie ludności niemieckiej z Polski po II wojnie światowej w świetle dokumentów*, Warszawa–Łódź 1982.

Nitschke Bernadetta, *Wysiedlenie czy wypędzenie. Ludność niemiecka w Polsce 1945–1949*, Toruń 2001.

Majewski Ryszard, *Dolny Śląsk 1945. Wyzwolenie*, Warszawa–Wrocław 1982.

Maroń Jerzy, *Wojna trzydziestoletnia na Śląsku. Aspekty militarne*, Warszawa 2008.

Mazurski Krzysztof, *Likwidacja i rekultywacja Miedzianki*, „Wierchy" 1976.

Mistewicz Eryk, *Uran ponad wszystko*, „Reporter" 1989, nr 6.

Mońko Michał, *Gułag Miedzianka*, „Odra" 1995, nr 4.

„Nowiny Jeleniogórskie", roczniki 1959–1981.

Olczak Mariusz, *Kampania 1813. Śląsk i Łużyce*, Warszawa 2004.

Pasierb Bronisław, *Migracja ludności niemieckiej z Dolnego Śląska w latach 1944–1947*, Wrocław 1969.

Primke Robert, Szczerepa Maciej, Szczerepa Wojciech, *Wojna w Dolinie Bobru. Bolesławiec–Lwówek Śląski–Jelenia Góra*, Jelenia Góra 2009.

Puschmann Dora, *Kronik über Kupferberg*, niepublikowany maszynopis.

—, *Kronik über Jannowitz*, niepublikowany maszynopis.

Romanow Zenon, *Ludność niemiecka na ziemiach zachodnich i północnych w latach 1945–1947*, Słupsk 1972.

„Schlesische Bergwacht", roczniki 1980–2010.

Springer Filip, *I nikt tam nie wie, kim jestem*, „Magazyn Turystyki Górskiej N.P.M" 2009, nr 2.

—, *Nie ma miasteczka*, „Polityka" 10.10.2009, nr 41(2726).

Staffa Marek, *Słownik geografii turystycznej Sudetów. Rudawy Janowickie*, Wrocław 1998.

Szoka Henryk, *Miasto, które przestało istnieć – Miedzianka*, „Karkonosze" 1986, nr 3/103.

Tęcza Krzysztof, *Kamienne obiekty dawnego prawa na Ziemi Jeleniogórskiej*, Zgorzelec 1992.

Uran i sprawiedliwość, „Życie Warszawy" 5.04.1991, nr 81, niepodpisana notka prasowa.

Urban Thomas, *Utracone ojczyzny. Wypędzenia Niemców i Polaków w XX wieku*, przeł. Agnieszka Kowaluk, Warszawa 2007.

Urbanek Mariusz, *Blask uranu*, „Przegląd Tygodniowy" 28.04.1991, nr 17.

„Wanderer im Riesengebirge", nr: 8/1888, 7/1890, 9/1890, 2/1896, 1/1906, 5/1936.

Wąsacz Józef, *Szlakiem wspomnień żołnierzy-górników z lat 1949–1959*, Wrocław 2002.

Wytyczak Roman, *Podzwonne dla Miedzianki*, „Wierchy" 1972, nr 40.

Zdulski Mirosław, *Instytucja totalna w monocentrycznym ładzie społecznym*, Zielona Góra 2000.

—, *Źródła do dziejów kopalnictwa uranowego w Polsce*, Warszawa 2000.

图书在版编目(CIP)数据

消失的小镇 ：被遗忘的米兹扬卡 / (波)菲利普·施普林格著 ；欧阳瑾，刘雨枝译 .— 上海 ：上海社会科学院出版社，2020

书名原文：Miedzianka：Historia znikania

ISBN 978-7-5520-3311-3

Ⅰ. ①消… Ⅱ. ①菲… ②欧… ③刘… Ⅲ. ①报告文学—波兰—现代 Ⅳ. ①I513.55

中国版本图书馆 CIP 数据核字(2020)第 176824 号

上海市版权局著作权合同登记号 图字：09-2020-049

消失的小镇——被遗忘的米兹扬卡

著　　者：(波)菲利普·施普林格
译　　者：欧阳瑾　刘雨枝
责任编辑：张　晶
封面设计：周清华
出版发行：上海社会科学院出版社
　　　　　上海顺昌路 622 号　邮编 200025
　　　　　电话总机 021-63315947　销售热线 021-53063735
　　　　　http://www.sassp.cn　E-mail：sassp@sassp.cn
照　　排：南京理工出版信息技术有限公司
印　　刷：上海盛通时代印刷有限公司
开　　本：890 毫米×1240 毫米　1/32
印　　张：9.5
字　　数：209 千字
版　　次：2021 年 1 月第 1 版　2021 年 1 月第 1 次印刷

ISBN 978-7-5520-3311-3/I·914　　定价：58.00 元